那些我們沒談過的事

Toutes ces choses qu'on ne s'est pas dites

馬克・李維 Marc Levy

陳春琴 譯

本作品係由法國文化部—法國國家圖書中心贊助出版

Ouvrage publié avec le soutien du Centre National du Livre – Ministère français chargé de la culture

佳評迴響

人都喜歡彌補，當人錯過了什麼的時候。不過我倒是沒想過能有這樣的彌補方式。坦白說一開始我以為是作者寫錯了，後來又覺得是翻譯者翻譯錯了，但當我再一字一字地看下去，我發現原來這一切都是真的。我是說，故事真的就是這麼寫。

看完這本書的第一個感覺是，這個作者發神經發得很嚴重，但又不得不佩服他的發神經。如果這世上真的能有這樣的事發生，那麼我想，有很多人生的遺憾都能被彌補。

很多人讀過這本書之後說這是一部描寫父女之間的故事。但我覺得更準確的是，這是一部描寫彌補的故事。

而且我不得不說，它，很好看。

——作家藤井樹

以父女情為主軸，灰濛濛之中有靜靜的塵埃在漂浮的關係中，描述彼此的生活態度與自我反省的觀點，用一個意想不到的科學溝通奇蹟，藉由父親的人生機智，女兒的聰慧，在最後的相處機會裡，彌補曾經失去才知道珍惜的懺悔，直觸心靈的柔軟，讓人深深動容，是一本很棒的親子關係療癒之旅。也讓我們相信，跨越了生與死的距離是「真愛不滅」的過程，含著眼淚之際，可以佐以輕盈優雅的法式浪漫舞步過去。

——helenna

我很喜歡這個故事，行文流暢、還充滿趣味，還有那麼一點惆悵、傷感。連故事結局都讓人忍不住咧嘴微笑。無論有意或無心，我們經常不小心傷害了別人，因此有點良知、還懂廉恥的人，會懊悔、想修補傷害，這該是這個故事的起點，但作者卻因此而創造了一個溫馨、快樂又讓人無比甜蜜的故事。於是便很想繼續追著作者的作品跑，想要繼續閱讀那些有趣的創意，想再次擁有那屬於人生悲喜之中的小小甜蜜。

——俞伶

看完這本書我自覺需要去買一下抗老除皺面霜，因為時不時會拉起嘴角，讓我深自警惕。文中無處不見的幽默，我歸諸於作者馬克．李維是法國人的緣故，雖然有時尖刻了點，可還是忍不住嘴角上揚。

——眼睛

這本書裡有著父親不曾對子女說出來的想法，一種讓人眼紅鼻酸的深刻情感，一種全心全意的包容。

——蔚雲

遺憾的是，有些事或許我們已經無法挽回，幸運的是，我們讀過了《那些我們沒談過的事》，如果還能把握機會，晚來的總是強過不來。闔上書本，很慶幸自己的親子關係一直如同朋友一般，沒有隔閡沒有秘密，沒有「沒談過的事」，有的只是我們共同的經歷，謝謝妳，晚安，我的愛。

——苦悶中年男

在《那些我們沒談過的事》這本書中，我看到自己；看到自己的任性、自己的自以為是，也看到長久以來無法釋放的自己，透過這本書，我彷彿也得到了救贖！

——Lizzie

故事裡讓我印象最深刻的不是近乎戲謔詼諧的劇情，而是那一句句深深刻印在腦海的話語，及父親對女兒無微不至的照顧……他細膩溫柔的呵愛總讓人不由得想起關於自己一生種種樣貌，猶如自己未能好好省視過去，我們總荒唐地任憑陌生種子在周遭生活中滋長，莫不聞問最後埋蓋了原先細心澆溉的感情……於是閱讀當下我們感受到的種種親情愛意，要直到闔上書後才如波濤般洶湧拍打吞噬而來，教我們不得不以另一種更為細膩的眼睛重新檢索自己身邊周遭的親情、友情，甚至是愛情。

——impuzzle

書中有幾個段落讓我十分十分的觸動！即使到了現在在寫心得的時候，還讓我淚流滿面，也許是因為，我以一種神奇的方式，重溫了母親小時候曾經花在我身上的心血。

——vernier

作者書寫筆法的幽默浪漫，致使原先是尖銳刺痛的家庭衝突轉化為夏日午後雨停時，調皮小童往路面的水窪裡用力跳躍，而將雨水噴濺到路過的自己，那種有些生氣又無奈的想笑情緒。書中人物的描繪也因作者看似不經意、實則工巧斟酌的用心，使得有如雨過天晴般的大地景色，鮮明生動。

——書首堂

裡面有一句話這麼寫著：要擁有多深的愛才能學會把你們（孩子）當作生活的中心，心裡卻清楚的知道你們將來會把幼年生活忘得一乾二淨？看到這裡，眼淚開始滴滴答答，即使再讀第二遍、第三遍……還是一樣。如果有什麼是比感人、動人、溫馨……這些形容詞更能形容這本書帶給我的感動，應該就是——不看可惜啦！

——鳳梨冰愛看書

我不得不佩服馬克．李維，他利用這樣有趣的方式來談親子間難解的關係，將其中矛盾的情感寫得那樣寫實，在試圖化解嫌隙的過程中，有難過，但也有幽默。而李維所描寫的朱莉亞的愛情故事，也相當吸引人，他文筆細膩流暢，特別是在柏林圍牆倒塌的那一刻時，與賓瑪斯命運的相遇，以及漫長苦痛的等待，動人得就像詩篇。

——流動瓶子

這位小說名家擅長把讀者帶入魔幻境界。作者以精密的架構描寫一場清醒的夢。

——《巴黎人報》（*Le Parisien*）

這是齣非常有誘惑力，既神奇又浪漫的喜劇。……馬克．李維巧妙地將情感、懸疑、趣味混合在一起，使讀者看這部小說就像在看電影。……故事情節引人入勝，扣人心弦，和歷史大事交錯，從頭到尾都以俏皮活潑的紐約喜劇樂曲做伴奏。是一部成功的傑作。

——《晨報》（*Le Matin*）

在埋藏於內心的情感、童年的傷害、充滿溫馨的幽默，以及友誼的力量之間，出現了一個真正的懸疑故事……馬克．李維描寫虛構人物就跟描寫有血有肉的人物一樣自然——每個人物都很討人喜歡，即使是最暴躁的。

——《電視七日》（*Télé 7 Jours*）

這部小說有作者的新創，也就是想像力——使馬克．李維能寫出人人愛讀的童話。……全書充滿了懸疑，不僅有趣，而且感人。

——《LCI晨間新聞》（*LCI,La matinale*）

這是一部美麗的童話故事。幽默、輕快、神奇……馬克．李維再度展現他第一部成名作《假如這是真的》的特點。他的「忠實讀者」又要欣喜若狂了。

——《地鐵》（*Metro*）

馬克．李維的這部新作再度體現他第一部作品《假如這是真的》的風格——奇幻，浪漫。

——《RTL 試試看》（*RTL,Laissez-vous tenter*）

馬克．李維的才華是能讓讀者輕而易舉地接受不可思議的事，並且對愛情、失去的幸福，以及錯過的機會有合理的反思。……是部充滿著浪漫、幻想的暢銷小說。

——《東方共和》（*L'Est Républicain*）

馬克．李維這部小說再度將讀者沉浸在《假如這是真的》的虛幻、浪漫氣氛中。他不讓我們有喘氣的機會，從頭到尾讓我們心跳！就好像有人在我們耳旁說故事，時而讓我們緊張，時而讓我們張開雙臂。

——史特拉斯堡克萊貝爾書局（Librairie Kleber, Strasbourg）

這本小說吸引力很強，只要一打開就無法停止！曲折離奇的故事扣人心弦，我們會很想去相信這個故事，同時心想「假如這能發生在我身上，那多棒啊！」

——巴黎第十九街獨立書店（Librairie le Presse Papier, Paris 19ème）

這部小說描述的是所有感人、溫馨，而且非常合情合理的事。……很接近英國式或是美國式喜劇。我們可以感覺出作者很樂於描寫故事，並且將讀者帶入小說境內。

——土魯斯獨我書店（Librairie Privat, Toulouse）

一切都倒了……，就只馬克・李維例外，僅僅六個月便售出七十萬本。……甚至連男士們也愛看這部小說。年底之前銷售量將會達到一百萬。

——《電視全景》（*Télérama*）

機智靈巧、動人心弦、富娛樂性、思想敏捷、超乎預期、親情、兼容各種文化、迷人、讓人全神貫注、溫和的、深厚的、不可思議、詭計多端、相互依存、默契、浪漫、都市的、出乎意料、生命的、親情的、熱情、洞察入微、富原創性、充滿希望、獨一無二、敏感的、吸引人的、富創造性、出色的、獨特且令人永生難忘。這位法國作家引起轟動的新小說，吸引了全世界的讀者。

——西班牙文版簡介

當我買下這本書時，我不知道我三天就會看完，也不知道看完後我會感動得哭泣。作者對父女之間的關係有非常深入的描寫！這部小說又有趣，又感人。

——Stéphany

這是我第一次看馬克・李維的小說，我非常喜歡！看完這本小說就會深刻地明白做父親的對女兒的影響力有多大！此書非讀不可！

——Aurore

我太愛這本書了。……書中的父親為了要和女兒重新聯絡感情而採取的方法可說是很不尋常，但是讀者會情不自禁地被吸引住，而且不到最後一頁無法罷手。

——Z. Véronique

這本書就跟作者的所有小說一樣，是精采的傑作，從頭到尾都很感人，而且令人不忍釋手，是一部鼓舞人心的愛的故事。

——D.Clara

我兩天就把這本書看完……。讀者很快就會被作者細膩、幽默、充滿情感的筆調所吸引……回憶柏林牆倒塌的章節令我熱淚盈眶……。小說中的每個人物都很令人懷念，尤其是女主人翁的父親。

——Martine

馬克·李維的小說一出版，我就會立刻訂購。這本書沒有讓我失望，是部道道地地的精采傑作。

——Silvia Karmen

我居然不到兩個小時就把這本書看完。我很喜歡父親這個人物。他是個天才，狂妄自大，但也非常有人性。

——Nabart

馬克·李維的這部小說我很快就讀完。道理很簡單，看了前幾頁之後，自然就會想知道結局。人物感人，情節有趣，而且令人驚奇，前所未有……這是馬克·李維的最佳作品，非讀不可！

——Deman

馬克·李維又完成了一部值得一讀的小說。……故事描寫父女之間的關係。父親打開了女兒的眼界，讓她瞭解了生命，也讓她瞭解了自己的過去，特別是讓她瞭解了父親的真面目。

——Maud

我非常喜歡這部小說，它可以讓有些人理解到一定要把心中的話說出來。故事有時候會令人感到驚奇，比如父親死後歸來，和女兒共同出遊，有趣又耐人尋味。

——Veronik. H

看待人生有兩種方式，其一，好像沒有一件事是奇蹟，其二，所有的事都是奇蹟。

——愛因斯坦

給寶琳與路易

1

「怎麼樣，我看起來如何？」

「轉個身，讓我看看。」

「史坦利，你從頭到腳打量我已經有大半個鐘頭了，老站在這台上，我受不了啦。」

「我覺得下擺需要改短。像妳這麼漂亮的一雙腿要是遮起來的話，簡直是大不敬！」

「史坦利！」

「親愛的，妳還要不要聽我的意見啊？再轉個身，我看看正面。我料得沒錯，低胸和露背的高低都一樣，看不出有什麼不同。好處是，萬一妳把衣服弄髒，只要把它反過來穿就行了……反正前面後面都一樣！」

「史坦利！」

「買打折的結婚禮服，這主意真讓我生氣。既然要買便宜貨，為什麼不乾脆上網買？妳要我的意見，我就跟妳說啊。」

「不好意思，憑我電腦繪圖師的薪水，我買不起更好的禮服。」

「是繪畫家，我的公主啊！我實在受不了這些二十一世紀的語言。」

「史坦利，我是在電腦上畫圖，不再用彩色筆啦！」

「我最要好的女友描繪出許多動人有趣的人物，管他電腦不電腦，她還是繪畫家，可不是電腦繪圖師。妳真的是什麼事都要辯！」

「下擺要改短呢，還是就這樣子？」

「改短五公分！還有肩膀要改一改，腰要縮緊一些。」

「好啦，我懂啦，你不喜歡這套禮服。」

「我可沒這麼說啊！」

「不過你是這麼想。」

「我替妳分擔點錢，我們去安娜・梅爾禮服店吧！拜託，這次妳就聽我的！」

「一套衣服一萬美金？你瘋啦！這也不是你負擔得起的。再說，史坦利，這只不過是個婚禮而已。」

「這可是妳的婚禮呀！」

「我知道。」朱莉亞嘆了一口氣。

「像妳父親這麼有錢的人，他是可以……」

「我最後一次看到我父親，是我停在紅燈前面，看到他正好坐車從第五大道開過來……那是六個月之前的事。別再提了！」

朱莉亞聳了聳肩膀，然後走下台去。史坦利伸手拉住她，將她摟在懷裡。

「親愛的，這世界上所有的衣服穿在妳身上都很漂亮。我只是希望妳的新娘禮服十全十美。為什麼不叫妳未來的丈夫送妳一套呢？」

「因為亞當的父母親已經負擔婚禮費用了。再說，要是能避免他家的人說亞當娶了個小可憐，我心裡會好過些。」

史坦利踩著輕快的腳步穿過店鋪，往櫥窗旁的掛衣架走過去。售貨員們手肘擱在櫃檯上聊天，根本沒注意到他。他將架子上一套白緞製的緊身禮服拿下來，然後往回走。

「試試這一件，不許說任何話！」

「史坦利，這是三十六號，我穿不進去！」

「我剛剛說什麼來著！」

朱莉亞翻了個白眼，然後往史坦利指著的更衣室走去。

她一邊走過去，一邊說：

「史坦利，這是三十六號！」

幾分鐘過後，更衣室的簾子猛然打開，跟剛被關起來時一樣迅速。

「總算找到一件配得上朱莉亞的新娘禮服了，」史坦利喊著說，「馬上站到台上去。」

「你有沒有升降機來把我升上去啊？因為，我膝蓋要是彎一下的話……」

「這一套太適合妳了！」

「我要是吃一塊小點心，這衣服的縫線就會繃開來。」

「結婚那天新郎新娘是不吃東西的！只要胸部的地方稍微放低一點，那妳看起來就像個女王！這店裡連個售貨員都找不到，簡直不可思議！」

「該急的是我，不是你！」

「我不是急，我是嚇壞了，再過四天就是婚禮了，居然是我硬拉妳來買新娘禮服。」

「最近幾天我都忙著工作！今天的事千萬不能跟亞當說，一個月來我都跟他保證所有的事都準備好了。」

沙發椅把手上正好有一個別針插墊，史坦利把它拿在手上，然後蹲在朱莉亞的腳前。

「妳丈夫不知道他運氣有多好，妳真是出色動人。」

「不要再譏諷亞當了。你到底覺得他哪裡不好？」

「他像妳父親……」

「胡說。亞當跟他完全不同，而且他還很討厭他。」

「亞當討厭妳父親？那我替他加一分。」

「不，是我父親討厭亞當。」

「妳父親總是討厭靠近妳的人。妳要是養一條狗的話，他肯定會咬牠一口。」

「沒錯，我要是有一條狗的話，牠肯定會咬我父親一口。」朱莉亞帶著笑說道。

「我是說妳父親會咬狗！」

史坦利站起身，往後退幾步，仔細打量自己的成果。他點了點頭，深深地吸了一口氣。

「又怎麼啦？」朱莉亞問道。

「這套衣服十全十美，不，應該說是妳十全十美。我把腰部再調整一下，然後妳就可以帶我去吃午餐了。」

「去你喜歡的餐館吃飯，我的史坦利！」

「太陽這麼大，隨便哪個有露天座的餐館就行了，條件是不要曬到太陽，還有啊，妳不要這樣動來動去，讓我把衣服弄好……幾乎是完美無缺了。」

「為什麼是幾乎？」

「我親愛的，這是打折的衣服！」

一名女售貨員走過來，問他們需不需要幫忙。史坦利擺擺手，叫她走開。

「妳想他會來嗎？」

「誰啊？」朱莉亞問道。

「當然是妳父親，笨蛋！」

「不要再跟我提到他。我跟你說過，我有好幾個月都沒他的消息了。」

「也不會因為如此他就……」

「他不會來的！」

「妳呢，妳有沒有告訴過他妳的近況？」

「我老早就不再跟我父親的私人祕書報告我的生活狀況了，因為爸老是出遠門，要不就是在開會，沒時間跟他女兒說話。」

「妳寄結婚請帖給他了嗎？」

「你快好了嗎？」

「差不多了！你們就像一對老夫妻，他是嫉妒。所有的父親都會嫉妒！他會看開的。」

「我可是第一次聽到你替他說話。不過呀，就算我們是一對老夫妻，我們也已經離婚很多年了。」

朱莉亞的皮包裡響起〈我會活下去〉*的歌聲。史坦利看著她，徵求她的意思。

「妳要不要接電話？」

「一定是亞當打來的，要不然就是工作室……」

「妳別動，否則會全盤破壞我剛完成的工作，我幫妳把電話拿過來。」

史坦利把手伸進朱莉亞的皮包裡，拿出電話，然後交給她。葛洛莉亞．蓋娜的歌聲突然停止。

「慢了一步！」朱莉亞一邊嘆氣，一邊看著剛打來的電話號碼。

「結果呢，是亞當還是工作室？」

「都不是。」朱莉亞皺著眉頭答道。

史坦利雙眼直視著她。

「妳是不是要跟我玩猜謎啊？」

「是我父親的辦公室打來的。」

「那妳再打回去！」

「絕不！讓他自己打給我。」

「他剛剛不就打給妳了嗎？」

「剛剛打過來的是他的祕書，那是他的電話號碼。」

「從妳寄出結婚請帖以後，妳就一直在等他的電話，別那麼孩子氣了。距離婚禮只有四天的時間了，現在開始情緒要少激動些。難道妳想嘴唇上長水泡，脖子上長出可怕的疹子嗎？好啦，妳現在立刻打回去。」

「好聽華拉斯跟我解釋，說我父親非常地抱歉，他必須出國，實在沒辦法取消幾個月前就決定好的出門計畫是不是？要不然就是，很不巧那天他正好有件超重要的業務要處理，或者是什麼其他理由是不是？」

「要不然就是，他很高興來參加女兒的婚禮，並且希望能確定，儘管父女之間有點疙瘩，到時候他是不是被安排在主桌的位置！」

「我父親才不在乎什麼主不主桌呢。他要是來，只要衣帽間的年輕女侍長得好看，他是寧可坐在靠近衣帽間的位置！」

「朱莉亞，不要老是恨他，給他打個電話。哦，再說，妳要是堅持己見的話，結婚那天妳會一直盼著他來，那妳就無法享受婚禮的美好時刻了。」

「這樣的話，我就可以忘掉不能吃小點心的事，因為只要我一吃點心，你替我選的這件新娘禮服就會爆開！」

「妳說得很對，親愛的！」史坦利輕吹著口哨，往商店門口走去，「哪天妳情緒好一點，我們再一起吃午飯。」

朱莉亞下台時差點摔跤，她往史坦利身邊跑過去，抓住他的肩膀，然後把他摟在懷裡。

「對不起，史坦利，我說錯話了，我很抱歉。」

「是和妳父親有關，還是和那件我選擇不當又修改不佳的衣服有關？我跟妳說，妳從台上匆匆忙

---

*〈我會活下去〉（I will survive），美國黑人女歌星葛洛莉亞．蓋娜（Gloria Gaynor）的名曲。

忙下來，還在這爛地方亂跑，結果連衣服的一根縫線都沒撐破！」

「你挑的這件衣服很完美，你是我最要好的朋友，如果沒有你，我甚至無法想像怎麼走到禮堂前面。」

史坦利看著朱莉亞，然後從口袋裡掏出一條絲帕，替她擦掉雙眼的淚珠。

「妳真的要一個像我這樣的同性戀者帶妳進教堂？還是說，妳最新的詭計是要我冒充妳那個混蛋爸爸？」

「別自誇了。你想充當這個角色的話，皺紋還不夠多，騙不過人的。」

「傻瓜，我是在誇妳，把妳說得太年輕了點。」

「史坦利，我要你牽著我的手把我送到我丈夫身旁！除了你還有誰呢？」

他笑了笑，伸手指著朱莉亞的行動電話，然後用溫柔的嗓音說：

「給妳爸打個電話吧！我去跟那個好像不懂得客人長什麼樣子的笨蛋女店員交代幾句話，叫她後天把衣服準備好，然後我們就去吃午飯。朱莉亞，妳現在就打電話，我肚子餓死啦！」

史坦利轉身往櫃檯走去。走到一半時，他斜眼瞄他的女友，看她起先猶豫不定，最後還是打起電話。他趁機偷偷把支票簿拿出來，把禮服的錢、修改費用，還有四十八小時內必須要完工的額外費用全部付清。他把收據放在口袋裡，然後回到朱莉亞身邊。她剛剛把電話掛斷。

「結果呢？」他著急地問，「他來不來？」

朱莉亞搖搖頭。

「這一次他用什麼理由說他不能來？」

朱莉亞深深地吸了一口氣，雙眼盯著史坦利。

「他死了！」

兩個好朋友一語不發，彼此看著對方好一會兒。

史坦利低聲地說：

「這回呀，我必須說，這個理由無懈可擊！」

「你呀，真是蠢蛋一個！」

「真對不起，我不是那個意思，我不知道我是怎麼回事。親愛的，我心裡替妳難過。」

「我什麼痛苦的感覺都沒有，史坦利，我胸口連一丁點的痛都沒有，眼淚一滴也流不出來。」

「慢慢會有的，別擔心，妳只是還沒明白過來。」

「我就是很明白。」

「妳要不要打電話給亞當？」

「不要，現在不行，晚點再打。」

史坦利臉色很焦慮，雙眼看著他的好友。

「妳不告訴妳的未婚夫妳父親剛剛過世的消息嗎？」

「他昨晚在巴黎過世。飛機會將他的遺體載回來，葬禮在四天後舉行。」朱莉亞說這話時，聲音小得幾乎聽不到。

史坦利扳著手指頭在計算。

「就是這個禮拜六？」他一邊說，一邊瞪大眼睛。

「就是跟我婚禮同時的禮拜六下午……」朱莉亞喃喃說道。

史坦利立刻跑到櫃檯，將支票收回，然後拉著朱莉亞到街上去。

「我來請妳吃午飯。」

紐約沉浸在六月的金色陽光裡。兩個好朋友穿過第九大道，往「茴香酒」走去。這是一家法國餐館，是這一帶正在大轉型地區無人不曉的名店。最近幾年來，肉品包裝中心的許多老舊倉庫逐漸改建，取而代之的是紐約人士趨之若鶩的奢華名店，以及服裝設計師的工作坊。美輪美奐的大旅館，各式各樣的商店，像魔法變出來似地到處林立。舊時的鐵道現在變成一片通到第十街的綠油油草地。這裡原先有棟工廠大樓，現在一樓變成了有機食品賣場，二樓以上都是影業媒體公司和廣告公司的辦公室。朱莉亞的工作室就位在六樓。稍遠處是哈德遜河。整建後的河濱人行道不僅成為單車騎士以及健跑者的最佳去處，也是一些像伍迪．艾倫電影裡，老喜歡坐在曼哈頓長椅上的情侶們談情說愛的好地方。從禮拜四晚上開始，整區便擠滿了附近新澤西市的居民。他們穿過哈德遜河來到這裡閒逛，在時尚的酒吧或餐館裡消磨時光。

史坦利坐在「茴香酒」露天咖啡座的椅子上，點了兩杯卡布奇諾。

「我應該事先打個電話給亞當。」朱莉亞一臉愧色地說道。

「如果是要通知他妳父親剛剛過世，沒錯，妳老早就該告訴他，這是不用說的。現在如果是要告訴他婚禮必須延期，要他通知神父、外燴店、所有賓客，而且還要通知他的父母親，那倒是可以再等一會兒。他的美夢做了一段時間了，在他今天的日子被打亂之前就讓他多做一個鐘頭的夢吧。再說，妳是服喪，誰也不會怪妳，就不妨好好利用妳的權利！」

「要怎麼跟他說這件事呢？」

「親愛的，他應該明白，在同一個下午又要替父親下葬，又要和人上教堂結婚，這事相當困難。萬一我猜中妳有這念頭，我可要跟妳說，那很不合情理。可是怎麼會發生這種事呢？老天爺！」

「史坦利，聽我說，這件事跟老天爺完全無關，是我父親，是他自己選定的日子。」

「我承認他死亡的地點選得很有品味，但我不認為他會為了要破壞妳的婚禮，故意選擇昨天晚上死在巴黎！」

「你不瞭解他。為了整我，他什麼事都做得出來！」

「喝妳的卡布奇諾吧！讓我們先好好享受這大好陽光，然後再打電話給妳的前任未來丈夫！」

2

法航七四七型貨機的輪胎在甘迺迪機場跑道上吱吱作響。朱莉亞站在航空大廈的落地窗前，看著一具長長的桃花木靈柩從飛機貨艙上降下來，落在傳送帶上，然後送到停在柏油路上的一輛靈車裡。一名機場警察到候機室找她。陪她來的有她父親的祕書、她的未婚夫，以及她最要好的朋友。在這三人陪同下，她搭上一部迷你房車，來到飛機旁。等在飛機下的一名美國海關人員交給她一個信封。信封裡裝著一些官方文件，一只手錶，以及一本護照。

朱莉亞翻開護照。從許多簽證戳章可以知曉安東尼・華斯最後幾個月的生活。聖彼得堡、柏林、香港、孟買、西貢、雪梨，這些都是她不認識的地方，都是她渴望和他一起旅遊的地方。

當四名男子在靈柩旁邊忙碌時，朱莉亞回想起當她還是一個為了一些芝麻小事在學校遊樂場和人打架的小女孩時，父親長期遠行在外的情景。

多少個夜晚，她引頸盼望父親歸來，多少個早晨在上學途中，她在人行道的石板上一蹦一蹦地跳，玩著自己想像出來的跳方格遊戲，一邊在心底許願，遊戲如果完美成功，父親便會回家。有些時候，某個晚上許的願突然實現，房間門打開，地板上畫出一道神奇的亮光，反照出安東尼・華斯的身影。然後他坐在床尾，在棉被上放一個小東西，好讓她第二天醒來時來個驚喜。這就是朱莉亞童年的寫照，每次父親遠遊歸來，總會帶給女兒一個多少透露出他旅遊經歷的特殊紀念品。一個墨西哥的洋娃娃，一枝中國毛筆，一具匈牙利的木刻雕像，一只瓜地馬拉的手鐲，這些都成了她的寶貝。

之後，那是母親剛開始得病的時候。第一個印象是禮拜天在電影院裡感受到的不安，因為電影看到一半時，母親突然問她為什麼燈關了。母親的記憶力不斷地惡化，就像濾網似地，起初網孔還很小，接著孔越變越大，大得居然忘了自己是在廚房還是在練琴室，於是發出令人難以忍受的喊叫聲，因為平臺鋼琴不見了……腦體機能消失，使得母親忘了周遭人的名字。最嚴重的是，有一天她看著朱莉亞大聲驚叫：「這個漂亮小女孩在我家做什麼？」她還想起母親被救護車載走之後那個漫長空寂的十二月，因為母親點火燒著了睡袍，整個人卻動也不動，為了在點燃香菸時發現的威力而驚嘆不已，她是不抽菸的。

幾年後，母親死在新澤西的一家醫院裡。直到去世之前，她母親都認不得自己的女兒。她的少女時代就在服喪中開始，這段期間有太多晚上在父親私人祕書的陪同下複習功課。而她父親的旅行不但越來越頻繁，也越來越長。接著是中學、大學，最後她放棄了大學，專心一意從事自己唯一的嗜好，創造動物角色，用色筆把它們的形象描繪出來，在電腦螢幕上賦予它們生命。這些動物幾乎變成人物，是她忠實的夥伴密友。她只需一道簡單的線條，它們便對著她微笑，點下電腦繪圖的橡皮擦，它們的眼淚就被擦乾。

「小姐，請問這份證件是令尊的嗎？」

海關人員的聲音把朱莉亞拉回現實，她點點頭。這位人員在一份文件上簽名，然後在安東尼．華斯的相片上蓋個章。這是護照上的最後一個戳記，那些城市的名字除了證明主人翁的消逝，再也沒有其他故事可說了。

工作人員把靈柩放在一輛很長的黑色旅行車上。史坦利坐在司機旁邊，亞當替朱莉亞開車門，對這原本今天下午要結婚的女子倍表關切。至於安東尼・華斯的私人祕書，他坐在車後最靠近靈柩的一張折疊座上。車子開動，離開飛機場，駛上六七八號高速公路。

車子往北方開去。車上沒人說話。華拉斯雙眼一直看著裝載他雇主遺體的棺木，史坦利則瞪著自己的雙手，亞當看著朱莉亞，而朱莉亞看著紐約郊區灰沉沉的景色。

當開往長島的交流道出現時，朱莉亞問司機：

「請問您要走那一條路？」

司機回答：

「走白石橋，女士。」

「可不可以走布魯克林大橋？」

司機打開信號燈，立刻換車道。

「那要繞大圈子，」亞當低聲說，「他要走的路比較近。」

「反正今天是泡湯了，還不如讓他高興點。」

亞當問她：

「讓誰高興啊？」

「讓我父親高興。咱們就最後一次帶他走走華爾街、運河街下三角、休士頓街南區，乾脆也順便帶他去中央公園逛逛。」

亞當接著說：

「是啊，今天是泡湯了，那妳就讓他高興吧。不過，必須通知神父我們會遲到。」

「亞當，你喜歡狗嗎？」史坦利問道。

「喜歡，我想是吧，不過牠們不怎麼喜歡我，為什麼問這問題？」

「沒什麼，就是想到而已……」史坦利一邊回答，一邊把車窗打開。

車子從南到北穿過曼哈頓島，一小時後來到第二三三街。到伍德羅恩墓園的大門口時，柵門拉了起來。車子沿著一條小路駛進去，繞過一道圓環，經過許多陵墓，然後穿過湖上的一條小路，最後停在一道小徑的路口前，小徑旁有一個剛挖好不久的墓穴，準備接納未來的安息者。

一名神父等在那裡。殯儀人員將靈柩擱放在墓穴上的兩個架子上。亞當去和神父見面，商談殯禮事宜。史坦利摟著朱莉亞。

他問她：

「妳在想什麼？」

「在替好幾年都沒交談過的父親下葬的這當下，我在想什麼？我的史坦利，你總是有一些莫名其妙的問題。」

「這一次我可是很認真。此時此刻妳在想什麼？妳要記住妳在想什麼，這非常重要。這一刻將永遠是妳生命中的一部分，相信我！」

「我在想媽媽。我在想她在天上是不是能認得他，還是說，她仍然失去記憶，在雲朵間流蕩。」

「妳現在相信上帝是存在的啊？」

「不是的，不過，人有旦夕禍福。」

「朱莉亞，我必須跟妳坦白一件事，妳千萬不要嘲笑我，那就是隨著時間過去，我越來越相信上帝。」

朱莉亞露出一絲苦澀的笑容。

「其實，對我父親來說，我不確定上帝存在是件好事。」

亞當靠了過來，問道：

「神父問我們是否都到齊了，他想知道是不是可以開始了？」

「只有我們四個人。」朱莉亞一邊說一邊招手，要他父親的祕書靠過來。「這是長途旅行者以及獨行海盜的缺點。親朋好友只不過是分散在地球各個角落的泛泛之交……而這些人很少會大老遠趕來參加葬禮。這是他生命中不能再替任何人服務，也不能再給任何人帶來好處的時刻。生也孤獨，死也孤獨。」

亞當應道：

「這是佛祖說的話，親愛的，妳爸爸可是標準的愛爾蘭天主教徒。」

史坦利嘆道：

「都貝爾曼獵犬，亞當，你需要的是一條大型的都貝爾曼獵犬！」

「你是怎麼回事，為什麼老是要跟我提到狗？」

「沒什麼，算了算了！」

神父走到朱莉亞身邊，對她說他為必須主持喪禮感到十分難過，他原本希望能在今天替她主持婚禮的。

「你不能一箭雙鵰嗎？」朱莉亞問道。「說實在話，有沒有來賓我們是不在乎。對你的聖主來說誠意最重要，不是嗎？」

史坦利一聽，忍不住放聲大笑，神父卻感到氣憤。

「這是什麼話，小姐！」

「這主意真的還不壞，至少這麼一來，我父親還參加了我的婚禮呢！」

「朱莉亞！」這回換亞當斥責她。

她只好讓步，說道：

「好吧，看來大家都覺得我的主意不好。」

神父問道：

「妳要不要說幾句話？」

「我是很想。」她看著靈柩說。「你呢，華拉斯，你也許想說幾句話吧？」朱莉亞問她父親的私人祕書，「畢竟你是他生前最忠實的朋友。」

「小姐，我想我也說不出來，」祕書答道，「而且我和令尊都習慣在沉默中互相瞭解。妳不介意的話，我只想說一句話，不是對他說，而是對妳說。儘管妳認為他有百般缺點，不過妳要知道，他這個人雖然有時候有點冷酷，很喜歡逗樂，甚至是荒唐滑稽，不過他是個好人，這是毫無疑問的。還有，他很愛妳。」

「哦，我算得沒錯的話，這不止是一句話了。」史坦利看到朱莉亞雙眼濕潤，輕輕咳了一聲。

神父唸了一段祈禱文，然後闔上經書。殯儀人員將安東尼・華斯的靈柩慢慢往下放，擺在墓穴裡。朱莉亞遞一枝玫瑰花給父親的祕書。他笑了笑，將玫瑰花遞還給她。

「小姐，妳先請。」

玫瑰花瓣落在靈柩上後四下散開，接著其他三朵玫瑰花也相繼落在靈柩上。之後，四名送葬者往回走。

小徑遠處原先停放靈車的位置，現在換成兩部轎車。亞當握住未婚妻的手，拉著她往轎車方向走過去。朱莉亞抬眼看著天空。

「萬里無雲，天空是一片藍，藍色，藍色，到處都是藍色，天氣既不太熱，也不太冷，一點寒意也沒有，真是結婚的大好日子啊。」

亞當安慰她道：

「還會有像今天這麼好的日子的，妳就別擔心了。」

「跟今天一樣好？」朱莉亞張開雙臂大聲說，「跟今天一樣湛藍的天空？跟今天一樣溫和的天氣？跟今天一樣綠油油的樹木？還有在湖上嬉戲的鴨子？我可不信！除非是等到明年春天。」

「秋天的氣候也會一樣好，妳就相信我的話。再說，妳什麼時候開始喜歡起鴨子來了？」

「是牠們喜歡我！你看到了，剛剛有這麼多鴨子停在我父親陵墓附近的湖邊上！」

「我沒看到，我沒特別注意。」亞當回道，心裡有點擔心未婚妻突如其來的激動情緒。

「有好幾十隻呢，好幾十隻綠頭鴨的脖子上都繫著蝴蝶結，特地去到那裡，喪禮一結束後，牠們就離開了。這些鴨子原先是決定要來參加我的婚禮的，結果卻跟我一起參加喪禮！」

「朱莉亞，我今天不想惹妳生氣，不過，我不認為那些鴨子綁著蝴蝶結。」

「你知道什麼？你呀，你畫過鴨子嗎？我可是畫過的！所以，我跟你說那些鴨子都穿著燕尾服，你就別跟我辯！」朱莉亞喊著說道。

「好好，我的愛，妳的鴨子都穿著燕尾服，我們現在回家吧。」

史坦利和私人祕書都等在車旁。亞當拉著朱莉亞走過去，可是她卻停在大草坪當中的一塊墓碑前。她看著墓碑上的名字，以及在上個世紀的出生日期。

亞當問道：

「妳認識死者嗎？」

「這是我祖母的墳墓。我的家人全都葬在這座墓園裡。我是華斯家族的最後一個人，不過不包括住在愛爾蘭、布魯克林、芝加哥的好幾百個素昧平生的遠親叔伯、姑媽、堂兄弟姐妹。剛剛的事請你原諒，我想我是火氣大了點。」

「這沒什麼大不了，我們本來是要結婚的，結果妳卻替父親下葬，妳情緒激動，這很正常。」

他們在小徑上往前走。離那兩部林肯轎車只有幾公尺的距離。

「妳說的沒錯，」亞當一邊說，一邊也抬頭看著天空，「今天真是春光明媚，妳父親真是整我們整到他的最後一天。」

朱莉亞一聽，立刻站著不動，並且把自己的手從亞當手中猛然抽回來。

「妳別這樣看我！」亞當哀求地說道，「自從妳父親的死訊公開後，這句話妳最起碼說了二十次。」

「沒錯，我想說多少次就可以說多少次，可是你沒權利說！你和史坦利坐第一部車，我坐第二部車。」

「朱莉亞，我很抱歉……」

「用不著。今晚我想一個人獨自在家，並且整理一下我父親的東西，就像你說的，他整我們整到他的最後一天。」

「可是這不是我說的呀，老天，是妳自己說的！」亞當大聲說道，而朱莉亞坐上了轎車。

「最後一件事，亞當，我們結婚的那一天，我要有很多鴨子，很多綠頭鴨，好幾十隻綠頭鴨！」她說完後砰地一聲把車門關上。

載朱莉亞的林肯轎車消失在墓園的欄杆外。亞當很懊惱，上了第二部車的後座，坐在私人祕書的右手邊。

「也許要獵狐犬！小了一點，但咬起來卻很凶……」坐在前面的史坦利一邊說，一邊對司機打手勢，叫他可以發動車子。

3

當雷陣雨突然落下時，載著朱莉亞的轎車正緩緩駛在第五大道上。此時交通阻塞，車子已經停住好幾分鐘了。朱莉亞一直看著第五十八街轉角處一家大玩具商店的櫥窗。她認出櫥窗內那一隻碩大無比的灰藍色水獺。

緹莉是在一個跟今天天氣差不多的禮拜六下午誕生的。那時的大雨在朱莉亞辦公室的窗子上形成一條條小涓流。沉浸在思考裡的她，很快地把雨水看成小河流，窗戶四周的木框變成了亞馬遜河口的岸邊，還把被雨水刷走的落葉堆變成了即將被滔滔洪水沖走的小哺乳動物的窩，使得一群水獺驚恐萬狀。

接下來的晚上也是一樣雨下個不停。朱莉亞獨自坐在她工作的卡通影片公司的大電腦室裡，為自己創造出的角色勾畫初步線條。數不清她花了幾千個小時，坐在電腦螢幕前繪畫、描色，讓角色生動活潑，設計出讓藍色水獺具有生命感的各種表情和動作。無法記得，有多少個晚上開會到很晚，有多少個週末在撰寫緹莉和她家人的故事。朱莉亞和她底下五十個工作人員連續兩年的辛苦，終於使卡通影片大獲成功。

朱莉亞對司機說：

「我在這裡下車，然後我自己走回家。」

司機提醒她外面雨下得非常大。

「這可是今天第一件能令我高興的事。」朱莉亞一說完，車門就已經關上了。

朱莉亞往玩具商店跑去的速度，快得連司機都來不及看。儘管外面傾盆大雨，在櫥窗內的緹莉仍面帶笑容，歡迎她的來訪。朱莉亞忍不住對她招招手。令她大吃一驚的是，一名站在龐大水獺旁邊的小女孩也對她招手回應。小女孩的母親突然抓住她的手，想把她帶出去。可是小女孩不願離開，而且還衝到水獺兩臂大張的懷抱裡。朱莉亞在旁偷偷觀察她們母女倆。小女孩緊緊抓住緹莉不放，她母親打她的手指，希望她能放開玩具。朱莉亞進入商店，往她們母女兩人走過去。

朱莉亞對她們說：

「妳們知不知道緹莉擁有魔法？」

「小姐，我要是需要售貨員的話，我會跟您打個招呼。」這位婦人一邊回答，一邊用責備的眼光狠狠瞪她的女兒。

「我不是售貨員，我是她的媽媽。」

「什麼？」婦人張大嗓門質疑，「才不是，我才是她的母親！」

「我是在說緹莉，那個好像很喜歡您女兒的絨毛玩具。是我把她創造出來的。我可不可以送這隻絨毛玩具給您女兒？看她孤伶伶地待在光線太亮的櫥窗裡，我心裡感到難過。太強的燈光會使皮毛褪色，因為緹莉對她一身灰藍色的毛感到很驕傲。您無法想像我們花了多少時間替她的脖子、肚子、鼻子找出最適當的顏色。在她的窩被河水沖走之後，就是這些顏色使她重新恢復笑容。」

「您的緹莉就留在這商店裡，我女兒和我在城裡逛街的時候，要學著跟我在一起！」這位母親一邊回答，一邊用力拉她的女兒，使得她女兒不得不鬆開絨毛玩具的爪子。

朱莉亞堅持地說道：

「緹莉會很高興她有個朋友。」

小女孩的母親吃驚地問她：

「您想讓一隻絨毛玩具高興？」

「今天是有點特別的日子，緹莉和我都會感到很快樂，我想，您的女兒也是一樣。您只要答應一聲，就會有三個人很快樂，這值得考慮的，您說是不是？」

小女孩的母親一邊走開，一邊說：

「那麼，我說不可以！愛麗絲不會有禮物，更何況是陌生人送的。晚安，小姐！」

朱莉亞強忍住心中的怒氣，說道：

「愛麗絲值得有這個禮物。十年之後，您不要跑過來抱怨！」

小女孩的母親轉回身，用高傲的眼神看著朱莉亞。

「小姐，您生下一隻絨毛玩具，我可是生下一個女兒，請您把您的生活教育留給自己吧！」

「說得沒錯，小女孩不是絨毛玩具，我們不能像縫補玩具一樣縫補她們的傷痕！」

這位婦人氣憤不已，帶著女兒走出商店。母女兩人走在第五大道的人行道上，頭也不回地離開。

「對不起，我的緹莉，」朱莉亞對玩具水獺說，「我想我缺少外交手腕。妳瞭解我，這方面不是我的專長。妳別擔心，等著看吧，我們一定會替妳找到一個很好的家，一個專屬於妳的家。」

把一切經過看在眼裡的商店經理走到朱莉亞身邊。

「華斯小姐，真高興見到您，有一個月都沒看到您上我們這裡來了。」

「最近幾個禮拜我工作很忙。」

「您設計的動物非常受歡迎。這是我們下訂的第十隻玩具。只要在櫥窗擺個四天，喲，很快就沒了。」商店經理一邊把絨毛玩具放回原處，一邊說道。「我要是沒弄錯的話，這一隻擺在櫥窗裡差不多有兩星期了。不過，像這樣的天氣……」

「這跟天氣沒有關係。」朱莉亞答道。「這隻緹莉是真的，所以她比較刁鑽，她要自己選擇接納她的家庭。」

「華斯小姐，您每次過來看我們的時候都是這麼說。」心裡覺得有趣的商店經理回答道。

「她們每一隻都很特殊。」朱莉亞一邊回答，一邊對他揮手道別。

外面的雨已經停了。朱莉亞離開商店，往下曼哈頓徒步走去，身影消失在人群中。

☘

賀哈秀街兩旁的樹木被濕透的葉子壓得彎彎的。傍晚初臨，太陽總算又再度露臉，落在哈德遜河的河床上。暖洋洋的紅色陽光照得西村的街道光亮無比。朱莉亞向她家對面的小希臘餐館的老闆打了個招呼。正忙著在露天座上擺桌椅的老闆也向她回禮，並且問她今晚要不要替她留位置。朱莉亞很客氣地回絕，並且跟他說明天禮拜天一定會來吃個午飯。

她拿出鑰匙打開她住家小樓房的大門，然後爬上二樓。史坦利坐在樓梯最後一道階梯等著她。

「你是怎麼進來的？」

「是吉姆，妳家樓下商店的那個老闆。他正把箱子搬到地下室去，我幫他忙。我們在談他店裡最新款的鞋子，那些鞋子真是美極了。可是現在還有誰買得起這樣的藝術品呢？」

「看看週末他店裡不斷有人進進出出，每個人手裡都拿著一大堆包裝好的盒子，相信我，買得起的人多的是。」朱莉亞回道。「你是不是需要什麼東西？」朱莉亞一邊問，一邊打開自己的房門。

「我不需要，不過妳需要，妳需要有個伴，這是不用說的。」

「看你一副哈巴狗的可憐樣，真不知道我們兩人是誰孤單。」

「好吧，為了維護妳的自尊，我對不請自來全權負責。」

朱莉亞脫下風衣，把它甩在壁爐旁的一張沙發椅上。屋內可以聞到攀藤在外面紅磚牆壁上的紫藤花的花香。

「妳家真是漂亮。」史坦利一邊稱讚，一邊坐在沙發上。

「至少今年我可以完成這件事。」朱莉亞一邊說，一邊開冰箱。

「完成什麼事啊？」

「把這棟老房子的樓上整理好。你要不要來個啤酒？」

「這喝了會發胖！來杯紅葡萄酒怎麼樣？」

朱莉亞很快地在木桌上擺兩副刀叉，兩個碟子，一盤乳酪，打開一瓶卡本內葡萄酒，在音響內放進一張巴吉伯爵*的唱片，然後向史坦利招手，請他坐在她的對面。史坦利看著紅葡萄酒的酒標，嘴裡發出讚賞的哨聲。

「這是標準的晚宴大餐，」朱莉亞邊說邊坐在椅子上。「除了缺少兩百多個賓客，還有一些小點心之外，只要閉起雙眼，幾乎會以為這是我的結婚晚宴。」

史坦利問她：

「親愛的，妳要不要跳個舞？」

還沒等她回答，他便強拉她站起來，一起跳搖擺舞。

他滿面笑容地說：

「妳看，這少說也是個慶祝晚會。」

朱莉亞把頭靠在史坦利的肩上：

「我的史坦利，要是沒有你，我能做什麼？」

「什麼都不能做，不過這個呢，我老早就已經知道了。」

音樂結束了，史坦利回到原位。

「妳給亞當打過電話了吧？」

朱莉亞走路回家時，給她的未婚夫打過電話，說她很抱歉。亞當很明白她需要獨處，他倒是對自己在葬禮時的笨拙感到愧疚。他從墓園回到家後跟他母親談過，他母親責備他說話不當。他今晚會到父母親的鄉下別墅，和家人一起度過殘餘的週末。

「有時候我在想，妳父親選在今天下葬，也許不是一件壞事。」史坦利低聲說道，並且又喝了一杯酒。

「你實在不喜歡他！」

「我可沒這麼說！」

「在這個有兩百萬單身男女的大都會裡，我獨自生活了三年。亞當很禮貌，很大方，很體貼，很親切。他完全接受我不正常的工作時間，他盡其所能讓我得到幸福，還有最重要的，他愛我。所以，你就給我面子，容忍他一點。」

「我對妳的未婚夫沒有任何不滿呀，他很完美！我只是希望看到妳的生命中，能有個男人讓妳瘋狂，哪怕他有很多缺點，而不是一個只因為有某些優點而得到妳的人。」

「說教是很容易，你呢，你為什麼自己一個人？」

「我的朱莉亞，我不是自己一個人，我是鰥夫，這不一樣。並不是說我愛的男人過世了就完全離開我。妳要是看到躺在病床上的愛德華有多帥就好了。他並沒有因為生病而失去風采。他還是很有幽默感，連他的最後一句話都不例外。」

「他最後一句話說了什麼？」朱莉亞一邊問，一邊握住他的手。

「我愛你！」

兩位好友默默無語地互望著。史坦利站起身，穿上外套，在朱莉亞臉上親了一下。

「我要回家睡覺去了。今晚妳贏了，感到孤獨的是我。」

＊巴吉伯爵（Count Basie, 1904-1984），巴吉爵士樂團創辦人。

「再等一會兒。他最後一句話真的是要說他愛你嗎？」

史坦利帶著笑容說道：

「這是最微不足道的事，他因為欺騙我而痛不欲生。」

第二天早上，在沙發上睡著的朱莉亞睜開雙眼，發現史坦利在她身上蓋了一條大披肩。過了一會兒，她看見吃早餐用的大碗下面有一張紙條，上面寫著：「就算我們對彼此做過什麼可惡的事，妳仍然是我最好的朋友，還有，我也很愛妳，史坦利。」

4

早上十點鐘的時候，朱莉亞離開家門，決定一整天都留在辦公室裡。她的工作進度落後，再說，留在家裡團團轉，或者更糟的是去整理那些過了幾天又會變成一團亂的東西，這些都毫無用處。也沒必要打電話給一定還在睡覺的史坦利。禮拜天，除非是把他從床上拖出來，拉他一塊兒去吃午飯，或者說要請他吃肉桂煎餅，否則的話，他要睡到下午三、四點鐘才會起床。

賀哈秀街仍然空空蕩蕩。朱莉亞向坐在「茴香酒」露天座上的幾個鄰居打招呼，然後加快腳步離開。走到第九大道時，她拿出行動電話給亞當留下一些親密話語。過了兩個十字路口後，她踏進卻爾西農民市場大樓，搭電梯到頂樓。她把識別卡插進公司大門門禁識別器，然後推開沉重的鐵門，進入辦公室。

三名電腦繪圖師正在崗位上工作。朱莉亞看到他們的氣色，還有字紙簍裡一大堆壓扁的塑膠咖啡杯，明白他們昨晚都留在辦公室裡過夜。這幾天一直讓她的工作小組絞盡腦汁的問題顯然還沒解決。沒人能找出一個巧妙的數學方程式，讓一群蜻蜓跟活的一樣，能飛能打。因為這群蜻蜓必須保護一座城堡，避免它受到大批螳螂的襲擊。掛在牆壁上的工作表註明著，這個禮拜一螳螂就要大舉進攻。明天之前，如果蜻蜓大隊不能起飛的話，要嘛就是城堡輕而易舉地落入敵人手中，要嘛就是這部新卡通影片要延遲完工。兩種情況都令人不堪設想。

朱莉亞把座椅推到同事們中間，然後坐在椅子上看他們的工作進展。看完之後，她決定採取緊急措施。她拿起電話，一個個打給工作小組的成員。她先跟每位同事道歉，要浪費他們的週日下午，希望他們在一個鐘頭之內到公司會議室集合。哪怕是要重新修改原有的數據資料，哪怕是要工作到三更半夜，也不能在週一早晨看不到上百隻蜻蜓在伊諾克莉城堡的上空飛翔。

在第一組同事束手無策後，朱莉亞飛快跑到樓下，去市場買了兩箱各種不同的蛋糕和三明治，讓同事們能夠充飢。

中午十二點，接到電話前來的有三十七人。早上氣氛安靜的辦公室，現在變成像蜂窩一樣忙碌。繪畫師、電腦繪圖師、彩繪師、程式設計師，還有動畫專家，大家互相交換報告、分析資料，包括一些最荒唐無比的意見。

下午五點鐘，一名新到不久的同事發現一條線索。所有人為此興奮不已，立刻在會議室開會。這名為充實陣容剛雇用沒多久的年輕電腦工程師名叫查理，來上班的時間僅僅八天。當朱莉亞請他發言，解釋他的看法時，他嗓音發抖，說話含糊不清。他的組長嘲笑他的口頭表達能力，使得他更緊張。一直到他決定在電腦鍵盤上操作，前後好長一段期間，仍可聽到他背後有嘲笑聲。當他的電腦螢幕上出現一隻展翅飛翔的蜻蜓，在伊諾克莉城堡上空畫出一道美麗的圓圈時，嘲笑聲才倏然停止。

朱莉亞第一個向他祝賀，其他三十五個同事也紛紛鼓掌。剩下來的工作就是要設法讓其餘七百四十隻披甲戴盔的蜻蜓能夠起飛。這一次，年輕的電腦工程師信心大增，向大家解釋他的方法，而且藉著這個方法，也許可以大量複製。正當他詳細說明構想時，電話突然響起來。一名同事接電話，向朱莉亞打手勢，電話是找她的，而且似乎有急事。朱莉亞低聲交代坐在旁邊的同事，請他將查理的構思完整記錄下來，然後離開會議室，到自己的辦公室接電話。

朱莉亞馬上聽出是賀哈秀街住家樓下的鞋店經理吉姆先生打來的，肯定又是家裡的水龍頭壞了。自來水一定是滲透天花板流到吉姆先生店裡的鞋子上。他店裡每雙鞋的價格相當於她半個月的薪水。如果是打折期間，就是一個禮拜的薪水。朱莉亞知道這些，因為去年她保險公司的經理開一張數目很大的支票給吉姆先生時，就是這麼告訴她的。那張支票是為了彌補她家裡漏水帶給吉姆先生的損失。那一次朱莉亞離開家時，忘了把老舊不堪的洗衣機水龍頭關掉。誰又能永遠都不會忘記這個小動作？

那一天，她保險公司的經理鄭重對她宣布，這是最後一次替她負責賠償。他之所以替她擔起這一次責任，是因為緹莉是他孩子們的偶像，而且自從他替孩子們買了卡通光碟後，緹莉使他的週日早晨獲得自由，所以他才說服公司不取消她的保險合約。

至於朱莉亞和吉姆先生的關係，她可是花費了很多的心血才有所改善。史坦利在家慶祝感恩節時請他參加，聖誕節獻上祝賀，在其他許多事上適時表達關心等等努力，才恢復了正常的鄰居關係。吉姆先生這個人不是很隨和，什麼事都有他的大道理，而且說話總喜歡連諷帶刺。朱莉亞屏著氣，等他開口報告大災難的情況。

「華斯小姐……」

「吉姆先生，不管情況怎樣，請你知道我為這件事感到非常難過。」

「不會比我更難過，華斯小姐，我店裡人多得不得了，而且還有很多其他的事要做，而不是妳不在家的時候，單單替妳處理接貨的問題而已。」

朱莉亞設法讓自己的心跳速度減緩，想瞭解到底是怎麼回事。

「接什麼貨啊？」

「華斯小姐，妳該告訴我是什麼貨呀！」

「很抱歉，我什麼貨也沒訂，再說就算我有訂貨，也是叫人送到我的辦公室來。」

「喔，這一次好像不是如此。我店門口停著一部超大的卡車。禮拜天是我店裡生意最好的一天，這對我的損失太大了。那兩個大塊頭把給妳的大木箱搬下來後就不肯走。他們要等到有人收貨才肯離開。我問妳，我們要怎麼辦？」

「大木箱？」

「沒錯，我剛剛跟妳說過了。我的客人都不耐煩了，妳還要我每句話都重複兩遍嗎？」

「吉姆先生，真是不好意思，」朱莉亞接著道，「我不知道該說些什麼才好。」

「妳總可以告訴我妳什麼時候可以回到家呀，這樣我就可以告訴那兩個人，因為妳的關係，我們到底需要浪費多少時間。」

「可是我現在不可能馬上趕回家，我正在公司工作哪……」

「華斯小姐，難道我是閒著在做鬆餅嗎？」

「吉姆先生，我沒有在等什麼貨，不等紙箱，不等信件，更沒有在等木箱！一定又有人弄錯了。」

「妳的木箱就停在我的店門口，我不戴眼鏡就可以透過櫥窗看到收件人姓名地址的貼條。妳的名字用特大字體寫得清清楚楚，就寫在我們兩人共同地址的上面，寫在『易碎品』下面。很有可能是妳忘了！這好像也不是妳第一次忘記事情啊，不是嗎？」

會是誰送的貨呢？會是亞當送的禮物嗎？還是自己訂的貨後來卻忘了？還是辦公室需要的物品，自己糊里糊塗寫到住家地址了？不管怎麼說，朱莉亞不能夠把禮拜天叫過來加班的同事丟在辦公室裡。聽吉姆先生的口氣，他是要她在最短時間內找出解決辦法，等於說是馬上。

「吉姆先生，我想我找到解決問題的辦法了。有你幫忙的話，我們可以脫離困境。」

「我又要佩服妳的數學頭腦了。妳應該說的是，找到解決妳個人問題，而不是我的問題的辦法，沒有必要再一次把我牽扯在內，華斯小姐，我真是佩服妳。我現在洗耳恭聽。」

朱莉亞於是對他說，她在樓梯第六個階梯的地毯下藏了一把鑰匙，只要數一數階梯就行了。如果不是第六階，那麼就是第七階或第八階。這樣吉姆先生就可以開門讓送貨員進屋，她確信，只要事情辦完，送貨員一定會馬上把擋住他櫥窗的大卡車開走。

「我估計，最理想的是我必須等到他們離開後，再把妳家的門鎖上，是不是？」

「這是最理想的，我找不到比這更準確的字眼，吉姆先生……」

「如果是家用電器的話，華斯小姐，我千萬要請妳找個經驗老到的電器工安裝。妳應當明白我的意思！」

朱莉亞正想跟他保證，說她沒有訂任何電器用品時，她的鄰居早已掛掉電話。她聳聳肩膀，想了幾秒鐘，然後再度投入占據她所有心神的工作上去。

夜晚初臨時，所有人員都集合在大會議室的電腦螢幕前。查理負責電腦操作，效果非常令人振奮。只要再工作幾小時，「蜻蜓大戰」就能在預定時間準時發動。電腦工程師在更正數據程式，繪圖師在修飾影片布景的細節，朱莉亞開始覺得自己派不上用場。她到茶水間去，碰到了德雷。他是繪畫家，也是她的朋友。在她求學期間，有大部分光陰都是和他一起度過。

德雷看到她伸展四肢，猜到她一定有背痛，於是勸她回家休息。她很幸運，住家距離公司只有幾條街，那就應該利用這個好處。試片一完成後，他會立刻打電話給她。朱莉亞對他的關懷很感動，但是她覺得自己應該留下來跟同事們在一起。德雷卻說，她在辦公桌之間走來走去，會使已經很疲倦的同事們增加沒必要的壓力。

朱莉亞問道：

「從什麼時候開始，我的在場變成了一個負擔？」

「別誇張了，每個人的神經都繃得很緊。這六個禮拜以來，我們沒有休過一天假。」

朱莉亞原先準備休假到下個禮拜天，德雷坦白說大家原本是希望利用這段時間能夠輕鬆一下。

「我們以為妳去蜜月旅行了……朱莉亞，不要往壞處想。我只是他們的代言人。」德雷不好意思地繼續說道，「這是妳接受做主管負責人所付出的代價。自從妳升職成為創作部主任後，妳就不再是工作上的普通同事了，因為妳象徵著某種權威……證據是，只要幾通電話就能召集這麼多人來加班，而且還是禮拜天呢！」

「我覺得這是值得的，不是嗎？不過我想你的意思我能理解，」朱莉亞答道，「既然我的權威會替同事們的創造力帶來負擔，那我就離開吧。你們做完的時候，一定要打電話給我，並不是因為我是你們的主管，而是因為我是工作團體的一分子！」

朱莉亞拿起擱在椅背上的風衣，查看鑰匙是否在牛仔褲的口袋裡，然後快步往電梯間走去。

走出大樓後，她撥亞當的電話號碼，耳中聽到的仍是語音信箱的聲音。

「是我，」她說道，「我想聽聽你的聲音。這個禮拜六過得很慘，禮拜天也是一樣悲哀。結果呢，我不曉得獨自一人留在家裡是否是最好的主意。不過最起碼，我的壞情緒不會讓你無辜受罪。我剛才幾乎被我的同事趕出辦公室。我要去散散步。你也許已經從鄉下回來了，現在在床上睡覺。我想你的母親一定把你煩死了。你早該給我留個電話。再見囉，我剛才正想跟你說，請你回個電話給我。我真蠢，因為你都已經睡了。總之，我覺得我剛剛說的話都很蠢。明天見。醒來之後給我一通電話。」

朱莉亞把行動電話放回皮包內，然後沿著河堤漫步。半個鐘頭後，她回到家中，發現大樓門口上貼了一個信封，上面寫著她的名字。她心中感到奇怪，將信封口撕開。「在替妳處理接貨時，我失去了一位女客人。鑰匙放回原處。附注：在第十一個階梯，而不是第六階、第七階或第八階！祝妳有個愉快的星期天。」這封短短的信並沒有簽字。

「他乾脆直接替小偷畫路線標誌算了！」朱莉亞嘴裡一邊嘀咕，一邊爬上樓梯。

她往二樓走上去，越往上走，心裡越急著想知道，在家裡等著她的木箱裡到底裝的是什麼。她加快腳步，拿起地毯下的鑰匙，決定再找另一個地方藏好，然後開燈進入屋內。

在客廳正中央擺著一個直立的大木箱。

「這會是什麼呢？」她一邊說，一邊把隨身衣物放在茶几上。木箱的側邊貼著紙條，在「易碎品」字樣下面的確寫著她的名字。朱莉亞在這個淺色木製的大箱子四周繞了一圈。木箱太重，她想她是搬不動，就是想搬開幾公尺也不可能。她也不知道怎麼打開，除非是有錘子和螺絲起子。

亞當一直沒有回電話，現在就只剩下她的老救星了。她撥了史坦利的電話號碼。

「我有沒有打攪到你？」

「禮拜天晚上，而且在這時候？我一直在等妳打電話約我出去呢。」

「讓我證實一下，你沒有派人送一個兩公尺高的大箱子到我家吧？」

「朱莉亞，妳在說什麼呀？」

「我料得沒錯！接下來的問題是，怎樣才能打開一個兩公尺高的大箱子？」

「箱子是什麼做的？」

「木頭！」

「也許用鋸子吧？」

朱莉亞答道：「真謝謝你的幫忙，史坦利，我的手提包和家用藥箱裡怎麼會有這些東西。」

「我可以知道箱子裡裝的是什麼嗎？」

「這正是我想要知道的呀！史坦利，你既然這麼好奇，那就趕快跳上計程車，到我家來幫忙。」

「親愛的，我穿著睡衣哪！」

「我以為你準備好要出門了？」

「下我的床！」

「看來我要自己想辦法了。」

「等一等，讓我想一想。有沒有什麼把手？」

「沒有！」

「有沒有絞鏈？」

「我沒看到。」

史坦利笑著說：

「這會不會是個現代藝術品，一個出自名家之手而且打不開的箱子？」

朱莉亞一聲不吭。史坦利明白現在根本不是開玩笑的時候。

「妳有沒有試著壓一下，重重敲一下，就跟打開衣櫥的門一樣？推一下，然後就……」

正當史坦利在解釋他的辦法時，朱莉亞恰好把手放在箱子的木板上。她就按照史坦利的建議，將手用力一壓，結果箱子正面的木板慢慢地轉開。

「喂？喂？」史坦利對著電話筒大喊，「妳還在嗎？」

朱莉亞手中的電話筒掉落在地上。她目瞪口呆地看著箱子裡的東西，她看到的東西對她而言，似乎是不可思議。

掉在她腳下的電話筒仍然響著史坦利的聲音。朱莉亞慢慢彎下身把電話筒撿起來，雙眼仍然盯著箱子看。

「史坦利？」

「妳把我嚇死了，沒事吧？」

「大概吧。」

「要不要我穿上一條長褲，立刻趕到妳家去？」

「不用了，」朱莉亞嗓音平板地說道，「沒這必要。」

「妳的箱子，把它打開了嗎？」

「打開了，」她心不在焉地回答，「我明天打電話給你。」

「我很擔心妳呢！」

「史坦利，再躺回去睡覺吧，再見。」

話一說完，朱莉亞便切掉電話。

她獨自站在房子正中央，大聲地說：

「誰會給我送這樣的東西呢？」

在箱子裡正對著她的，是個跟人一般大小，外表跟安東尼・華斯一模一樣的蠟像。像得真讓人覺得那是個真人。只要蠟像睜開眼睛，就是個有血有肉的活人。朱莉亞吃驚得幾乎沒辦法呼吸，頸子滴下了幾顆汗珠。她一步一步往前靠近。這個和她父親一樣大小的塑像做得出奇相像，皮膚的顏色和紋理像得令人拍案叫絕。鞋子、灰黑色西裝、白色棉質襯衫，都跟安東尼生前經常穿的衣服一模一樣。她很想碰碰他的臉頰，拔他一根頭髮，看看是不是他本人。可是她和父親已經很久沒有接觸了。兩人之間都沒有摟抱過，沒親過臉，連手都沒碰過，所有表達溫情的身體動作都沒有過。多年來造成的代溝是無法填補的，更何況現在在眼前的是一座塑像。

現在必須面對這樁難以想像的事了。有人莫名其妙地請人塑造安東尼的塑像，就跟在魁北克、巴黎、倫敦的某些蠟像館看到的蠟像一樣，但是要比她目前為止看過的塑像都還要來得逼真，真的讓人忍不住想大喊。大喊，這正是她很想做的事。

朱莉亞仔細打量塑像，發現在袖口折邊上別著一張小紙條。紙條上面有一個用藍墨水畫的箭頭，箭頭指向外套胸前的口袋。朱莉亞取下紙條，翻看背後，看上面寫的字：「把我打開。」她立刻認出她父親別具風格的筆跡。

在箭頭指示的胸前口袋，安東尼生前喜歡塞一條絲巾的口袋，露出一個看起來應該是遙控器的邊端。朱莉亞取下遙控器。上面只有一個按鈕，是個呈長方形的白色按鈕。

朱莉亞覺得自己要昏倒了。她在做惡夢，過一會兒她就會清醒過來，全身大汗，然後對自己的妄想一笑置之。當她看到父親的靈柩從飛機上下來時，她對自己說，父親在她心中已經死了很多年了，她不會因為他不存在而感到痛苦，因為父親幾乎有二十年的時間都不在身邊。她還差點為自己的成熟感到很驕傲，沒想到現在卻不自覺地掉入陷阱。這近乎荒謬，可笑。在童年時代，父親經常不在身邊，現在更不可能讓父親的影子縈繞在她這成熟女人的腦海裡。

在馬路上搖搖晃的垃圾車聲音完全是來自於現實世界。朱莉亞非常地清醒。在她面前的是個雙眼緊閉的塑像，好像在等她做決定，要不要按下遙控器的按鈕。

垃圾車走遠了。朱莉亞真希望它不要走。她要衝到窗口去，請清道夫搬走她房間裡的可怕惡夢。可是街道又再度悄然無聲。

她用手指摸著按鈕，輕輕地摸，卻沒有力氣往下壓。

這件事必須趕快解決。最明智的方法是把箱子再度關上，在貼條上找出運輸公司的電話號碼，明天一大早就打電話過去，要他們來把這令人難受的假人搬走。最後再想辦法找出這場惡作劇的主使。是誰想出這樣的把戲？她周遭的人當中，有誰做得出這種殘忍的事？

朱莉亞把窗子大大打開，深深吸了幾口夜晚溫暖的空氣。

外面的世界就跟她跨過門檻回家前一樣。希臘餐廳的桌子全都堆在一起，招牌的燈光也都熄滅。一名女子帶著她的小狗散步，正穿過十字路口。她那隻咖啡色的狗走路彎彎曲曲，扯著皮帶，一會兒去嗅路燈燈腳，一會兒去嗅窗底下的牆腳。

朱莉亞屏住氣，將遙控器緊緊握在手中。儘管她反覆思索所有認識的人，只有一個人的名字不停浮現，只有一個人才有可能設想出這樣一場鬧劇。在氣憤的指使下，她轉回身，走到客廳當中，決定要查證她心中的預感對不對。

她用手指壓一下按鈕，聽到嘎噠一聲響。接著，那具本來就不能說是塑像的眼皮張了開來，臉上露出一道笑容，然後她聽到父親的聲音問道：

「妳是不是已經有點想念我了？」

5

「我在作夢！今晚碰到的事沒有一件是合理的！告訴我是如此，免得我以為自己真的瘋了。」

她父親的聲音答道：「好了，好了，別激動了，朱莉亞。」

他往前走一步，踏出木箱，然後一邊伸伸懶腰，一邊動動臉孔。那動作逼真無比，就連只是有點刻板的臉部線條和表情也是維妙維肖。

「不，妳沒有瘋，」他繼續說，「妳只是吃驚，這我完全瞭解，在這種情況之下應該很正常。」

「沒有一件事是正常的，你不可能在這裡，」朱莉亞搖著頭低聲說，「這完完全全不可能！」

「沒錯，不過，在妳面前的並不是道道地地的我。」

朱莉亞把手放在嘴巴前面，猛然地放聲大笑。

「人腦真是個不可思議的機器！我還差點相信這一切。我現在是在睡夢中。我剛剛回到家的時候喝了點身體不適應的東西。是白酒嗎？對了，我對白酒不適應！我真是白痴一個，居然讓自己掉進幻想中。」朱莉亞一邊說，一邊在房子裡走來走去。「你該明白，在我做過的所有夢中，這是最荒誕不經的！」

「好了，朱莉亞，」她父親溫柔地說，「妳完全清醒，妳的頭腦非常明智。」

「不對，這點我很懷疑，因為我看到你，因為我在跟你說話，而且，因為你已經死了！」

安東尼一語不發地打量她，前後有幾秒鐘的光景。接著，他很和藹地答道：

「說得也是，朱莉亞，我已經死了！」

他看到朱莉亞呆呆站著瞪著他，整個人都嚇壞了，於是將手搭在她的肩膀上，指著沙發椅。

「妳先坐一會兒聽我說，好嗎？」

「不好！」她一邊說，一邊閃開。

「朱莉亞，妳一定要聽聽我要跟妳說的話。」

「我要是不想聽呢？你這個人，為什麼所有的事都要按照你的意思去安排？」

「現在不一樣了。妳只要壓一下遙控器的按鈕，我就會立刻恢復原狀，跟剛剛一樣靜止不動。但是對今晚發生的事，妳將永遠得不到答案。」

朱莉亞看看手掌中的遙控器，想了一會兒，決定聽這個看起來活像她父親的機器人的話，於是心不甘情不願地坐下來。

她低聲地說：「說吧！」

「我知道今晚的事有點令人困惑。我也知道，我們倆有好長一段時間沒有互通消息。」

「一年又五個月！」

「有這麼久啊？」

「又二十二天！」

「妳的記憶力有這麼好啊？」

「我的生日我還記得相當清楚。你叫祕書打電話來說不要等你吃晚飯，你要在晚飯吃到一半的時候才能趕到，可是你一直沒有來！」

「我記不得了。」

「我可記得很清楚！」

「不管怎麼說，這不是今天的主要問題。」

「我可沒問過你任何問題。」朱莉亞冷冷地回話。

「我不曉得要從哪裡開始說。」

「所有的事情都有個開端，這是你最愛說的老調之一，那麼，你就先開始解釋今晚發生的事吧。」

「好幾年前，我成為一家高科技公司的股東，因為大家都管它叫高科技，那就這麼叫吧。幾個月後，這家公司需要更多資本，我的投資金額也隨之增加，最後我的股份多到使我成為董事會的會員。」

「又是一家被你財團吸收的公司？」

「不是的，我以個人的名義投資。我和其他股東沒什麼不同，但我畢竟是個重要的股東。」

「你花那麼多錢投資的公司是開發什麼的？」

「機器人！」

「你說什麼？」朱莉亞吃驚地說。

「妳聽得很清楚，機器人。」

「做什麼用？」

「我們公司並不是第一家想創造出外表跟人一樣的機器人，好替我們做一些我們不願意做的雜事。」

「你回到人間就是為了要替我打掃房間？」

「……上街買東西、看家、接電話、回答各種不同的問題，沒錯，這些都屬於機器人的應用範圍。不過，我跟妳提到的公司所開發的計畫更精密，也可以說野心更大。」

「比方說？」

「比方說，能夠讓家人有機會和他多相處幾天。」

朱莉亞聽了驚愕不已，心裡並未完全懂他說的話。於是安東尼繼續解釋……

「多相處幾天，在他過世之後！」

「你是不是在開玩笑？」朱莉亞問道。

「從妳把箱子打開時的那副表情看來，這玩笑倒是很成功。」安東尼一邊回答，一邊對著牆壁上的鏡子打量自己。「不能不說我很接近十全十美。不過，我以為我臉上從來沒有皺紋。他們有點誇張了臉部線條。」

「我還小的時候，你臉上就有皺紋了。除非你動拉皮手術，我想皺紋是不會自己消失的。」

安東尼滿面笑容地回答：「謝謝！」

朱莉亞站起來，往他身邊靠近，仔細地觀察他。如果在她面前的果真是一部機器人，那不能不承認，這部機器人做得巧奪天工！

「不可能，在技術上來說，這是不可能的！」

「妳昨天在電腦上完成了什麼工作呢？而這些工作在僅僅一年前，妳也是大喊不可能的。」

朱莉亞坐在廚房的桌子上，把頭埋在雙手裡。

「我們投入很多資金才達到這種成果，而且，老實跟妳說，我也不過是個產品原型而已。雖然是免費贈送，這是當然的，妳也算是我們的第一個客人。這是我送給妳的禮物！」安東尼親切地說道。

「禮物？有誰發瘋會想要這樣的禮物啊？」

「妳知道有多少人在臨終的時候說，『我要是早知道，我要是早明白，早聽到，如果我能對他們說，如果他們知道的話……』」安東尼看到朱莉亞默默不語，緊接著說：「這個市場非常大！」

「跟我講話的東西，它真的是你嗎？」

「幾乎是！應該這麼說，這機器容納了我的記憶，以及我絕大部分的腦皮質。它是由好幾百萬個電腦程序處理器組成的無比精密裝置，擁有複製皮膚顏色和紋理的技能，此外，它動作異常靈活，完美得可以說跟人體一模一樣。」

朱莉亞聽得傻住，呆呆地問他：

「為什麼？目的何在？」

「目的是讓我們能獲得我們一直缺少的那幾天，從永恆中偷幾個小時過來，目的是讓妳我兩人能夠一起分享那些我們從未談過的事。」

朱莉亞離開沙發椅，在客廳裡走來走去，心裡有時承認眼前所碰到的是事實，有時又完全否認。她到廚房給自己倒杯水，一口喝光後，回到安東尼身旁。

她打破沉默，開口說道：

「沒有人會相信我的！」

「每一次妳在構想卡通故事時，不就是這麼對妳自己說嗎？每一次妳拿起筆將角色人物描繪得栩栩如生時，縈繞在妳心頭的不就是這個問題嗎？當我不願意相信妳的工作時，妳不是跟我說過，我是個完全不懂夢想力量的無知漢嗎？妳不是跟我解釋過很多次，有成千成萬的小孩帶著他們的父母沉浸在妳和妳的朋友們從電腦上創造出來的世界嗎？妳不是跟我提醒過，我雖然不想相信妳會飛黃騰達，可是妳的工作成績卻讓妳獲獎嗎？妳創造出一個顏色古怪的水獺，而且還相信它的存在。妳現在是否因為看到一個不可能的人物在妳面前出現就要對我說，因為這個人物外表像妳父親，而不像奇形怪狀的動物，所以妳就拒絕相信是嗎？如果妳的回答是如此，那我告訴過妳，妳只要按下遙控器的按鈕就行了！」安東尼說到最後時，伸手指著朱莉亞擱在桌上的遙控器。

朱莉亞聽完之後，拍手鼓掌。

「夠了，不要因為我死了妳就可以隨隨便便！」

「假如我真的只需要按一下鈕就可以讓你閉上嘴巴，那我可要不客氣了！」

正當她父親的臉孔出現她很熟悉的生氣表情時，街道上傳來兩聲短短的喇叭聲。

朱莉亞突然心跳加速。她聽到亞當每次換倒車檔時變速器發出的嘎嘎聲，就算是有其他一百多個嘎嘎聲在一起，她都可以聽出來。毫無疑問，他正在樓下倒退停車。

「糟糕！」她一邊喃喃自語，一邊跑到窗戶旁。

「是誰？」她父親問道。

「是亞當！」

「亞當是誰？」

「禮拜六原本應該跟我結婚的人。」

「原本應該？」

「禮拜六的時候，我去參加你的葬禮！」

「啊對！」

「啊對……這個我們稍晚再談！現在，請你立刻回到箱子去！」

「妳說什麼？」

「亞當正在停車，所以我們還有點時間，他車子一停好就會上來。為了你的葬禮，我取消了婚禮。如果能不讓他看見你在我屋子裡的話，這可是幫我一個大忙！」

「我不明白，為什麼要保沒有必要守的祕密？如果他是妳原先想準備共度一生的人，那妳應該信任他！我可以跟他解釋前後經過，就像剛剛跟妳解釋一樣。」

「首先，收回『原先』這個詞，婚禮只是暫時延後！說到你的解釋，問題就出在這裡。我自己都無法相信，你就別要求他做不可能的事了。」

「或許他的思想比妳還要來得開放？」

「亞當連攝影機都不會使用，至於機器人，我可是持懷疑態度。趕快回到箱子裡去，真要命！」

「妳聽我說，這是個餿主意！」

朱莉亞看著她的父親，心中氣憤不已。

「哦，沒必要給我這副臉色看。」他立刻解釋道。「妳只要花兩秒鐘想就行了。妳的客廳裡擺了一個關得緊緊的兩公尺高大箱子，妳認為他不會想知道裡面裝的是什麼嗎？」

安東尼看到朱莉亞沒有回答，於是得意地繼續說：「我料得沒錯！」

「你快一點，」朱莉亞一邊哀求他，一邊將身子往窗外靠，「你找個地方躲，他剛剛關掉引擎。」

「妳家真是小。」安東尼吹著口哨，打量房子四周。

「這符合我的需要跟我的經濟能力！」

「才不見得。如果有個，比方說有個小客廳，一間書房，一間撞球室，或者有個小小的洗衣間也好，那我至少可以在裡面等妳。這個只有一個大房間的公寓……好怪的生活方式！像這樣的地方妳怎能保有最起碼的隱私呢？」

「大部分人的家裡都沒有書房也沒有撞球室。」

「妳說的是妳的朋友，親愛的！」

朱莉亞轉回頭，憤怒地瞪著他。

「你活著的時候就已經讓我日子難過，你又叫人造出一個三十億美元的機器人好在你死後繼續找我麻煩，是不是？」

「就算我是產品原型，我這個機器人，照妳說的，就算是個機器人吧，怎麼樣也沒妳說的那麼貴，否則的話，妳想想就知道，沒有人買得起。」

朱莉亞嘲諷地應道：

「你的朋友，他們也許能吧？」

「我的朱莉亞，妳的脾氣真壞。好了，既然妳急著要讓剛剛才出現的父親趕快消失，我們就別再拖拖拉拉。樓上是什麼？是頂樓的雜物間？還是屋頂下的閣樓？」

「是另外一間房子！」

「是不是住了一個妳很熟的女鄰居，我可以上去敲她的門，跟她要點奶油或是鹽，好等妳把未婚夫打發走？」

朱莉亞一聽，立刻跑到廚房的櫥櫃前，把抽屜一個一個打開。

「妳在找什麼？」

「找鑰匙。」她低聲地回答。同時，她聽到亞當在街上叫她的聲音。

「妳有樓上房子的鑰匙啊？我要提醒妳，妳要是讓我躲到地窖去，我肯定在樓梯上會遇到妳的未婚夫。」

「我是樓上房子的房東！我去年用獎金買下來的，不過我還沒有足夠的錢去裝修，所以上面是亂七八糟！」

「為什麼說亂七八糟，難道這裡算是整理過嗎？」

「你再說我就殺了你！」

「很抱歉要反駁妳的話，可是太遲了。再說，妳家要是真的很整齊，妳早就可以找到爐子旁邊釘子上掛的那串鑰匙了。」

朱莉亞抬起頭，立刻往鑰匙跑過去。她抓起鑰匙交給父親。

「趕快上去，不要出聲音。他知道樓上沒住人！」

「妳最好過去跟他說說話，不要叫我這叫我那的。他在街上一直喊妳的名字，遲早會吵醒所有鄰居。」

朱莉亞跑到窗子旁，把頭探出窗外。

「我按電鈴起碼按了十下了！」亞當在人行道上一邊說，一邊往後退一步。

「對講機壞了，很抱歉。」朱莉亞答道。

「妳沒聽到我喊妳的聲音嗎？」

「聽到了，哦，沒有，剛剛才聽到而已。我在看電視哪。」

「妳可不可以開個門呢？」

「當然可以。」朱莉亞心中猶豫不決，人仍然站在窗邊，耳邊聽到父親出去後門隨後關上的聲音。

「呃，我突然造訪好像讓妳很喜出望外！」

「當然囉！為什麼這麼說呢？」

「因為我還站在人行道上啊。聽到妳的留言，我想妳情緒不是很好，我是這麼覺得……所以我一從鄉下回來就上妳這裡來，但如果妳希望我離開……」

「才不呢，我替你開門！」

她走到對講機旁，按下控制門鎖的開關。她聽到一樓的門閂發出格格聲，然後是亞當走在樓梯上的腳步聲。她匆匆忙地跑到廚房，抓起遙控器，又立刻將它甩掉，心中緊張得不得了——這個遙控器對電視一點作用也沒有——她連忙打開餐桌的抽屜，找到電視的遙控器後，心中禱告電池還有電。正當亞當推開屋門時，電視機亮了起來。

亞當進屋時問道：

「妳不再鎖屋子的門啦？」

「鎖呀，我剛剛打開好讓你進來的。」朱莉亞臨機應變，心中很氣她的父親。

亞當把外套脫下，隨手扔在一把椅子上。他看著電視螢幕上像下雪一樣的畫面。

「妳真的在看電視嗎？我一直以為妳很討厭看電視。」

「難得一次。」朱莉亞一邊答他的話，一邊設法讓情緒穩定下來。

「我可要說，妳看的節目不是很好看。」

「別取笑我了，我剛剛想把它關掉，我平常都很少看電視，我大概是按錯了鈕。」

亞當看看四周，發現客廳中央有個奇怪的東西擺在那裡。

「怎麼啦？」朱莉亞問他，口氣很明顯在假裝若無其事。

「妳要是真沒看到，我說妳客廳裡有個兩公尺高的大箱子。」

朱莉亞於是找一些理由來解釋，說那是特別的裝貨箱，專門為退回不能使用的電腦而設計的。送貨員弄錯，結果把箱子送到她家來，而不是送到她的辦公室去。

「妳的電腦一定相當脆弱，才需要用這麼高的箱子來裝。」

「那是一個非常複雜的機器，」朱莉亞接著話說道，「是一個很高大、很占空間的機器，沒錯，是很脆弱！」

亞當心中狐疑，繼續問道：

「是送貨員弄錯了地址？」

「是啊，哦，其實是我在填寫訂單的時候把地址寫錯了。都是最近幾個禮拜工作累積下來的疲勞，結果呢，我把事情都搞得一塌糊塗。」

「妳可要小心，人家會告妳侵奪公司財產。」

「不會的，沒有人會告我什麼。」朱莉亞答話時，口氣裡透露出些許不耐煩。

「妳有什麼事要跟我說嗎？」

「為什麼？」

「因為我需要按十次門鈴，還要在街上大喊，妳才跑到窗口來看。因為我覺得妳看起來很驚慌，電視機開著，可是天線都沒有調整，妳自己看！因為妳很奇怪，就這樣。」

「我有什麼事好隱瞞你的，亞當？」朱莉亞反駁，不再設法隱藏心中的焦躁。

「我不知道啊，我沒說妳隱瞞我什麼事，要嘛，也是妳來跟我說有什麼事。」

朱莉亞突然打開臥室的門，接著把身後壁櫥的門也打開，然後走到廚房去，把所有的櫃子一一打開，首先是洗碗槽上面的櫃子，接著是旁邊的櫃子，再下來是旁邊的，一直到最後一個櫃子打開為止。

亞當問她：「妳在幹什麼？真是的！」

「我在找藏情人的地方。這就是你想知道的，不是嗎？」

「朱莉亞！」

「朱莉亞怎麼啦？」

兩人正要吵起來時，電話鈴突然大響。兩個人都往電話看過去，心中都覺得奇怪。朱莉亞接起電話，聽了很久後，向對方說謝謝和一些恭喜的話，然後掛掉電話。

「是誰？」

「辦公室打來的。他們總算解決了卡住影片攝製的難題，卡通片可以繼續拍下去了，我們可以趕得上進度。」

「妳看，」亞當用溫柔的嗓音說道，「我們要是按照計畫明天早上出門，在蜜月旅行期間，妳一樣可以心安理得。」

「我知道，亞當，我真的很抱歉，希望你明白我的心情！還有，我必須把機票還給你，票在我辦公室裡。」

「妳可以扔了，或是留著當紀念品，這些票不能換，也不能退錢。」

朱莉亞做了一個她經常做的表情。每次碰到令她不愉快的問題，而她又不想發表意見時，她就會聳聳眉頭。

「別這樣看我，」亞當立刻解釋道，「妳也知道很少有人在蜜月旅行前三天取消行程！我們原先還是可以出門旅行……」

「因為那些票不能退錢是不是？」

「我不是這意思，」亞當一邊回答，一邊伸出雙臂摟住朱莉亞。「妳的電話留言說得沒錯，妳確實心情不佳，我不應該來的。妳需要一個人靜一靜，我跟妳說過我可以理解，我話就說到這裡。我回家去，明天又是新的一天。」

正當他要走出門時，天花板傳來一道輕微的格格聲。亞當抬頭往上看，再看著朱莉亞。

「不要亂想，亞當！那一定是老鼠在上面跑。」

「我不曉得妳怎麼有辦法住在大雜物堆裡。」

「我倒覺得很自在。有一天我會有錢住在一個大房子裡，你等著瞧吧！」

「我們這個週末是準備要結婚的，妳也許應該說我們！」

「對不起，我剛說錯話。」

「我的兩房公寓妳覺得太小，妳打算還要在妳家和我家之間來來去去多久呢？」

「不要再提這個老問題了，現在不是時候。我跟你保證，只要我們有足夠的錢裝修，把上下兩層樓合在一起，我們兩個人住很寬敞。」

「我是因為愛妳，才不強迫妳搬開這個好像比我更讓妳依戀的家。不過妳既然很希望如此，我們現在就可以一起住進來。」

「你在暗示什麼？」朱莉亞問道。「如果你指的是我父親的財產，我跟你說，他生前的時候我都不要他的財產，現在也不會因為他死了就會改變意見。我要去睡覺了。既然旅行計畫已經取消，明天我會很忙。」

「妳說得對，快去睡吧。妳最後說的那些話，我想就歸咎於妳的疲勞吧。」

亞當聳聳肩膀，然後離開。走到樓梯底下時，他也沒回頭去看正在跟他揮手的朱莉亞。他出去後，一樓大門隨即關上。

安東尼一回到屋內便大聲說道：

「謝謝妳把我說成老鼠！我都聽到了！」

「你難道希望我對他說，有個最新出品的機器人，外表像我父親，正在我們頭頂上走來走去……然後讓他立刻打電話叫救護車把我送到瘋人院是不是？」

安東尼好笑地說道：

「這倒不失幽默感！」

「話說回來，如果你要我們繼續客套，」朱莉亞又繼續說，「那麼我謝謝你搞砸我的婚禮。」

「親愛的，我死了，請原諒我！」

「也謝謝你害我和樓下商店老闆失和。整整好幾個月他都會用冷冰冰的臉孔對待我。」

「那個鞋店老闆！有什麼好在乎的呢？」

「你腳下穿的不就是鞋子嗎？還要謝謝你讓我這個禮拜唯一有空的晚上泡湯。」

「像妳這個年齡的時候，我只有感恩節的晚上才休息！」

「我知道！哦，最後還要謝謝你，最厲害的是你讓我跟我未婚夫說話時像個悍婦。」

「你們兩個人不是因為我而吵架，這只能怪妳自己的個性，這跟我一點關係都沒有！」

朱莉亞大聲吼道：

「跟你一點關係都沒有？」

「好啦，也許有那麼一點點……我們和解好不好？」

「為今晚，為昨天，為你這麼多年來不聞不問，還是為我們兩人之間的所有戰爭和解？」

「朱莉亞，我從來就沒跟妳作對過，我的確是經常不在家，但是我對妳從來沒有敵意。」

「我想你是在開玩笑吧？你總是毫無理由地在設法遙控一切。我到底在幹什麼？居然在跟一個死人說話！」

「妳要是想把我關掉，妳可以做。」

「我或許就應該這麼做。把你放回箱子裡，然後把你送回給那個什麼高科技公司。」

「一八〇〇三〇〇〇〇一，密碼六五四。」

朱莉亞看著父親，心中在思索著。

「這是跟那個公司聯絡的方法，」她父親繼續說，「妳只要撥這個號碼，把密碼告訴他們，如果妳沒勇氣，他們甚至可以用遙控的方式把我關掉，然後在二十四小時之內，他們會派人把我搬走。不過妳好好想一想，有多少人希望能夠和剛剛往生的父親或母親再多相處幾天？妳不會有第二次機會。我們只有六天的時間，僅此而已。」

「為什麼是六天？」

「這是我們為解決倫理道德問題而設計出的辦法。」

「什麼意思？」

「妳應該可以料到，像這樣的新發明一定會引起一些道德問題。我們認為有一點很重要，儘管機器人精密靈巧，也不可以讓我們的客戶百般依戀。人死後繼續與世人溝通的方式已經有很多種，譬如說遺囑啦，書啦，聲音或是影像錄製。我們設計的機器人可說是很創新，而且最特別的是，它具有互動功能。」安東尼說得興高采烈，就好像他正在說服一個買主。「我們的目的只是讓即將逝去的人有個比紙張或是錄影帶更完美的方式，好轉達他最後的意願，或者是讓家屬有機會能和所愛的人多相處幾天。但是我們也不能讓生者將感情寄託在一具機器上。我們也從以前的經驗中吸取教訓。我不知道妳是否還記得，有一陣子，製造商推出的嬰兒洋娃娃很成功，結果許多擁有者就把它們當成真的嬰兒看待。我們不願意看到這種不良現象再度發生。因此，絕不可以讓人在家裡永遠留著父親或是母親的複製品，儘管這個主意很誘人。」

安東尼說到這裡，雙眼看著滿臉疑惑的朱莉亞。

「不過，妳我的情況好像不是如此……言歸正傳，一個禮拜之後，電池就會耗光，而且沒有任何辦法再充電。所有的記憶都會消失，最後的生命氣息會消失殆盡。」

「那沒有任何辦法避免嗎？」

「沒有，這一切都是事先想過的。假如有個滑頭想拿出電池再去充電，記憶體會重新格式化。這說起來很難過，至少對我而言，就好像是個用完即拋的手電筒。在過完六天充滿陽光的日子後，就進入永恆的黑暗。只有六天，朱莉亞，只有短短的六天去彌補失去的時光，決定權在妳。」

「只有你才會想出這種古怪的辦法。我肯定你生前在那家公司絕不只是個普通的股東。」

「如果妳決定接受這個遊戲規則，而且只要妳不按下遙控器的按鈕把我熄滅，我希望妳提到我時用現在式動詞說話。妳不介意的話，就算是我得到六天的獎金吧。」

「六天？我好久沒有把六天的時間花在自己身上了。」

「蘋果不離樹邊掉，是不是啊？」

朱莉亞狠狠看了父親一眼。

安東尼緊跟著說：

「這句話我是順口而出，妳不一定要照表面的意思去理解！」

「那我要怎麼跟亞當說呢？」

「妳剛剛對他撒謊的時候好像很有辦法嘛。」

「我沒對他撒謊，我只是對他隱瞞一些事情而已，這完全不一樣。」

「對不起，我忽略了文字的微妙性。妳只要繼續對他……隱瞞一些事情不就得了。」

「還有史坦利呢？」

「妳的同性戀朋友？」

「我最要好的朋友！」

「沒錯，我說的就是他！」安東尼答道。「他如果真是妳最要好的朋友，妳必須採取更微妙的手腕才行。」

「那我去上班的時候，你就一個人整天待在這裡嗎？」

「妳原先打算請幾天假去度蜜月不是嗎？妳可以不去上班啊！」

「你怎麼知道我原先要出門旅行的？」

「妳家的地板，或者說是天花板，隨便妳，它們都沒有隔音效果。保養不佳的老房子總是有這個問題。」

朱莉亞氣得大聲叫道：

「安東尼！」

「啊，拜託妳，就算我是個機器人，妳也得叫我爸爸。我最怕妳直呼我的名字。」

「真要命，二十年來這『爸爸』兩個字我都一直叫不出口！」

「所以更應該好好利用這六天的時間！」安東尼滿面笑容地說。

「我一點都不知道該怎麼辦才好。」朱莉亞一邊低聲地說，一邊走到窗口。

「去睡覺吧，靜夜出主意。妳是這世界上第一個得到這種選擇的人，值得妳冷靜地思考。明天早上再做決定，不管是什麼，都是好的決定。就算是把我關了，妳上班也只不過是遲到一會兒。妳原先為了結婚要請假一個禮拜，妳爸爸過世應該值得妳浪費幾個鐘頭的工作時間，不對嗎？」

朱莉亞對這個一直看著她的父親打量了好一會兒。如果這不是她以前一直想進一步瞭解的人的話，她會覺得他看她的眼神中帶著些許溫情。雖然這只是他父親的複製品，她幾乎要跟他道聲晚安，不過還是放棄了。她關上臥室門後，躺在床上。

時間一分一秒過去，就這樣過了一個鐘頭，接著又過了一個鐘頭。房間的窗簾大大開著，夜晚的亮光照在架子上的間格裡。窗外一輪明月似乎進入房內，飄浮在鑲木地板上。朱莉亞躺在床上，回憶起幼時種種。這位今晚在牆壁另一邊等候的人，讓她在不知道有多少個類似的晚上窺伺他歸來。少女時代時，不知道有多少個失眠的夜晚，她幻想著風改變了父親的旅程，描述出神奇美妙的千百個國度。有多少個晚上她在編織美夢。這個習慣並沒有隨著時間改變。手中的鉛筆畫了多少線條，橡皮擦了多少次，才能讓她創造出的角色人物躍然紙上，藉著一張又一張的影像，讓他們相聚一處，滿足他們對愛的需求。長久以來，朱莉亞就知道，一個人在幻想時找不到白日的燦爛陽光，當夢想面對現實世界太過刺眼的光線時，只要一下子不去想像，夢想就會立刻消失。童年的界限在哪裡呢？

一隻墨西哥小洋娃娃躺在一具石膏製的水獺塑像旁邊。那是將不可能實現的希望變成事實的第一具水獺模型。朱莉亞站起身，將水獺塑像拿在手上。她一直都是憑預感行事，時間讓她的幻想力更為充實。那又為什麼不去相信呢？

她將塑像放回原處，套上一件浴袍，然後打開房門。安東尼坐在客廳的沙發上，他開著電視，正在看 NBC 電視台的影集。

「我把天線安上了，真是的，天線居然都沒插在插座上！我一直很喜歡這個影集。」

朱莉亞坐在他旁邊。她父親又說：

「我沒看到這一集，至少我的記憶裡頭沒有這一集。」

朱莉亞拿起遙控器，將聲音切掉。安東尼舉眼望天，一臉無奈。

「你要和我談談，」她說，「那我們就談談。」

兩人默默不語，前後整整有一刻鐘。

安東尼提高音量，重複道：

「我真的很高興，我沒看到這一集，至少我的記憶裡頭沒有這一集。」

朱莉亞索性把電視關掉。

「你故障了，你剛剛同樣的話說了兩遍。」

接下來有一刻鐘的時間，兩人又都默默不語，安東尼雙眼一直盯著黑漆漆的電視螢幕。

「有次妳生日的晚上，我們在慶祝妳滿九歲，我想是吧，我們兩人在一家妳特別喜歡的中國餐館吃飯，之後我們整晚都在家看電視，就像這樣子，只有我們兩個人。妳躺在我床上看，甚至連電視最後一個節目結束時，妳還一直看著螢幕上一閃一亮的白線。妳應該忘了，那時妳還太小。清晨兩點的時候妳終於睡著。我想把妳抱到妳房間去，可是妳的雙手緊緊抱著縫在床頭上的枕頭，讓我沒辦法拉開妳的手。妳打橫睡，占住整張床，所以我就坐在妳前面的沙發椅上，整個晚上一直看著妳。妳是記不起來的，妳那時才九歲。」

朱莉亞一語不發。安東尼把電視再度打開。

「這些人是在哪裡找出這些故事的？想像力真的很豐富。我一直很佩服他們！最好玩的是，我們到最後都會依戀劇中人物的生活。」

朱莉亞和父親兩人並肩而坐，彼此都不再說話。兩人的手都擱在對方的手旁邊，從沒靠近過，沒有一句話來劃破這特別夜晚的寧靜。當第一道曙光透進房內時，朱莉亞站起身，仍是默默不語。她穿過客廳，走到臥室門口前，轉身對父親說道：

「晚安。」

6

放在床頭桌上的收音機鬧鐘已經指著九點鐘。朱莉亞張開眼睛，立刻跳下床。

「該死！」

她衝到浴室內，腳還撞到了門檻。

她嘀咕地說：「又是禮拜一了，真是不可思議的晚上！」她拉上浴簾，進入澡缸，讓水沖在皮膚上很久。稍後，她一邊刷牙，一邊對著洗臉槽上的鏡子看自己的臉，忍不住大聲失笑。她在腰間圍了一條大毛巾，又拿另一條毛巾將頭髮包起來，然後準備去煮茶。當她穿過臥室時，心中對自己說，茶喝下去後，第一件事就是打電話給史坦利。把昨晚遭遇的怪事對他實說是有點冒險，他一定會拉著她去看心理醫師。但是她絕對無法忍耐半天時間都不給他電話，或是不跑去找他。像這樣怪誕不經的夢，應該對最要好的朋友說。

她嘴角帶著笑容，正準備打開通往客廳的臥室門時，擺杯盤刀叉的聲音把她嚇了一跳。

她的心臟又開始砰砰直跳。她把兩條毛巾丟在地板上，匆匆忙忙穿上一條牛仔褲和一件運動衫，把頭髮整理整理，又回到浴室內，站在鏡子前，在臉上擦點粉，讓臉色好看些。然後她將臥室門打開一半，先探頭出去，心裡有點緊張，低聲叫道：

「亞當？史坦利？」

「我記不清楚妳是喝茶還是喝咖啡，所以我準備了咖啡。」她父親在客廳角落開放式的廚房一邊對她說話，一邊得意地把一壺熱騰騰的咖啡舉得高高地給她看。他又興致高昂地說：「有點濃，我喜歡濃咖啡！」

朱莉亞看到木製舊桌子上已經擺好了刀叉杯盤。兩瓶果醬和一瓶蜂蜜形成一道很完美的對角線，在稍微旁邊一點的地方，奶油碟和一盒麥片擺成一個直角。此外，一盒牛奶直直立在一罐白糖前面。

「放著！」

「什麼事？我又做了什麼啦？」

「模範父親的無聊把戲。你以前從來就沒替我準備過早餐，總不能現在你……」

「啊！不可以，不可以，不可以用過去式！這是我們兩人之間訂好的遊戲規則，一切都要用現在式……因為未來式是超過我能力的奢侈品。」

安東尼替朱莉亞倒杯咖啡。他問道：

「要不要加牛奶？」

朱莉亞打開洗碗槽的水龍頭，將電熱壺灌滿。

「跟我說，妳做好決定了嗎？」安東尼一邊說，一邊從烤麵包機裡取出兩片土司。

朱莉亞用溫柔的嗓音答道：

「如果目的只是要互相談談，那昨天晚上的談話並沒有什麼決定性的結果。」

「我呢，我倒很喜歡我們在一起相處的時刻，妳不喜歡嗎？」

「那不是我九歲生日的時候，那是慶祝我的十歲生日。第一個我沒有和媽媽在一起的週末。那是個禮拜天，禮拜四她已經送到醫院去了。那家中國餐館叫王記，去年就關掉了。禮拜一一大早，我還在睡覺的時候，你在整理行李，然後出門搭飛機，也沒有來跟我說再見。」

「我當天下午在西雅圖有約！啊不對，我想是在波士頓。糟糕……我記不得了。我禮拜四就回家了……還是禮拜五？」

朱莉亞在桌前坐下，同時問道：

「說這些有什麼用呢？」

「短短兩句話，我們就已經說了不少事，妳不覺得嗎？妳要是不按下電熱壺的開關，妳的茶永遠煮不好。」

朱莉亞聞聞放在前面的咖啡香味。

「我好像這輩子從來沒喝過咖啡。」她一邊說，一邊用嘴唇舔一舔咖啡。

「所以妳怎能知道妳不喜歡咖啡呢？」安東尼一邊問她，一邊看著女兒一口氣將咖啡喝光。

「因為如此！」她一邊皺著臉回答，一邊把杯子放在桌上。

安東尼說：

「苦味是可以習慣的……而且，久而久之就會很喜歡那散發出來的濃郁香味。」

朱莉亞打開蜂蜜罐，同時說道：

「我必須去上班。」

「妳做了決定沒有？這種情況真煩人，畢竟我有權利知道妳的決定！」

「我不知道要跟你說些什麼，不要要求我做些不可能的事。你和你的合夥人忘了另一個道德問題。」

「說出來聽聽，我想知道是什麼。」

「把一個一無所求的某某人的生活弄得天翻地覆。」

「某某人？」安東尼用生氣的嗓音反問。

「不要拿文字大做文章。我不知道要跟你說什麼好，你想怎樣就怎樣吧，你把電話拿起來，打電話給他們，告訴他們密碼，讓他們在遠處替我做決定。」

「六天，朱莉亞，就六天的時間來替妳父親守喪，他可不是個普通的陌生人。妳真的不想自己做決定嗎？」

「這麼說，要在你身上花六天的時間！」

「我已經不是這世上的人了，妳以為我能得到什麼好處？我以前從來沒想像過有一天會說這種話，可是現在情況就是如此。再說，如果仔細想想這件事，其實是相當好玩，」安東尼愉快地繼續說道，「這一點我們也是事先沒想到。真是前所未聞！妳也知道，在這精巧絕倫的機器人發明出來之前，要一邊跟他的女兒說他已經死了，一邊又觀察她的反應是不可能的。不是嗎？好了，我看妳沒有一點笑容，說來說去，這好像不是一件很有趣的事。」

「說得沒錯，一點都不有趣！」

「我有個壞消息要告訴妳。我沒辦法打電話給他們。這不可能。唯一能讓機器人停止功能的是受益者。而且呀，我告訴過妳的號碼我已經忘了，號碼說出去之後就立刻在我的記憶裡消除。我希望妳有把它記下來……萬一……」

「一八〇〇三〇〇〇〇一，密碼六五四！」

「啊沒錯，妳記得很清楚！」

朱莉亞站起身，把碗碟放在洗碗槽內，然後轉身看她父親看了許久，接著，她拿起掛在廚房牆壁上的電話筒。

「是我，」她對同事說，「我要接受你的建議，差不多是這樣……我今天要請假，明天也是，或許會多幾天，我還不確定，不過我會通知你。你們每晚寄電子郵件給我，讓我知道工作進展，如果有任何問題的話，一定要打電話給我。還有一件事，你要特別關照新來的同事查理，我們欠他很大的人情。我不希望他被冷落，希望你設法讓他打入工作團體。一切就交給你了，德雷。」

朱莉亞掛上電話時，雙眼一直看著父親。

安東尼說：

「關照同事，這是件很好的事。我一直都在強調，一個公司的成功就依靠三個支柱：員工，員工，還有員工！」

「兩天！我就給兩天的時間，你聽到了嗎？由你決定接受還是不接受。四十八小時以後，你讓我重新過自己的生活，然後你就……」

「六天！」

「兩天！」

「六天！」安東尼不停地爭論。

電話突然響起來，打斷了兩人的談判。安東尼拿起電話，朱莉亞立刻搶在手中，一邊用手摀住話筒，一邊向父親打信號，請他盡可能保持安靜。是亞當。他說他很擔心，因為他打電話到辦公室沒找到她。他責怪自己昨晚太多心，對她有點多疑。朱莉亞對她昨晚脾氣暴躁的事道歉，並且謝謝他聽到她的留言後，立刻趕來看她。他來的時刻雖然不是很理想，但是他在窗下突然出現，倒也是非常浪漫。

亞當建議在她工作結束後來接她。安東尼在旁邊洗碗，而且還盡量弄出很多聲音，與此同時，朱莉亞在電話裡解釋，說她父親的過世令她很難過，她只是沒說出來而已。昨晚她做了很多惡夢，整個人疲倦不堪。沒必要重複昨天的錯誤。今天下午她想一個人安安靜靜，晚上要早點上床睡覺，然後明天，最遲是後天，兩人就可以見面了。在這段時間內，她會重新恢復往日的神采，不愧為他的未婚妻。

「我說的沒錯，蘋果是永遠不離樹邊掉的。」朱莉亞掛掉電話時，安東尼這麼對她說。

朱莉亞瞪著父親看。

「又怎麼啦？」

「你以前從來不洗碗！」

「這個呀，妳可是一點也不清楚，況且，洗碗現在是在我新的程式裡！」安東尼興致高昂地說。

朱莉亞不理他，伸手把掛在釘子上的鑰匙拿下來。

「妳要上哪裡去？」她父親問道。

「我到樓上去替你整理一個房間出來。絕不能讓你一個人晚上在我客廳裡走來走去，我有好幾個鐘頭的覺要補回來，希望你明白我的意思。」

「如果是電視的聲音會吵到妳，我可以把聲音關小……」

「今晚你到樓上去，要就接受，否則就都拉倒！」

「妳真要把我擺在頂樓嗎？」

「有什麼理由不行？」

「那裡有老鼠……是妳自己說的。」他父親像剛被處罰的小孩一樣回答。

正當朱莉亞開門準備上樓時，他父親用堅定的嗓音說：

「在這裡是不會有結果的！」

朱莉亞關上門，爬上樓梯。安東尼看一下烤箱時鐘上的時間，猶豫了一會兒，然後尋找朱莉亞扔在料理台上的白色遙控器。

他聽到頭頂上女兒的腳步聲，搬動家具的磨擦聲，開窗又關窗的聲音。當朱莉亞下來時，他已經回到箱子裡，手上拿著遙控器。

「你在做什麼？」她問父親。

「我要把我關掉，這也許對我們兩人都比較好，尤其是對妳，看得出來我打擾妳了。」

「你不是說過自己沒辦法做這件事嗎？」她一邊說，一邊從他手中奪回遙控器。

「我是說妳是唯一能夠打電話給公司，把密碼告訴他們的人。但我想我還有能力在按鈕上按一下！」他一邊嘀咕，一邊走出箱子。

「那麼你愛怎樣就怎樣吧。」她把遙控器還給他，接著又說，「我被你累死了！」

安東尼把遙控器放在客廳的茶几上，走到他女兒面前。

「對了，你們原本要去哪裡旅遊？」

「去蒙特婁，為什麼問這個？」

他從嘴縫間發出噓聲：

「真是的，妳的未婚夫還真懶。」

「你對魁北克有什麼不滿？」

他輕聲答道：

「一點都沒有！蒙特婁是個非常迷人的城市，我甚至在那裡度過一段很美好的時光！不過，我要說的不是這個。」

「那你要說的是什麼？」

「只是……」

「只是什麼？」

「蜜月旅行去航程一個鐘頭遠的地方……這哪有什麼異國情調！為什麼不乾脆開旅行房車去，還可以省下旅館費呢！」

「如果選擇這個地方的是我呢？如果我很喜歡這個城市呢？如果我和亞當兩人在這個城市有特別的回憶呢？你知道什麼？」

「如果是妳選擇在離家一個鐘頭遠的地方去過妳的洞房花燭夜，那妳就不是我的女兒，如此而已！」安東尼用諷刺的口氣說。「我不反對妳喜歡楓糖蜜，但是喜歡到這種程度嘛……」

「你總是改不掉先入為主的觀念，對不對？」

「我承認現在是有點晚。好，就算是這樣好了，妳決定要在妳認識的城市裡去過妳一生中最難忘的一夜。那麼永別了，探險的慾求心！永別了，浪漫主義！旅館老闆，請給我們跟上次同樣的房間。說來說去，這個晚上也不過和其他晚上一樣，沒什麼不同！請給我們上我們平常點的菜，我未來的丈夫，不，是我的新婚丈夫，他最討厭改變習慣！」

安東尼說到這裡咧嘴大笑。

「你說完了嗎？」

「說完了。」安東尼帶著歉意回答。「死掉真是有許多好處，所有從電子線路傳過來的訊息統統可以說出來。簡直有趣之至！」

「你說的沒錯，我們是沒辦法好好交談！」朱莉亞打斷了父親的玩笑。

「不管怎麼說，在這裡是辦不到的，我們需要一個中立地帶。」

朱莉亞滿臉困惑地看著父親。

「我們不要在這間公寓內玩捉迷藏好不好？就算是把妳要讓我睡的樓上房間算進去，我們也沒有足夠的空間，也不再有足夠的寶貴時間，因為時間都被我們像小孩子一樣浪費掉了。」

「你有什麼提議？」

「我們出去旅行一會兒。沒有妳辦公室的電話，沒有亞當突然來訪，也沒有電視機前怒目相視的晚上，我們可以散散步，兩人一起談談天。也就是為了這個，我才從另外一個世界回來。一點時間，短短的幾天，就只有我們兩個人，只屬於我們兩個人！」

「你在要求我你從來不願意給我的東西，是不是這個意思？」

「不要老跟我作對，朱莉亞。妳以後有的是時間來抗爭，我的武器只會存在妳的腦海裡。六天，我們只剩下這些時間，我要求的就是這個。」

「那我們到哪裡旅行？」

「去蒙特婁！」

朱莉亞聽了忍不住綻開笑容，問道：

「去蒙特婁？」

「是啊，反正機票不能退錢！……我們總可以試試，把其中一個乘客的名字換換……」

安東尼看到朱莉亞綁好頭髮，披上一件短外套，顯然是準備出門，不打算答覆他的提議，於是他立刻擋在門口。

「別板著臉，亞當說過機票妳都可以扔掉的！」

「你那個愛偷聽的耳朵要是沒聽到的話，我跟你說，他建議我把機票留著當紀念，他是在諷刺我可不認為他是建議我跟另外一個人去旅行。」

「是跟妳父親，不是跟另外一個人去！」

「請你讓開！」

「妳上哪裡去？」安東尼一邊問，一邊讓開身子。

「出去透透氣。」

「妳生氣啦？」

安東尼沒得到回答，只聽到女兒下樓梯的腳步聲。

在格林威治街的交叉口上，一部計程車緩緩駛過來。朱莉亞連忙跳上車子。她不需要抬頭看自家房子的窗口，心裡便知道安東尼一定站在客廳的窗戶旁，看著黃色福特車往第九大道的方向開去。當車子在十字路口消失時，安東尼走到廚房拿起電話筒，打了兩個電話。

朱莉亞叫計程車停在運河街下三角區的入口。要是在平常，她會步行走完這段她瞭如指掌的路程。走路只要不到十五分鐘，但是為了盡快逃離家，如果讓她看到家門前的街角放了一部沒鎖的單車，她甚至會偷過來用。她推門進入一家小小的古董店，門鈴響了起來。坐在巴洛克式沙發椅上的史坦利停止閱讀。

「〈克莉絲汀女王〉裡的葛麗泰嘉寶都比妳遜色！」

「你在說什麼？」

「我的公主，我是在說妳進門的樣子，又威嚴又嚇人！」

「今天不是拿我開玩笑的日子。」

「沒有一天是不需要一點幽默嘲諷，哪怕是天氣很好的日子。妳今天不上班嗎？」

朱莉亞往一座古老的書架走過去，仔細觀賞放在最頂層一具精緻的鍍金吊鐘。

「妳是翹班跑到我這裡來看看十八世紀的現在是幾點鐘嗎？」史坦利一邊問，一邊抬高架在鼻梁上的眼鏡。

「這座吊鐘很漂亮。」

「是啊，我也很漂亮，妳有什麼事嗎？」

「沒事，我是過來看看你，如此而已。」

「是這樣嘛，那我就不做路易十六時代的古董生意，要開始搞通俗藝術了！」史坦利一邊回答，一邊放下手上的書。

他站起身，坐在一張桃花木桌的邊角上。

「有什麼事令妳頭痛嗎？」

「是的，可以這麼說。」

朱莉亞把頭擱在史坦利的肩膀上。

「啊沒錯，妳的頭還真的很重！」他一邊說，一邊把她摟在懷裡。「我去替妳煮一壺一個朋友從越南寄給我的茶。這茶可以解毒，妳待會兒就知道，它的優點是療效靈驗無比，也許是我那位朋友沒有任何優點吧。」

史坦利從架子上取下一具茶壺，把放在當櫃檯用的古董桌上的電熱壺開關壓下去。過了幾分鐘，茶泡好了，具有神奇效力的飲料倒在兩只剛從舊櫃子裡拿出來的瓷杯裡。朱莉亞聞一聞散發出來的茉莉花香，然後喝了一小口。

「有話就說吧，別再抗拒，這個神仙良藥可以讓嘴巴最緊的人開口說話呢。」

「你會願意跟我一塊兒去蜜月旅行嗎？」

「我要是跟妳結婚的話，為什麼不……不過我的朱莉亞，妳的名字得換成朱利安才行，要不然的話，我們的蜜月旅行會缺少樂趣。」

「史坦利，要是你能關店一個禮拜，讓我帶你去……」

「真是太浪漫了，去哪裡呢？」

「去蒙特婁。」

「死也不去！」

「怎麼你也一樣，你對魁北克有什麼不滿嗎？」

「我曾在那裡為了瘦三公斤，過了六個月難以忍受的日子，我可不想因為再去幾天而再度胖回來。他們的餐館實在難以抗拒，服務生也是！再說，我討厭被當成候補。」

「你為什麼這麼說？」

「在我之前，是誰拒絕跟妳一塊兒去？」

「這不重要！總之，跟你說了你也不會相信。」

「也許妳可以先解釋一下令妳心煩的事……」

「就算我從頭到尾都告訴你，你也不會相信。」

「就算我是個笨蛋吧……妳最後一次在週間請半天假是什麼時候？」

朱莉亞默默不答，史坦利接著說：

「妳禮拜一早上突然到我店裡來，又是滿口咖啡味，妳最討厭喝咖啡的。從妳這沒刷勻的腮紅下，可以看出一張睡眠只有幾分鐘的疲倦臉孔。然後妳臨時要我替代妳未婚夫，陪妳去旅行。到底發生什麼事？妳昨晚是不是跟另外一個男人在一起啊？」

「才不是！」朱莉亞大聲回答。

「我再問一次。妳在怕什麼人？還是怕什麼事？」

「什麼也不怕。」

「親愛的，我還有工作要做，妳要是不信任我，不願向我坦白，那我要繼續去清點存貨了。」史坦利一邊說，一邊假裝要走到店鋪後頭去。

「我進門的時候，你正對著書本打呵欠哪！你真不會撒謊！」朱莉亞笑著說。

「抑鬱的臉色總算消失了！要不要出去走走？這一帶的商店馬上就要開了，妳一定需要一雙新鞋子。」

「你要是看到我那些從來沒穿過、一直躺在櫃子裡睡覺的鞋子就好了。」

「我不是說妳的腳需要新鞋，是妳的心情需要！」

朱莉亞將鍍金吊鐘拿在手上。吊鐘的鐘面缺了保護玻璃。她用指尖輕輕撫摸吊鐘的外框。

「這只鐘真是很漂亮。」她一邊說，一邊將分針往回撥。

在她手指的撥弄下，時針也開始倒轉。

「如果能回到過去，那就真是太好了。」

史坦利仔細觀察朱莉亞，然後說：

「把時間倒回去？那也不能讓這只古董恢復青春。用另外一個角度看事情吧，是這個古董向我們展示它的古老之美。」史坦利一邊回答，一邊把吊鐘放回書架上。他又說：「妳還是告訴我有什麼事好不好？」

「如果有人向你建議去旅行，去尋找你父親生前的足跡，你會接受嗎？」

「有什麼風險呢？對我而言，如果我必須到世界的另一端，哪怕只是尋找我母親生平的一小片段，我早就跳到飛機上去找空中小姐的麻煩了，而不是把時間浪費在一個女瘋子身上，儘管這個瘋子是我最要好的朋友。假如妳有這樣的旅行機會，那就不要猶豫不決。」

「如果是太晚了呢？」

「事情只有在完全確定之後才是太晚。妳父親雖然已經過世，他還是繼續活在妳身邊。」

「你想像不出到什麼地步！」

「不管妳給自己找什麼話說，妳是很想念妳父親。」

「這麼多年來，我已經習慣沒有他的日子，我早就學會獨自生活而不需要依賴他。」

「親愛的，就算是從來沒見過親生父母親的小孩子，遲早有一天也會體會到追本溯源的需要。對養育他們、疼愛他們的領養者來說，這是件很殘酷的事，不過人的本性就是如此。如果我們不知道自己來自何處，那在人生的旅程上會很痛苦。所以說，妳要是必須去做我不知道是什麼樣的冒險旅行，而這旅行能讓妳瞭解妳父親是誰，能和解妳的過去和他的過去，那麼就去做。」

「你知道的，我和他之間沒有很多共同的回憶。」

「也許要比妳想像的還多。就這麼一次，忘掉妳那個很令我欣賞的自傲心理，去旅行吧！妳要是不為我，那就替我一位很要好的女友而做。哪天我會介紹她給妳認識，她是一個很好的媽媽。」

「她是誰？」朱莉亞的口氣帶點嫉妒。

「是妳，幾年後的妳。」

「史坦利，你真是個很好的朋友。」朱莉亞邊說邊在他臉頰上親了一下。

「我毫無功勞，親愛的，是茶發揮了功效！」

「麻煩你跟你的越南朋友說，他的茶的確具有驚人的療效。」朱莉亞一邊說，一邊往外走。

「假如妳真的很喜歡這茶的話，我會幫妳買幾盒，留著等妳回來。我是在街角的一家雜貨店買的！」

7

朱莉亞四步併一步地爬上二樓，進入屋內。客廳空無一人。她叫了好幾次父親，都沒有得到回應。起居室、臥室、浴室，樓上也都看過，到處都沒人影。她看到壁爐上新放了一副銀製相框，裡面鑲著安東尼的照片。

「妳剛剛上哪裡去了？」她父親出聲問道，把她嚇得跳了起來。

「你把我嚇死了！你呢，你剛剛跑到哪裡去了？」

「妳為我擔心，我很感動。我剛剛出去散步。一個人在這裡很無聊。」

「這是什麼？」朱莉亞一邊說，一邊指著壁爐台上的照片。

「既然今晚妳要把我放在樓上，我就去整理我的房間，結果無意中在一層厚厚的灰塵底下……找到這個東西。我總不能在睡覺的時候旁邊擺著一張我的相片！我把它放在這裡，不過妳要的話，可以放在別的地方。」

「你還想出門旅遊嗎？」朱莉亞問父親。

「我剛剛就從妳家前面這條街街頭的旅行社回來。沒有一件事能取代人際關係。旅行社的小姐是一位年輕漂亮的女子，而且有點像妳，臉上還帶著笑容……我剛說到哪裡？」

「一位年輕漂亮的女子……」

「正是如此！她同意為我們破例。她在電腦上打了大半個鐘頭的字，我差點以為她在抄寫海明威的全本著作，最後她總算把寫有我名字的機票印出來。我還趁機把機位升等呢！」

「你真的很不可思議！你憑什麼認為我一定會接受……？」

「啊，不憑什麼。只是想，既然要把機票貼在妳未來的紀念冊裡，那何不就買個頭等艙機票。親愛的，這是家族作風！」

朱莉亞往臥室走去，安東尼問她又要去什麼地方。

「收拾行李啊，準備兩天需要用的東西。」朱莉亞答話時，特別強調數目字，「這正是你要求的，不是嗎？」

「我們的冒險會長達六天，日期無法更改。儘管我千方百計地拜託伊洛蒂，就是那位我剛剛跟妳提到的旅行社小姐，她怎樣都不答應。」

「兩天！」朱莉亞在浴室裡大吼。

「噢，那就隨便妳，頂多到時在當地替妳買新褲子就是了。萬一妳沒注意到的話，我跟妳說，妳的牛仔褲破了，妳的膝蓋頭都露出來了！」

朱莉亞把頭探出門外，說道：

「你呢？你兩手空空地走啊？」

安東尼往擺在客廳中央的大木箱走去，然後打開一個小活門，裡面的夾層有一只黑色皮製手提箱。

「他們事先替我準備一些必備品，這樣我就可以衣冠楚楚，前後保持六天的時間，和我身上電池的壽命差不多長！」他口氣中帶著些許得意……「我趁妳不在家的時候，把海關人員交給妳的證件收回來，也拿回了我的手錶。」他一邊說，一邊驕傲地展露他的手腕。「不介意我再戴一陣子吧？時候到了，這手錶就是妳的了。哦，妳明白我的意思……」

「你要是可以停止在我家搜東西的話，我會非常感激！」

「在妳家搜東西，親愛的，這要洞穴專家才有辦法做到！我是在頂樓，從被丟在一堆亂七八糟的雜物堆裡的牛皮紙袋裡找到我的私人物品！」

朱莉亞關上行李箱，然後把它放在門口。她對父親說她出去一會兒，並且會盡快趕回來。現在她必須去跟亞當解釋她離開紐約的理由。

安東尼問：

「妳打算跟他說什麼？」

朱莉亞答道：

「我想這件事只關係到他和我。」

「我不在乎跟他有關的事，我在乎的是和妳有關的事。」

「哦！是嗎？這也在你新的程式設計裡？」

「不管妳要用什麼理由去解釋，我不贊成妳告訴他我們要去的地方。」

「我想我應該聽從一個對保密很有經驗的父親的建議囉。」

「就當作是男人對男人的建議吧。趕快去，我們最遲必須在兩個鐘頭內離開曼哈頓。」

計程車把朱莉亞放在美國大道一三五〇號前。她走進一棟外表嵌著玻璃的大樓，紐約一家大出版社的兒童文學部就設在裡面。她的行動電話在大廳內接收不到訊號，於是她到服務台，請接線生讓她和考夫曼先生通話。

亞當一聽出是朱莉亞的聲音，便問道：

「一切都好嗎？」

「你在開會嗎？」

「我們在討論版面設計，一刻鐘之後就結束。要不要我跟我們的義大利餐館訂八點鐘的位子？」

亞當的眼神落在電話機的顯示螢幕上。

「妳在大樓裡面嗎？」

「我在服務台……」

「真不巧，我們全體人員都在開會討論即將推出的新書設計……」

朱莉亞打斷他的話，說道：

「我有事要跟你談談。」

「不能等到今天晚上嗎？」

「亞當，我今晚不能和你一塊兒吃飯。」

「我馬上下來！」他一說完便掛掉電話。

他在一樓大廳內見到朱莉亞。亞當看到她的臉色很陰鬱，顯然是有壞消息。他說：

「地下室有自助餐廳，我帶妳去。」

「我們不如到公園走走，在外面會舒服些。」

他走出大樓時便問她：

「有這麼嚴重嗎？」

朱莉亞不答話。兩人沿著第六大道走，過了三個街口，進入中央公園。綠意盎然的小徑上幾近無人，幾個戴耳機的慢跑者在快速地跑步，心神貫注在自己的運動上，和外面世界以及散步的人完全隔離。一隻紅棕色松鼠走到他們前面，用兩隻後腳站著，全身直立在討東西吃。朱莉亞伸手探進風衣口袋，蹲在地上，掏出一把榛果給牠。

這隻不怕生的松鼠往前靠近，雙眼貪婪地盯著戰利品，有點猶豫不決。最後慾望勝過恐懼，小松鼠飛快地抓走榛果，到數公尺遠的地方去啃食。朱莉亞在旁用溫柔的眼光看著牠。

亞當看了覺得好玩，問道：

「妳風衣口袋裡經常有榛果嗎？」

「我知道會跟你一起來這裡，所以在上計程車之前買了一包。」朱莉亞一邊回答亞當的話，一邊又拿出一把榛果給那隻已有許多夥伴前來會合的小松鼠。

「妳在我開會時叫我出來，就是為了讓我欣賞妳馴服小動物的功夫嗎？」

朱莉亞把紙袋裡剩下的榛果全撒在草地上，然後站起身，繼續往前走。亞當也跟著走。

朱莉亞帶著哀傷的口氣說：

「我要離開。」

亞當緊張地問：

「妳要離開我？」

「才不是，笨蛋，我只是要離開幾天。」

「多少天？」

「兩天，也許六天，不會更多。」

「到底是兩天還是六天？」

「我也不知道。」

「朱莉亞，妳突然跑到我辦公室來要我跟妳走，好像妳周圍的世界剛剛垮下來似地。可不可以告訴我為什麼？免得我必須從妳嘴巴中把話一句一句逼出來。」

「你的時間有這麼寶貴嗎？」

「妳生氣了，妳有權利，可是妳並沒有權利對我生氣。我不是妳的敵人，朱莉亞，我只是要做一個深愛妳的人，有時候這不是一件容易的事。不要把一些和我無關的氣出在我身上。」

「我父親的私人祕書今天早上打電話給我。我必須離開紐約去處理父親的一些事。」

「在哪裡？」

「靠近加拿大邊境的佛蒙特州北邊。」

「為什麼不等週末的時候我們兩個人一起去呢？」

「事情很急，不能等。」

「這是不是和旅行社跟我聯絡的事有關？」

「他們跟你說些什麼？」朱莉亞反問亞當，口氣透露出不安。

「有人去旅行社找他們。什麼原因我不是很清楚，他們退還我的機票錢，可是妳的機票錢沒退。他們不願意告訴我詳情。我當時在開會中，沒有時間多問。」

「一定是我父親的私人祕書，對這種事他很有辦法，他可是受過良好培訓。」

「妳是去加拿大嗎？」

「去邊境，我剛剛跟你說過了。」

「妳真的很想出這趟門嗎？」

朱莉亞臉色陰鬱地答道：

「我想是的。」

亞當把朱莉亞拉在懷裡，將她緊緊摟住。

「那就去妳該去的地方。我不會再問東問西，我不想連續兩次都表現成一個對妳沒信心的人，還有，我必須回去工作了。妳陪我走回辦公室好嗎？」

「我想在這裡再待一會兒。」

亞當諷刺地問道：

「和妳的松鼠們在一起？」

「是的，和我的松鼠在一起。」

亞當在她額頭上親了一下，然後倒退幾步，一邊搖搖手，最後沿著小徑離開。

「亞當？」

「什麼事？」

「運氣真不好，碰到你要開會，我原先是想……」

「我知道，不過最近幾天，妳我兩人的運氣都不是很好。」

亞當給她一個飛吻，然後說：

「我非走不可了！妳在佛蒙特州給我打個電話，讓我知道妳安全抵達好嗎？」

朱莉亞看著他離開。

☘

朱莉亞一踏進門，安東尼便快活地問道：

「一切都順利嗎？」

「非常順利！」

「那妳幹嘛綳著一張哭喪臉？再說，寧可遲了也不要永遠……」

「我也想知道！也許是因為這是我第一次欺騙我愛的人吧？」

「啊不對，是第二次，我的朱莉亞，妳忘了昨天……不過妳高興的話，我們可以說昨天是熱身，不算數的。」

「越來越了不起！我居然在兩天之內欺騙亞當兩次。而他，他這麼好，對我體貼得不問任何理由就讓我離開。坐上計程車的時候，我發現自己變成一個原本發誓不願意做的撒謊女人。」

「別誇張了！」

「啊，不對嗎？欺騙一個對你很信任，甚至連什麼都不問的人，有什麼比這更無恥？」

「忙著自己的工作，對別人的生活一點都不關心的人！」

「這句話從你口中出來，倒是不失諷刺。」

「沒錯，就像妳說的，這句話是出自一個在這方面很老道的人口中！我想車子已經在下面等了……我們不要太晚走。現在機場的安全管制很繁瑣，花在機場的時間都比坐飛機的時間還長呢。」

安東尼把兩人的行李搬到樓下時，朱莉亞把房子前前後後巡了一遍。她看到壁爐台上的銀相框，便把相框反過來，讓父親的照片面對牆壁，然後關上屋門離開。

一小時後，一部禮車駛上通往甘迺迪機場的交流道。

朱莉亞透過車窗看著停在停機坪上的飛機說：

「我們搭計程車來就可以的。」

「沒錯，不過妳得承認這種車子舒服多了。再說，既然我從妳家取回我的信用卡，而且我想妳不要我的遺產，就讓我享受大筆揮霍自己財產的特權吧。妳知道有多少人一生都在辛辛苦苦賺錢，還希望在死後能跟我一樣花自己賺來的錢嗎？想起來真是空前未有的大享受！好啦，朱莉亞，不要一臉情緒低落的樣子。再過幾天就可以回到妳的亞當身邊了，而且妳回去之後他還會對妳更好呢。好好利用跟妳父親相處的這段時間吧。我們最後一次一起出門旅行是什麼時候？」

禮車剛好靠著人行道停下來。朱莉亞一邊下車，一邊說：

「那是我七歲的時候，媽媽還活著，我和媽兩人在游泳池旁邊度我們的假，你在飯店的電話間度你的假，處理你的事情。」

安東尼邊開車門，一邊大聲說道：

「那時候還沒有行動電話，這不是我的錯啊！」

機場大廈人滿為患。安東尼翻個白眼，無奈地站在報到櫃檯前彎彎曲曲的長龍後面。排隊等了大半天，好不容易拿到寶貴的登機證後，又得再度去排隊，這一次是要通過安全檢查的電子偵測門。

「妳看看這些人都焦躁不安，旅行的樂趣都被這些麻煩事破壞了。但也不能怪他們，他們怎麼能不煩躁呢，尤其有些人手上還抱著小孩，有些老年人雙腳無力，還得被迫站好幾個鐘頭。妳真的認為在我們前面這位年輕太太會把炸藥藏在她孩子吃的嬰兒罐頭裡面嗎？這可是糖煮杏桃蘋果大黃炸藥！」

「跟你說，什麼事都可能！」

「算了吧，稍微有點理性好不好！英國紳士在閃電襲擊時刻喝茶的冷靜態度都到哪裡去了？」

「在炮火之下吧？」朱莉亞低聲說，為安東尼的大聲說話感到不好意思。「你呢，你那個愛發牢騷的個性一點都沒變。不過我要是跟安檢人員說，跟我同行的人並不真的是我父親，並且把我們之間奇妙的情況一五一十對他解釋，他應該有權失去一點理性，不是嗎？因為我呢，我早就把我的理性留在我客廳正中央的大木箱裡了！」

安東尼聽了聳聳肩膀，然後往前走，這時輪到他通過偵測門。朱莉亞回想到自己剛剛說的最後一句話，立刻開口叫他，嗓音中透露出她突然有很緊急的事。

「過來，」她整個人驚慌失措地說，「我們離開這裡吧，搭飛機是很笨的主意。我們租一部車子，我開車，六個小時後我們就到蒙特婁，而且我跟你擔保，我們在路上可以談話。我們在車上聊天會更好，不是嗎？」

「妳怎麼啦，朱莉亞，什麼事讓妳怕成這樣子？」

「你難道不明白嗎？」她在他耳旁低聲說。「只要兩秒鐘你就會被發現。你全身上下都是電晶體。你一通過偵測門，警鈴就會大響。警察立刻來找你，把你抓起來，搜你的身，把你從頭到腳照X光，然後呢，他們會把你全身上下零件一個一個拆下來，好瞭解怎麼會有這種不可思議的科技。」

安東尼聽了只是笑笑，然後往安檢人員走過去。他打開護照，把夾在封面內頁折邊裡的一封信拿出來，攤開來後，用指尖夾著交給他。

安檢員看了信，立刻叫他的長官過來，並請安東尼站在旁邊等候。主管看完信件之後，對安東尼非常恭敬。安檢員把安東尼帶到一邊，用十分禮貌的態度在他身上搜索，之後便允許他自由行動。

朱莉亞卻必須跟其他旅客一樣接受例行檢查。安檢員叫她脫掉鞋子和牛仔褲的皮帶，還沒收她的髮夾——因為太長太尖——，還沒收她忘在盥洗用具袋裡的指甲刀，因為指甲銼超過兩公分長。安檢員責備她行事草率。

告示牌上面不是用粗字體把所有不能攜帶上機的東西都寫得很清楚嗎？她衝著安檢員說，乾脆把可以攜帶的東西標示出來會更簡單明瞭。安檢員立刻用警官的口氣問她是否對現行法規有疑問。朱莉亞跟他保證完全沒有。再過四十五分鐘她的飛機就要起飛了，她不等安檢員的回答，拿起皮包，往站在遠處、帶著嘲弄眼神觀察她的安東尼走過去。

「你可不可以告訴我，你為什麼有權享受特殊待遇？」

安東尼把仍然拿在手中的信件搖了搖，笑笑地交給他女兒。

「你身上有安裝心律調節器？」

「已經有十年了，我的朱莉亞。」

「為什麼呢？」

「因為我患有心肌梗塞，我的心臟需要儀器調節。」

「那是什麼時候的事？」

「我要是跟妳說那是發生在妳母親忌日那天的話，妳也許又要指責我過於誇張了。」

「我怎麼都不知道？」

「或許是因為妳太忙著過自己的生活吧？」

「沒有人告訴我這件事。」

「那也得知道怎麼跟妳聯絡啊……哦，我們就別再為此大做文章了。剛開始幾個月，我為了必須佩戴儀器的事很生氣。沒想到今天是儀器戴著我整個人！我們走吧？再不走，就要趕不上飛機了。」安東尼一邊說，一邊看著飛機起飛告示欄，接著又說，「啊，真不巧，飛機要遲一個鐘頭起飛。萬事具備，就差飛機不準時。」

朱莉亞利用等飛機的時間去瀏覽書報攤的報章雜誌。她躲在陳列架後面看安東尼。她父親完全不曉得她在注視他。坐在候機室的父親，雙眼朝飛機跑道的方向呆呆看著，凝視著遠方。朱莉亞第一次湧起思念父親的感覺。她轉過身，撥電話給史坦利。

她對著電話低聲地說：

「我在機場。」

她朋友也一樣用幾乎聽不到的嗓音說：

「妳馬上就要起飛了嗎？」

「你店裡有很多人，我是不是打攪你了？」

「我正想問妳同樣的問題呢！」

朱莉亞答道：

「不對，是我先打電話給你的呀。」

「那妳幹嘛這麼小聲說話啊？」

「我剛剛沒注意到。」

「妳應該常常來店裡看我，妳給我帶來好運，妳走了一個小時之後，那個十八世紀的吊鐘就賣出去了。這個貨在我手上已經有兩年了。」

「這個老吊鐘如果真的是十八世紀的話，不會在乎差幾個月的時間找到買主。」

「這個吊鐘也很懂得騙人。我不知道妳跟誰在一起，我也不想知道，但是別拿我當傻瓜，我最討厭這樣。」

「完全不是你相信的那回事！」

「親愛的，相信是屬於宗教！」

「史坦利，我會想你的。」

「好好享受這幾天假期吧。旅行能使人年輕！」

說完話後，他不讓朱莉亞有任何回答機會就掛掉電話。通話結束後，他看著電話說道：

「妳愛跟誰走就跟誰走，可千萬別愛上一個加拿大人，把妳留在那裡不回來。沒有妳的日子真漫長，我已經開始覺得無聊了！」

8

下午五點三十分，美國航空公司四七四二班機降落在蒙特婁皮爾—圖都機場的跑道上。他們很快地通過海關檢查。一部轎車已經在等著他們。高速公路車輛很少，半個鐘頭之後，他們便來到商業區。安東尼指著一座外表都是玻璃的高樓大廈說：

「我是看著這座建築物興建完成的，它的年齡跟妳一樣大。」

「你為什麼跟我說這些？」

「既然妳對這個城市有特別的情感，我就讓妳保留一點回憶。有一天，妳在這裡散步時，妳就知道妳父親生前有好幾個月的時間在這座大樓內工作。這條街對妳而言，就不會那麼平凡了。」

朱莉亞答道：

「我會記得的。」

「妳不想知道我在這棟大樓內做什麼工作嗎？」

「做生意，我想是吧？」

「哦，才不是呢。我那時候還只是一個小小書報攤的老闆。妳不是一出生嘴裡就含著一根銀湯匙。我是後來才有錢的。」

朱莉亞聽了很驚訝，問道：

「這個工作你做了很久嗎？」

「有一天，我突然想到順便賣熱飲。從那時起我才真正開始做生意！」安東尼雙眼發亮，繼續說。「這裡的風是從秋末一直吹到春天才停止，許多從外面進入大樓的人都已經被風吹得發僵。妳可以想像他們衝到我這裡買……比外面市場貴兩倍的咖啡，熱巧克力還有熱茶的情形。」

「後來呢？」

「後來呢，我又加上賣三明治。妳媽媽清晨就開始準備，我們家的廚房很快就變成道地的食品工廠。」

「你和媽媽都在蒙特婁住過？」

「我們那時候是生活在沙拉、生菜、火腿肉，以及玻璃紙當中。當我開始做外送生意，把三明治送到這棟大樓和旁邊一棟剛興建好的大樓的各個辦公室時，我不得不雇用我的第一個員工。」

「是誰呢？」

「是妳媽媽！我外送的時候，妳媽媽看管書報攤。她長得那麼漂亮，因此有些客人每天都會來買四趟，單單就為了看她。那時候的日子真有趣。每個客人都有不同的特性，而你媽媽也用不同的態度對待他們。一四〇七辦公室的會計師暗戀妳媽，他三明治的夾肉和生菜分量都是加倍的。十二樓的人事主任就只能享有罐子剩下的芥末醬，以及枯掉的沙拉菜了，因為妳媽媽不喜歡他。」

車子到了飯店前面。行李侍者陪他們到接待處。

朱莉亞把護照遞給接待員，說道：

「我們沒有事先訂房間。」

接待員在電腦上查看是否有空房，將朱莉亞的姓氏輸入電腦。

「有啊，您們有訂一間房間，而且還不是普通的房間呢！」

朱莉亞很驚訝，看著接待員，而安東尼則往後退了幾步。

接待員大聲說：

「華斯……考夫曼先生和太太！我要是沒弄錯的話，您們將在這裡住一個星期。」

朱莉亞對著表情很無辜的父親低聲說：

「你居然敢這麼做？」

接待員打斷她的話，替安東尼解了圍。

「您們訂的房間是……」他發現到華斯先生和太太兩人之間的年齡差距，嗓音略微改變地說：「……新婚豪華套房。」

朱莉亞在她父親耳旁輕聲說道：

「你總可以選擇另外一家飯店啊！」

「這是套裝行程呀！」安東尼解釋，「妳那個未來的丈夫選擇了機票加飯店的套票。還有，我們算運氣好，他沒有選擇包含餐點。不過我跟妳保證，這不會花他一分錢。帳單都用我的信用卡付。妳是我的繼承人，就算是妳請我！」他笑著把話說完。

朱莉亞大發脾氣吼道：

「我擔心的不是這個！」

「啊？那是什麼呢？」

「房間是……新婚豪華套房？」

「別擔心，我事先跟旅行社確認過了，這套房包括兩間臥室，中間有客廳隔開，是在頂層，妳沒有懼高症吧？但願如此。」

朱莉亞在對父親嘀咕時，櫃檯人員將鑰匙遞給她，並且祝她住得愉快……

行李侍者帶他們往電梯方向走去。朱莉亞突然往回走，衝到接待員前面，對他說：

「這完全不是您以為的那麼一回事！他是我父親。」

接待員尷尬地回答道：

「太太，我沒有以為什麼啊。」

「有有，您以為，可是您弄錯了！」

「小姐，老實說，我做這行的什麼都見過，」他將身子從櫃檯上往前靠，希望不要讓旁人聽到他的話。接著，他又刻意用很讓人安心的口吻說：「我的嘴巴就跟墳墓一樣，無聲無息！」

正當朱莉亞準備嚴厲回應時，安東尼抓住她的手臂，硬把她拖走，離開接待處。

「妳太在乎別人的想法了！」

「這跟你有什麼關係？」

「妳會失去一點自由感，還會失去很多幽默感。來吧，行李侍者還在幫我們擋著電梯的門。這家飯店可不是只有我們需要上下樓喔。」

套房就跟安東尼形容的一樣。兩間臥室中間有小客廳隔開，臥室的窗子俯瞰古老的城市。朱莉亞才剛把行李擱在床上，就得轉身去開房門。樓層服務生推著小推車在等著，推車上擺著一瓶放在冰桶裡的香檳，兩隻高腳杯，以及一盒巧克力。

朱莉亞問道：

「這是什麼？」

服務生答道：

「太太，這是本飯店的祝賀，是我們給『新婚夫婦』的特別贈禮。」

朱莉亞用憤怒的眼光瞪著他，同時拿起放在桌布上的一封信柬來看。旅館經理感謝華斯—考夫曼夫婦選擇這家旅館慶祝他們的新婚，全體人員很樂意為他們服務，讓他們有個難忘的蜜月。朱莉亞把信撕碎，並且把碎紙小心翼翼地放在推車上，然後將門砰地一聲關上。

她聽到從走廊傳來的聲音：

「太太呀，這些都包括在您房間的價格裡！」

她沒有回答，小推車的輪子發著嘎嘎聲往電梯間過去。朱莉亞將門打開，踩著穩定的步伐往服務生走過去，把巧克力拿在手上，然後立刻轉身。當七〇二號的房門再度砰地一聲關上時，服務生嚇得跳了起來。

安東尼從他房間出來問道：

「剛剛是什麼事？」

朱莉亞坐在客廳的窗台上回答：

「沒事！」

安東尼看著遠處的聖羅蘭河，不禁說道：

「很漂亮的窗景，不是嗎？外面天氣很溫和，要不要出去走一走？」

「什麼都好，就是不要待在這裡！」

「又不是我選擇這地方的！」安東尼一邊答話，一邊將一件毛衣披在女兒肩上。

蒙特婁舊區鋪著歪歪斜斜石板的街道風味無窮，跟歐洲最美麗的小城街道不相上下。安東尼和朱莉亞從「軍械廣場」開始逛起。廣場小池子的正中央立著梅棕諾夫爵士*的雕像，安東尼負起導遊的責任，跟女兒講述他的生平。朱莉亞張嘴打呵欠，打斷他的話，把他丟在蒙特婁創建者的雕像前，自己跑去看位在幾公尺遠的糖果攤。

不一會兒，她手上拿著一個裝滿糖果的紙袋回來，並把糖果袋遞給父親。她父親像魁北克人所說的，噘著「雞屁股嘴巴」拒絕了她的好意。朱莉亞看了一眼立在基石上的梅棕諾夫爵士的雕像，

*梅棕諾夫爵士（Sieur Maisonneuve, 1612-1676），法國人，一六四二年至加拿大創建蒙特婁。

又看了一眼父親，接著又再看一眼銅像，然後點點頭表示認可。

安東尼問道：

「怎麼啦？」

「你們兩個真是一對，你們一定會相處得很好。」

接著，她拉著他往聖母街走去。安東尼想在一百三十號前面停留一會兒，那是蒙特婁最古老的一棟建築。他對女兒解釋，這棟房子仍然住著幾位天主教聖緒爾比斯教會的修士。以前有段時間，聖緒爾比斯教會是蒙特婁島的領主。

朱莉亞又打了個呵欠，在經過聖母院前面的時候，她加快腳步，唯恐父親要進入裡面。

「妳不知道妳錯過了什麼！」她父親在後面說，而她更是加快腳步。「教堂屋頂就像滿天星斗一樣，美極了！」

她在遠處回答：

「那我現在知道了！」

安東尼放開喉嚨大聲喊：

「我和妳媽媽是在這裡替妳受洗的！」

朱莉亞一聽立刻停止腳步，轉身回到父親旁邊，他則對她聳聳肩膀。

「去看你的星星屋頂！」她心中感到好奇，踏上蒙特婁聖母院的階梯。

教堂內殿的確美輪美奐。以巧奪天工的木雕裝飾的屋頂和中央通道，好像布滿了天青石。朱莉亞讚嘆不已，一直走到神壇前面。

她喃喃地說：

「我真沒想到有這麼美。」

安東尼帶著勝利的口吻回答：

「我真是高興。」

他帶著她一直走到敬獻聖心的禱告室。

朱莉亞問他：

「你們真的是在這裡替我受洗的嗎？」

「當然不是！妳媽媽是無神論者，她絕對不會讓我這麼做。」

「那你為什麼跟我這樣說？」

「因為妳想像不到這裡有多麼美！」安東尼一邊回答，一邊回頭往莊嚴雄偉的木製大門走去。

朱莉亞走在聖傑克街時，一時覺得自己是在曼哈頓南區，因為街道兩旁白色列柱的高樓外觀和華爾街很像。聖愛倫街的路燈剛開始點亮。距離那條街不遠，他們來到一座周圍走道兩旁有草坪的廣場時，安東尼突然將身子靠在一張長椅上，整個人差點跌倒。他向連忙跑過來的朱莉亞打手勢，叫她放心。

他說：

「沒什麼，又出了毛病，這一次是膝蓋的髕骨。」

朱莉亞扶著他坐下。

「你很痛嗎？」

安東尼邊皺著臉邊說：

「唉，我已經有好幾天都不知道什麼是痛苦的滋味了。死還是有一些好處。」

「別再說了！你的表情為什麼是這樣？你看起來真的很痛苦。」

「我想這是程式設計的緣故！一個受傷的人如果沒有一點痛苦表情，那就會失去真實感。」

「不要說了！我不想聽這些細節。有什麼我能幫忙的嗎？」

安東尼從口袋中拿出一個黑色記事本和一枝筆，然後交給朱莉亞。

「妳在上面註明第二天的時候右腳又犯了老毛病。禮拜天妳要記得把這個記事本交給他們。這可以幫助他們改良未來的模型。」

朱莉亞一語不發。當她開始要在白紙上寫下父親剛剛要她登記的事項時，她的手在發抖。

安東尼看著她，接著從她手中將筆抽回。

「這沒什麼。妳看，我又可以正常走路了。」他一邊說一邊站起來。「小毛病自己會好起來的，沒有必要特別提醒。」

一輛由挽馬拉著的敞篷四輪車往優偉廣場駛來。朱莉亞說她一直很渴望能坐坐馬車兜兜風。在中央公園散步了一千多個日子，卻從來都不好意思坐馬車，現在是最理想的時機。她向馬車伕招個手。安東尼看著她，心裡很驚慌，但是她斬釘截鐵地表示毫無討論的餘地。他只好翻個白眼，登上馬車。

他嘆口氣道：

「真粗俗，我們真是粗俗！」

「你不是說不要在乎別人的眼光嗎？」

「沒錯，不過那是在某種程度之內！」

朱莉亞說：

「你要我們一起旅行，那麼我們就一起旅行！」

安東尼很懊惱，雙眼看著每走一步就會搖來晃去的馬屁股，說：

「我先提醒妳，假如我看到這頭厚皮動物的尾巴甩來甩去，哪怕只是動一下，我就立刻下車。」

「馬不屬於厚皮動物！」朱莉亞糾正他。

「屁股這麼大，我可不信牠不是厚皮動物！」

馬車來到舊港，停在「閘門管理人咖啡館」前面。聳立在「風車角」堤岸的碩大穀倉擋住了對岸的視線。穀倉雄偉的曲線似乎是從水中跳躍而出，衝往黑暗的天空。

安東尼一臉不快地說：

「走吧，我們離開這裡。我從來就不喜歡破壞遠景的水泥建築。真不懂為什麼這些東西還沒有拆除。」

朱莉亞回道：

「我想這些建築也屬於人文遺產。而且，也許有一天我們會覺得這些建築具有特殊風格。」

「到那一天，我已經不在人世，也無法看到它們了，我打賭妳也一樣！」

他拉著女兒在舊港的步道散步，兩人沿著緊鄰聖羅蘭河岸的綠地一直往前走。朱莉亞在他前面走了幾步後，抬頭觀賞一隻正在空中飛翔的海鷗。夜晚的和風吹亂了她的秀髮。

朱莉亞問她父親：

「你在看什麼？」

「在看妳！」

「那你看我的時候在想什麼？」

他嘴角露出一絲難以捉摸的笑容，答道：

「妳真的很漂亮，很像妳媽媽。」

朱莉亞突然說：

「我肚子餓了！」

「我們去遠一點的地方選一家妳喜歡的餐館。這堤岸旁邊都是一些小餐館……一家比一家難吃！」

「根據你的看法，哪一家最糟？」

「別擔心，我對我們很有信心。只要兩人齊心合力，一定可以找到！」

途中，朱莉亞和安東尼兩人在「大事堤岸」周圍的商店逛。這裡的舊碼頭一直深入到聖羅蘭河心。

朱莉亞突然指著一個在人群中穿梭的身影，大聲叫喊：

「那個人！」

「什麼人啊？」

朱莉亞說得更仔細些：

「在冰淇淋商販附近，穿著黑色外套。」

「我什麼也沒看到！」

她拉著安東尼的手臂，強迫他加快腳步。

「妳發什麼瘋啊？」

「快一點！我們會把他跟丟了！」

不巧，朱莉亞被一批正往防波堤走去的遊客帶著走。

安東尼很吃力地在後面跟著，生氣地罵：

「哎喲，妳到底是怎麼啦？」

她沒停下來等他，只是堅決地說：

「你快來就是了！」

安東尼不肯再往前走一步，便在一張長椅上坐了下來，朱莉亞只好丟下他，幾乎用跑的去找那個好像抓住她所有注意力的神祕客。過了一會兒，她神情落寞地回到父親身邊。

「我追丟了。」

「妳到底在搞什麼鬼？」

「剛剛就在那裡，在流動攤販附近。我確定看到你的私人祕書。」

「我私人祕書的長相毫無特別之處。他長得像所有的人，所有的人也都像他。我想，妳一定是認錯人了。」

「那麼你剛剛為什麼突然停下來？」

「我的髕骨……。」安東尼帶著痛苦的口氣回答。

「我還以為你都不會感覺到痛呢！」

「又是這個討厭的程式。再說，妳要稍微有點包容心，我不能控制一切，我只是一具很精密的機器人……而且，就算華拉斯在這裡，這也是他的權利。他現在退休了，他有的是時間。」

「也許吧，話說回來，這個巧合也太奇怪了。」

「世界很小的！不過我斷定是妳弄錯，把別人當成是他。妳剛剛不是跟我說妳肚子餓了嗎？」

朱莉亞扶著父親站起來。

安東尼搖搖腿，說道：

「我想現在一切又恢復正常了，妳看，我又可以蹦蹦跳了。我們再走一會兒，然後就去吃飯。」

春天來臨時，做遊客生意的商販們沿著步道兩旁擺出放滿各式各樣小飾物、紀念品、小玩具的攤子。

「來，我們到那裡去。」安東尼一邊說，一邊拉著女兒往防波堤更前面的方向走。

「不是說要去吃飯嗎？」

安東尼注意到有一位年輕漂亮的女子拿著炭筆替路人畫像，價錢是十塊美金一幅畫。

他一邊欣賞她的畫，一邊讚賞：

「好高明的畫工啊！」

在她身後的欄杆上掛著幾幅畫，可以看出她的繪畫天賦，此外，她正在替一名遊客畫畫像，從這畫像中更能證實她的才華。朱莉亞不把這些放在心上。當她飢腸轆轆時，一切都不重要。她的飢餓感經常就像好幾天沒吃飯的發慌感一樣，所有認識她的男人，不管是她的同事，還是曾經與她共同生活過一段時間的人，都對她的食量甘拜下風。有一次亞當和她挑戰，在一大堆煎餅前面比賽誰吃得多。朱莉亞輕鬆愉快地進攻第七片煎餅時，吃了第五片就投降的亞當開始出現畢生難忘的消化不良。最不公平的是，她的大食量似乎對她的身材沒有任何影響。

她再度說：

「我們走不走？」

「等一下！」安東尼一邊回答，一邊坐在客人剛離開的椅子上。

朱莉亞心中暗氣。

她不耐煩地問：

「你在做什麼？」

「給自己畫張像啊！」安東尼帶著愉快的口氣回答。接著，他看著正在削炭筆的畫家，問她：

「正面還是側面？」

「四分之三的角度如何？」年輕女畫家提出建議。

「左邊還是右邊？」安東尼一邊問，一邊在矮凳上轉方向。「人家總說我這個角度最好看，您的看法如何？朱莉亞呢？妳覺得怎樣？」

「沒看法！一點看法都沒有！」她一邊說，一邊轉身背對他。

「妳剛剛吃了那麼多軟糖，肚子總可以等一會兒吧。我不懂妳吞了那麼多糖果之後，為什麼還會感到餓。」

女畫家聽了一副很同情的樣子，對著朱莉亞笑。

「他是我爸爸，我們有好多年沒見面了，因為他太忙著關心他自己，最後一次我們兩人像今天一樣一起散步，是他帶我去兒童樂園。他是從那時候開始恢復我們之間的父女關係的！您千萬別跟他說我已經超過三十歲了，他會嚇一大跳！」

女畫家把畫筆放下，看著朱莉亞說：

「您要是一直讓我發笑的話，我會畫失敗。」

安東尼接著話說：

「妳看，妳在打攪小姐的工作。去看看掛在那裡的畫像吧，不會花很多時間的。」

朱莉亞對女畫家解釋：

「他根本不在乎什麼畫，他坐在那裡是因為妳長得漂亮！」

安東尼向女兒招個手勢要她靠近，好像要告訴她一個祕密。朱莉亞繃著一張臉，將身子靠向他。

「妳想，」他在女兒耳邊低聲說，「我問妳，有多少年輕女孩渴望看到父親死後三天還能請人替他自己畫幅畫？」

朱莉亞無言以對，默默地走開。

安東尼保持著坐姿，但是雙眼一直注視著在瀏覽畫像的女兒。掛出來的畫像都尚未找到買主，或是年輕女畫家為了求進步，自己畫著玩的。

突然間，朱莉亞臉孔僵住，雙眼圓瞪，嘴唇半啟，似乎覺得氣氣不足。炭筆下的線條是否真的具有那麼大的魔力，能讓所有往事再度湧現？掛在欄杆上那張畫像上的臉孔，下巴底端的小渦，使得顴部顯得很凸出的小碎骨，她凝視畫像上那道眼神，這眼神也好像在凝視著她，還有這幾乎可說是桀驁不羈的額頭，把她帶回到好幾年前的過去，回到那充滿激情的過去。

「竇瑪斯？」她結結巴巴地說……

9

……一九八九年九月的第一天，朱莉亞滿十八歲。為了慶祝生日，她放棄安東尼替她註冊的學院，申請一個和父親替她選擇系所完全不同的國際交換留學生計畫。最近幾年當家教累積下來的儲蓄、最後幾個月在美術系的繪畫室偷偷當模特兒賺來的錢、跟同學們一起賭博玩牌時贏到的錢、再加上她終於獲得的獎學金。她是靠安東尼私人祕書的幫忙才獲得獎學金的，否則的話，學院院長會以她父親富有的理由將她的申請駁回。華拉斯很不情願地答應幫忙，而且不斷在說：「小姐啊，妳叫我做的事真難辦，令尊要是知道的話。」他在文件上簽字，證明他的雇主長久以來都未提供女兒的生活費用。朱莉亞還提出許多工作證明，總算說服了學校的總務處。

她回到父親住在公園大道的宅邸，前後停留的時間非常短暫，氣氛也非常火爆，護照取回後，她重重把身後的門關上。之後，她踏上開往甘迺迪機場的巴士，在一九八九年十月六日的清晨來到巴黎。

突然，她又看到她住的學生房。一張木桌靠在可以遙瞰天文臺屋頂的窗前、一把白鐵製的椅子、老舊的檯燈、一張單人床，上面鋪著粗糙但是味道很香的床單、兩名住在同一樓層的女室友，她們的名字讓人聯想到遙遠的舊時代。每天走路到美術學校時都要經過聖米榭大道，亞拉郭大道路口轉角的咖啡館，和一大早在吧台前一邊抽菸一邊喝咖啡白蘭地的常客。她獨立自主的夢想終於實現，她拒絕一切情感上的漣漪，一心一意學習。從早上到晚上，從晚上到早上，朱莉亞把所有時間都放在繪畫上。盧森堡公園的椅子幾乎每張她都坐過，每條小路她都繞過，為了觀察小鳥走路的笨拙姿勢，她躺在禁止踐踏、只有小鳥能在上面逍遙的草坪上。十月就這樣過去。她在巴黎的第一個早秋慢慢遠去，接連而來的是十一月初陰霾的日子。

在亞拉郭咖啡館，一個跟平常一樣的晚上，幾位索爾邦大學的學生在高談闊論，討論德國政情。從九月初開始，成千上萬的東德人越過匈牙利邊境，企圖投奔西德。而昨天就有上百萬東德人在柏林街上示威。

其中一名學生大喊：

「這是歷史上的大事啊！」

他叫安段。

許多回憶栩栩如生地湧上心頭。

另外一個人提出建議：

「一定要去東德才行。」

他呢，他是馬蒂斯。我還記得他老是抽菸，動不動就發脾氣，嘴巴說個不停，當他無話可說的時候就哼曲子。我從來沒碰過這麼害怕安靜的人。

於是，他們組成隊。當天晚上將開一部車子出發，目的地是德國。兩人輪流開車，第二天中午左右就可以抵達柏林了。

那天晚上是什麼動機使朱莉亞在亞拉郭咖啡館中舉起手呢？是何種力量使朱莉亞走到索爾邦學

生們的桌子前面呢？

她一邊往他們走過去，一邊問道：

「我能不能跟你們一起去？」

我還記得我說過的每一個字。

「我會開車，而且我今天一整天都在睡覺。」

我在撒謊。

「我可以連續開好幾小時的車。」

安段問大家的意見。是安段還是馬蒂斯？這不重要，反正投票的結果幾乎占大多數，讓她參與即將進行的壯烈之舉。

安段還有點猶豫，馬蒂斯加上一句話：

「她是美國人，我們也算是欠他們人情！」

接著他把手高高舉起，然後鄭重說道：

「她回國之後，有一天可以替法國人支持的所有革命偉業做見證。」

眾夥把椅子挪開，朱莉亞便坐在新認識的朋友當中。不久之後，大家在亞拉郭大道上互相擁抱，她和不認識的人親臉告別。既然她是遠征團的一分子，就必須和留在巴黎的人說再見。從巴黎到柏林有一千公里路程，沒有時間拖拖拉拉。十一月七日的晚上，車子沿著貝荷西堤岸往塞納河上游駛去，朱莉亞怎樣也料想不到她在和巴黎說再見，料想不到她今後再也無法從窗子瞭望天文臺的屋頂。

桑莉絲、孔翩涅、亞棉、康布雷，這麼多寫在路牌上的神祕地名從她眼前一個一個飛逝而過，都是她不認識的城市。

近午夜時分，他們朝比利時開去。在瓦朗西納換朱莉亞開車。

越過邊境時，海關人員對朱莉亞手持的美國護照感到疑惑，但是她的巴黎美術學校學生證就等於是張通行證，他們得以順利過關。

馬蒂斯不停在唱歌，令安段很不耐煩，可是我呢，我在練習把我不怎麼懂的歌詞記在心上，可以讓我保持清醒。

想到這裡，朱莉亞不禁莞爾，許多回憶又接二連三湧至。第一次歇腳是在高速公路的休息站。大家把身上的錢掏出來數，我們決定買些長棍麵包和切片火腿肉。他們還特地為她買了一瓶可口可樂以示慶祝，結果她只喝了一小口。

她的旅伴話說得太快，有許多話她都沒聽懂。她以為以前學了六年的法文就可以說是個雙語人士。為什麼爸爸要我學這種語言呢？是否為了紀念他曾經在蒙特婁住過的幾個月？很快地，他們又必須再上路了。

經過蒙斯之後，在拉．魯維爾分叉口的地方弄錯路。穿越布魯塞爾的前後經過真是有趣至極。那裡的人也是說法語，但是帶著一種口音，儘管許多表達方式她都是第一次聽到，但對朱莉亞這個美國人而言，反而更容易懂。當一個過路人非常友善地告訴他們通往列日的正確路線時，馬蒂斯為什麼對他的法語笑個不停呢？安段重新計算行程。繞遠路浪費一個多鐘頭的時間，馬蒂斯希望能趕快抵達，因為革命是不會等待他們的。大家再一次研究地圖，決定立刻往回走，因為繞北邊的路太遠，於是繞南邊，往杜塞爾多夫開去。

首先必須經過講佛來米語的比利時布拉邦省，這裡聽不到法語。多了不起的國家啊！僅僅幾公里遠的距離就有三種不同語言！「這是個有漫畫和幽默感*的國家！」馬蒂斯一邊回答，一邊催促朱莉亞開快點。快到列日時，朱莉亞睏得眼皮幾乎睜不開，車子失控，往旁偏離。

她立刻將車子停在緊急停車道上，好讓自己恢復鎮靜。安段責備她，強迫她坐在後座，不許她再開車。

這個懲罰不痛不癢。越過西德邊境時，朱莉亞完全不知道前後經過如何。馬蒂斯的父親是大使，因此他有一張外交官家屬通行證。他對海關人員好言好語，說時候這麼晚了，請不要把剛從美國來的同母異父的妹妹吵醒。

海關人員很諒解，只是看看她留在置物箱裡的證件。

當朱莉亞再度睜開眼睛時，他們已經來到多特蒙德。全體同意——就差一票，因為他們未徵求她的意見——到城裡去，上一家像樣的咖啡館吃個早餐。那是十一月八日的早晨，她生平第一次在德國醒來。明天，她所認識的世界將會發生重大改變，把她這名年輕女子的生命帶進無法預測的潮流裡。

經過畢勒費爾德之後，已經很接近漢諾威了。朱莉亞再度掌控方向盤。安段原想反對，但是他也好，馬蒂斯也好，兩人都累得無法繼續開車，而距離抵達柏林的路還很遙遠。兩個法國人一下子就呼呼大睡，朱莉亞終於享受到片刻的寧靜。車子已經開到赫姆斯特附近，要通過這裡的關卡就比較難了。前面便是一道道劃定東德疆界的鐵絲網。馬蒂斯正好睜開眼睛，連忙叫朱莉亞把車子停在路邊。

馬蒂斯吩咐對策，車子必須由他開，安段坐在他旁邊，朱莉亞坐在後面。他的外交官家屬護照是說服海關讓他們繼續往前走的符咒。馬蒂斯下令執行「大演習」。千萬不可以透露出他們真正的動機。如果問他們為什麼要去東德時，馬蒂斯便回答說，他要去西柏林看當外交官的父親，朱莉亞有美國護照，她也說她的父親是公務員，在西柏林任職。安段問道：「那我說什麼呢？」馬蒂斯一邊發動馬達一邊說：「你呀，你閉上嘴巴！」

沿著馬路的右手邊是一片茂密的杉樹林，樹林盡頭出現陰森森的邊境海關檢查站。檢查站大得就跟飛機場的過境等候區一樣。馬蒂斯把車子鑽到兩部卡車之間。一名警察向他們打手勢，要他們換車道。馬蒂斯臉上不再有一絲笑容。

檢查站兩旁聳立著比消失在地平線的樹林頂端還更高的探照燈高塔，正前方有四座稍矮一點的瞭望台。鐵絲網大門上掛著一張寫著「馬亨伯恩邊界檢查站」的牌子。每一部車子通過之後，大門便立刻關上。

第一關檢查時，警察命令他們把車子的行李箱打開，然後檢查安段和馬蒂斯的行李包。此時朱莉亞才發現自己沒攜帶任何衣物。警察再度喝令他們往前開。在稍遠處，他們必須通過兩旁都是白色瓦楞鐵皮屋的通道，這裡要檢查身分證件。一名警察叫馬蒂斯把車子停在旁邊，然後下車跟他走。安段咕咕噥噥地抱怨，說這趟旅行簡直是瘋狂之舉，他一開始就已經告訴過他。馬蒂斯提醒他

---

*《丁丁歷險記》的作者是比利時人；法國幽默笑話經常針對比利時人而發。

要記住事先約好的話，然後才開動車子。朱莉亞向馬蒂斯使眼色，問他要她怎麼做。馬蒂斯把我們的護照都拿去，這些事我都記得很清楚，恍如隔日。他跟著海關人員走。我和安段兩人在等他。在這冷清清的鐵皮屋頂下，雖然只有我們兩人，我們也緊守著約定隻言不語。接著馬蒂斯又出現了，後面跟著一名軍人。安段也好，我也好，誰也無法猜到會有什麼事發生。這名年輕軍人挨次看著我們，然後把護照交還給馬蒂斯，並且向他打手勢表示可以離開。我從來沒有體會過這種恐懼，從來沒有體會過這種侵入皮膚底下，連骨頭都凍僵，整個身心都被剝奪的感覺。車子慢慢地開，一直開到下一個檢查站。我們又停在一所很大的天篷底下，一切又重新開始。馬蒂斯又到其他營站去接受盤問。當他好不容易回來時，從他臉上的笑容可以知道，這下我們可以踏上柏林之路了。在抵達目的地之前，我們都不可以離開高速公路。

吹在蒙特婁舊港步道的晚風讓朱莉亞冷得直發抖。儘管如此，她的雙眼仍然看著炭筆勾勒出的男人臉孔。那是從另一個時代突然出現的臉，出現在比過去劃分德國疆界的營哨瓦楞鐵皮還要白的畫紙上。

賓瑪斯，我朝你走過去。我們那時無憂無慮，你也仍然在世。

整整過了一個多鐘頭後，馬蒂斯才重新燃起唱歌的欲望。除了幾部卡車外，一路上看到的車子不管是迎面而來，或者是被他們超過的，全都是拖笨車，東德這國家的人民似乎都希望擁有相同的車子，避免和鄰居競美。馬蒂斯的車子非常引人注意。法國寶獅五〇四型在東德的高速公路上威風凜凜。當他們超車時，沒有一個司機不用贊羨的眼光欣賞他們的轎車。

接著經過的城市是柴爾門、泰森、考佩尼茲，然後是馬格德堡，最後是波茲坦。離柏林只剩下五十公里路程了。安段堅持在進入柏林郊區時由他來開車。朱莉亞聽了忍不住哈哈大笑，對他們說，差不多四十五年前，她的同胞們光復了柏林。

安段立刻用尖酸的口氣說：

「他們現在還在那裡！」

朱莉亞也不客氣地反擊：

「跟你們法國人一起！」

馬蒂斯在旁說道：

「我被你們兩個煩死了！」

接著，大家閉口不語。車子開到被東德包圍的西柏林邊界時，仍是安靜無聲。當車子進入市內後，才突然聽到馬蒂斯大聲喊道：Ich Bin ein Berliner!（我是柏林人！）

10

他們原先計畫好的旅途時間完全錯誤。十一月八日抵達柏林時，幾乎已經快傍晚了。儘管如此，沒有人在意一路累積下來的誤點。他們雖然精疲力盡，卻把疲倦拋諸腦後。柏林城內處處都是山雨欲來風滿樓的氣氛，人人皆有預感，一件破天荒的大事即將發生。安段說得沒錯。四天前，在鐵幕另一邊，有百萬多個東德人為爭取自由而走上街頭示威。那道日日夜夜有上千士兵和許多警犬看守的圍牆，將許多相愛、許多曾經生活在一起的人分開，而這些人引頸盼望，但又不敢抱持太多的信心，希望有朝一日能再度相聚。在一個替冷戰打開序曲的悲慘夏天，多少家人，多少朋友，甚至是普通的鄰居，被一道突然從地升起長達四十三公里的水泥牆、鐵絲網，以及瞭望台分隔了整整二十八年。

三位朋友坐在一家咖啡館內，仔細聆聽周圍人的談話。安段全神貫注，將高中學的德文全搬出來，把柏林人的評論翻譯給馬蒂斯和朱莉亞兩人聽。共產政權再也撐不了多久了，有些人甚至認為，東西柏林的通行管制站不久就會開放。自從戈巴契夫十月訪問東德後，一切都變了。一名到這裡匆匆忙忙喝杯啤酒的《每日鏡報》記者透露，他們報社的編輯室紛紛擾擾，動盪不安。

平常這時候就已經付印的報紙大標題到現在都尚未決定。大事即將發生，但是他無法進一步解釋。

夜晚降臨時，他們三人都被旅途疲勞所征服。朱莉亞忍不住大打呵欠，結果她開始打嗝，而且打個不停。馬蒂斯想盡辦法平息她的打嗝，起先是嚇唬她，但是他的每個妙計到最後都引來一場大笑，反而使朱莉亞嗝打得更厲害。安段也加入陣線，叫她做幾個特技式的體操動作，頭朝下，雙手交叉，然後喝杯水。這項絕招靈驗無比，但是朱莉亞還是沒有成功，而且嗝得更加厲害。酒吧裡的幾個客人也提出其他辦法。有的說一口氣喝光一品脫的水，有的說捏住鼻子盡可能長時間停止呼吸，有的說躺在地上將膝蓋往腹部靠攏。每個人都說出自己的錦囊妙計，最後有個站在吧台前面喝啤酒的醫生非常好意，用近乎十全十美的英語建議朱莉亞去休息。她雙眼周圍的黑眼圈證明她已經疲憊不堪，睡覺是最好的處方。三個夥伴便決定去找個青年旅館。

安段問哪裡可以找到睡覺的地方。他也是異常疲倦，但酒保完全聽不懂他說什麼。最後他們找到一家小旅館，要了兩間房間。兩個男的合住一間，朱莉亞單獨一間。他們爬上四樓，道聲晚安後，每個人都倒在床上睡覺。只有安段例外，他整晚都睡在鋪在地上的鴨絨被上。馬蒂斯一進入房間，便橫躺在床上呼呼入睡。

女畫家一直無法把畫畫完。她前後三次叫她的客人坐正，可是安東尼卻沒聽進去。他老是不停轉頭注視他女兒，女畫家只好盡量設法抓住他的臉部表情。朱莉亞站在稍遠之處，雙眼一直看著女畫家展示的那張作品。她的眼神茫然，魂魄似乎飛到別處去了。從他坐在矮凳上開始，她的眼睛就沒離開過那張畫。他出聲叫她，但她都沒應。

他們三人在小旅館的大廳再度相見時，已是十一月九日將近中午的時候。當天下午，他們去參觀柏林市區。再過幾個鐘頭，竇瑪斯，再過幾個鐘頭我就會和你相逢。

他們第一個參觀的景點是勝利紀念柱。馬蒂斯認為它要比巴黎萬杜姆廣場*的還來得雄偉，可是安段對他說這樣的比較毫無意義。朱莉亞問他們是否經常這樣辯來辯去，兩個男的聽了驚訝地瞪著她看，不明白她到底在講什麼。第二個參觀的是選帝侯大道**的商業區。三人徒步走遍百來條街，當朱莉亞實在走不動時，他們才搭乘電車。下午四點鐘左右，他們站在紀念教堂前靜思。柏林人稱這座教堂為「空心牙」，因為二次大戰時，這座教堂遭炸彈空投襲擊而崩毀，外觀變得很奇特，因而有這別名。教堂一直被保留原貌，以資紀念。

下午六點三十分，朱莉亞和兩位朋友來到一座公園附近，他們決定步行穿過公園。

稍晚之後，東德一名政府發言人發表了一則改變世界面貌，最起碼改變了二十世紀末期世界面貌的宣言。東德人可以自由行動，離開東德，前往西德，所有關口檢查站的士兵不會放狗咬他們，也不會開槍向他們射擊。冷戰期間，有多少男女老幼為了攀越恥辱之牆而喪生呢？好幾百人被忠於職守的守衛開槍擊中，死在牆下。

東柏林人可以自由離開，就是這麼簡單。那時一名記者問政府發言人何時開始實施這項法令。

政府發言人誤解記者的問話，當場回答：現在！

晚上八點，東西德所有廣播電臺和電視臺都轉達這項消息，而且不斷重複報導這則不可思議的新聞。

成千上萬的西德人不約而同來到邊界關口。成千上萬的東德人也不約而同湧至關口。在這些衝向自由的群眾中，兩個法國人和一個美國人也跟著人潮一起走。

晚上十點三十分，在東柏林也好，在西柏林也好，每個人都往不同的關口檢查站走去。對於那些無法應變現在的情況、被成千上萬嚮往自由的人潮所淹沒的士兵們而言，現在輪到他們走投無路。伯恩黑梅爾街關口的欄杆被拉起，德國開始走向統一之路。

> 你走遍城市，踏遍街道，往你的自由飛奔；而我，朝你走過去，然而我心中並不知道，也不瞭解是什麼力量把我往前推。這項勝利不屬於我，這個國家不屬於我，這些街道對我而言是陌生，在這裡，我是外國人。我也開始跑，想要脫離無法阻攔的人潮。安段和馬蒂斯保護著我。我們沿著長無止境的水泥牆往前走，這道牆上有許多抱著希望的畫家不斷在上面繪畫。這時，你的幾位同胞，這些無法忍受在檢查站前還要排隊再等幾個鐘頭的人開始爬上圍牆。在圍牆這一邊，我們在觀察你們：我右手邊，有人張開雙臂，減輕你們的跌落壓力；我左手邊，有人站在粗壯的肩膀上看著還在鐵幕之內的你們奔過來，跑完剩下的最後幾公尺。我們的叫聲和你們的叫聲混合在一起，我們在鼓

---

*萬杜姆廣場（Place Vendôme），位於巴黎第一區，靠近羅浮宮，法國金融中心，有香奈兒服裝店，高級餐館。

**選帝侯大道（Kurfürstendamm），寬五十三公尺，長三點五公里，是柏林著名觀光景點。

勵你們，想消除你們的恐懼，告訴你們我們在這裡。突然，我這個逃離紐約的美國人，這個曾和你們國家對抗的國家的孩子，在這充滿人間溫情的時刻，我變成了德國人。在少女情懷的天真爛漫下，我也低聲地說 Ich Bin ein Berliner，然後我哭了。我哭得很厲害，賓瑪斯……

這天晚上，她迷失在另一批人群當中，周圍都是在蒙特婁碼頭上閒逛的遊客，在這批遊客當中，朱莉亞哭了。她看著炭筆勾畫的臉孔，眼淚沿著臉頰滴滴落下。

安東尼的眼睛一直沒離開過她。他又再度叫她。

「朱莉亞？妳還好嗎？」

但是他女兒的心神太遙遠，根本沒聽到他的話，就好像兩人被二十年的時間所隔開似地。

……人潮又比先前更洶湧吵嚷。群眾們都往圍牆走過去。有些人開始刨牆，所用的工具都是臨時找到的，螺絲刀、石塊、鎬子、折疊刀，都是微不足道的工具，但是一定要把障礙鋤掉。接著，就在離我數公尺遠的地方發生了一件無法置信的事。全球最有名的大提琴家就在柏林。他聽到消息後，也來跟我們、跟你們會合。他擺好大提琴，開始演奏起來。是當天晚上？還是第二天晚上？這不重要。琴弦拉出來的音符也傾倒了圍牆。許多 Fa，許多 La，許多 Si，一道道悅耳動聽的旋律往你們飄揚而去，自由之聲隨著音符所到之處傳向你們。你要知道，哭的人不是只有我一個。那天晚上，我看到好多好多的眼淚。那一對激動得緊緊擁抱在一起的母女的眼淚，因為她們沒想到在從未能相見、從未能互相擁抱、從未能互相示愛的二十八年後，她們居然能夠再度重逢。我看到許多白髮蒼蒼的父親在千百人當中，似乎認出他們的兒子。我看到那些只有眼淚才能將以往忍受的所有痛苦洗刷殆盡的柏林人。接著，出其不意地，在群眾當中，在圍牆上，我看到你的臉孔出現，看到你滿是灰塵的臉孔，還有你的雙眼。你是我第一個認識的東德男子；而我，是你看到的第一個西方女子。

安東尼大喊：

「朱莉亞！」

她慢慢朝他轉身，嘴裡說不出一句話，接著又轉頭看畫像。

你在牆上站了好長一段時間，我們兩人眼神呆滯，就這樣傻傻地看著對方，無法分開。你擁有一個展現在你面前的新世界，然而你卻一直看著我，就好像我們的眼光被一條繃得很緊的隱形線連在一起。我哭得像個淚人兒，可是你卻對我微笑。接著，你跨過圍牆，然後往下跳，我和其他人一樣，立刻張開雙臂將你接住。你跌在我身上，我們兩人在這塊你從未踏過的土地上打滾。你用德語跟我說對不起，我用英語跟你說好。你站起身，拍拍我肩膀上的灰塵，好像這個手勢一直都是屬於你。你對我說話，可是我完全聽不懂，所以你不時地搖頭點頭。我一直在笑，因為你的模樣太滑稽，而我呢？我的樣子比你更滑稽。你向我伸出手，口裡說出我後來不斷掛在嘴巴上的名字，這個我好久以來再也沒喊過的名字：賓瑪斯。

碼頭上一名女子撞到她，而且連停都沒停下來。朱莉亞對她完全不理會。一名賣珠寶的私販拿著一條淺色木頭雕成的項鍊在她面前晃來晃去。她只是慢慢地搖頭，販子像唸禱告詞般的滔滔說詞她一個字也沒聽進去。安東尼拿十美金給畫家，然後站起身。女畫家把畫像拿給他看。畫像的表情很逼真，而且酷似真人。安東尼很滿意，又把手伸進口袋，給她加倍的錢。他朝朱莉亞的方向走幾步。

「妳看什麼東西看了十幾分鐘？」

竇瑪斯，竇瑪斯，竇瑪斯，我已經忘了在唸你的名字時心中那種美好的感受。在看到這張酷似你、讓我想起你的畫像之前，我已經忘了你的聲音，你的顴骨，你的笑容。我真希望你沒有去那個國度做報導。要是我早知道，當你對我說你想做報導記者的那一天，要是我早知道結果的話，我會對你說那個想法不好。

不過你會回答我說，報導世界真相的工作不會是不好的工作，哪怕展示的相片很殘忍，哪怕有些相片會揭露事實。你會用低沉的嗓音大聲說，如果報界老早就知道圍牆另一邊的真相的話，以前統治我們的人老早會把圍牆剷除。可是他們是知道的，竇瑪斯，他們知道你們每個人的生活，他們的時間都花在監視你們身上，統治我們的人沒有這個勇氣。我聽到你對我說，必須要跟我一樣，生長在可以毫無恐懼地隨意思考和隨意說話的城市的人，才會放棄冒險。我們會為這問題討論整個晚上，一直到天亮，一直到第二天。竇瑪斯，你知道我有多懷念我們之間的爭吵嗎？

當我詞窮時，我會投降，就跟我離開的那天一樣。如何留住你呢？如何留住一個以前缺少自由的人？竇瑪斯，有道理的人是你，你從事的工作是世界上最美好的工作之一。你遇見馬蘇德*了嗎？你們現在都在天上，他是否同意接受你的訪問了？這還值得做嗎？你過世幾年後他也喪生。成千上萬的民眾在潘契爾**河谷盆地替他送葬，而你的屍骨卻沒人能收拾。如果那個地雷沒有炸毀你的車

*馬蘇德（Massoud），阿富汗反對派領袖，反對蘇聯入侵與阿富汗神學生的掌權，九一一事件兩天前被暗殺。

**潘契爾（Panchir），位於喀布爾北邊一百五十公里處，是馬蘇德的出生地。

子，如果我不害怕，如果早先我沒有放棄你，那我的生命將會是如何？

☘

安東尼把手搭在朱莉亞的肩膀上。

「妳在跟誰說話呀？」

朱莉亞嚇了一跳，答道：

「沒跟任何人。」

「妳好像被這幅畫像迷住了，而且妳的嘴唇在發抖。」

她低聲地說：

「不要管我。」

☘

剛開始的時候有點尷尬，那是非常脆弱的時刻。我向你介紹安段和馬蒂斯，並且鄭重強調「朋友」兩個字，而且我還重複了六遍你才明白。我真是糊塗，你那時的英文還不行。也許你已經懂了，你露出笑容，擁抱他們。馬蒂斯一邊緊緊摟著你，一邊向你恭喜。安段只是跟你握握手，但是他跟他朋友一樣也是激動不已。我們四個人一起往市內走去。你說你要找個人，我以為你要找的是個女的，其實是你的童年好友。十年前，他和家人成功跨越圍牆，從那時起，你就再也沒見過他。可是在滿街都是相摟、唱歌、喝酒、跳舞的成千上萬人群當中，如何能找到幼時好友呢？你說，世界廣闊，友誼浩瀚。我不知道是因為你的口音，還是你那句話的天真，安段嘲笑你；而我呢？我覺得你的想法很有意味。是否是曾經使你百般受苦的生活保留了你的童真，而我們的童真卻被所享有的自由扼殺了？

我們決定幫你尋找，一起踏遍柏林的每條街道。你踩著堅決的腳步往前走，彷彿很久以前，你們就已經約好在某處相見。一路上，你不斷打量每張臉孔，撞到行人，回頭看人。這時太陽尚未昇起，安段在一座廣場中央停下來，大聲喊道：「你最起碼可以告訴我們那個我們像呆瓜一樣找了好幾個鐘頭的人的名字啊？」你沒聽懂他的話。安段叫得更大聲：「Name, Vorname（名字、姓氏）。」你發起火來，用吼的回答：「克納普！」那是你要找的人的名字。接著，安段為了讓你明白他不是對你生氣，也開始大叫：「克納普！克納普！」

馬蒂斯忍不住開口大笑，也跟著喊，我也跟著喊「克納普，克納普」。你瞪著我們，好像我們是瘋子，接著你也笑了起來，又再喊「克納普，克納普」。我們幾乎是一邊跳舞，一邊高聲唱著你找了十年的朋友的名字。

在人山人海的群眾中，有一張臉孔往回看。看到你們的眼光交會，一名和你同年齡的男子盯著你，我那時候幾乎是很嫉妒。

你們倆就好像屬於同一個狼群，後來被分開，在繞過一座森林之後又再度會合的兩匹野狼，你們呆呆地站著不動，互相看著對方。接著克納普叫你的名字。「賓瑪斯？」在西柏林的石板路上，你們的身影那麼美。你緊緊抱住朋友，臉上露出的喜悅是如此崇高。安段在哭泣，馬蒂斯安慰他，說如果他們也分離了那麼多年，那他們再度相逢時的喜悅也是一樣的。安段哭得更厲害，說那是不可能的，因為他們兩人還沒認識那麼久。你的頭靠在好友的肩膀上。你看到我在注視你，立刻挺起頭，然後對我重複那句話：「世界廣闊，友誼浩瀚。」安段哭得像洩洪，無法抑止。

我們在一家酒吧的露天座上坐著。寒氣打在臉上，但是我們毫不在意。你和克納普坐在離我們稍遠的地方。追捕過去十年的光陰，需要用很多字彙，而有時候卻是靜默不語。那天深夜，我們都沒有分開，接下來的白天也都一直在一起。第二個清晨時，你才對克納普說必須離開。你不能再停留。你的祖母住在圍牆另外一邊，你不能留下她一個人，因為你是她唯一的依靠。今年冬天她應該有一百歲，我希望她也能夠在你目前所處之地與你相會。你的祖母，我真是喜歡她！當她把長長的白頭髮打好辮子，然後再來敲我們的臥室房門時，她是那麼漂亮。你跟朋友保證，只要局勢不再倒退，你很快就會再回來。克納普很肯定地對你說，通往自由的門是永遠不會再關上的，而你回答：「也許吧，不過，就算是我們必須再多等十年才能相見，我還是每天都會繼續想著你。」

你站起身，向我們道謝我們送給你的這份禮物。我們什麼也沒做啊！馬蒂斯對你說沒什麼，他很高興能幫上一些忙。安段建議大家一起送你到東西柏林交界的關口。

我們再度動身，隨著跟你一樣要回家的大批人群走，因為革命也好，不革命也好，他們的家、他們的房子，都在城市另一邊。

走在路上時，你握住我的手，我讓你握著，就這樣走了好幾公里路。

「朱莉亞，妳在發抖，這樣下去會著涼。我們現在就回去。妳要的話，我們可以把這幅畫像買下來，妳想看多久就看多久，不過要在暖和的地方看。」

「不要，這幅畫不能用價錢衡量，它必須留在這裡。請你再等幾分鐘，然後我們就走。」

在交界關口的兩邊有些人繼續在剷除圍牆。我們必須在這裡說再見。你先向克納普告別。他拿一張名片給你，同時說：「只要可以，儘早打電話給我。」是否因為他是記者，所以你也想從事這個行業呢？還是因為你們少年時代就互相許下這個願望？這個問題我問過你一百遍，而每一次你都逃避問題，只是嘴角帶著每當我令你生氣時，你對我慣用的微笑回答我。你和安段以及馬蒂斯握握手，然後轉身對著我。

竇瑪斯，真希望你知道那天我有多害怕，害怕永遠無法認識你的唇。你闖進我的生命，彷彿毫無預警卻突然到來的夏天，帶著燦爛的陽光照亮清晨。你用手心撫摸我的臉頰，手指沿著我的臉往上滑，然後在我的每個眼簾上輕輕地吻。「謝謝妳。」這是你唯一說的一句話，然而你已經走了。克納普正注視我們，我突然發現到他的眼光，那眼光好像寄望我說一句話，說幾個他想找出來的字眼，能夠永遠抹除令你們分隔很遠的那些年代。那些年代使你們兩人的生活有天壤之別；他要回到記者工作上，而你要回到東方世界去。

我大聲喊著：「帶我走！我想認識你要回去見面的祖母。」沒等你的回答，我再度握住你的手，對你鄭重說道：「必須要有全球人的力量加在一起才能把我拉開。」克納普聳聳肩膀。他看到你驚訝得目瞪口呆的表情，說道：「現在的道路暢通無阻，你們要的話可以隨時回來！」

安段想勸告我，說那是瘋狂之舉。也許吧，可是我從來就沒感受過令人陶醉的激情。馬蒂斯用手肘碰了他一下，管人家什麼閒事呢？他向我跑過來，在我臉上親了一下，一邊在一張紙條上寫上他的電話號碼，一邊對我說：「妳回到巴黎的時候打電話給我們。」我也在他們兩人臉上親吻一下，之後，我們就離開了。賓瑪斯，此後，我再也沒有回過巴黎。

我跟著你走。那是十一月十一日的清晨，我們趁著亂哄哄的局面，越過東西交界。那天早上，也許我是第一個進入東柏林的美國女學生，就算不是，我也是所有美國女學生中最快樂的一個。

你知道嗎，我遵守了諾言。你記得那家陰暗的咖啡館嗎？在那裡你曾要我發誓，如果有一天命運將我們分開，不管情況如何，我也要繼續快樂的過日子。我知道你之所以這麼說，是因為我愛你的方式有時會讓你感到不自在，因為你以前太缺少自由，所以無法接受我把自己的生命寄託在你身上。就算是我憎恨你徹底破壞了我的幸福，我還是遵守了諾言。

賓瑪斯，我就要結婚了，哦，應該說，我上週六要結婚，可是婚禮延期。這件事說來話長，不過就是這件事使我來到這裡。也許是因為我必須再看一次你的臉吧。請在天上代我問候你的祖母。

「朱莉亞，妳的樣子真荒謬可笑。看看妳自己，好像跟妳爸爸沒電的時候一樣！妳動也不動站在這裡有一刻多鐘頭了，而且妳嘴裡還念念有詞……」

朱莉亞不回答，只是轉身離開。安東尼加快腳步追上她。

他走到她旁邊時，又再度說：

「我到底可不可以知道是怎麼回事？」

可是朱莉亞就是不作聲。

「妳看，」安東尼拿著他的畫像給他女兒看，高興地說，「畫得真成功，哦，這是送給妳的。」

朱莉亞不理他，繼續往飯店走去。

「算了，我晚點再送給妳！看來現在時機不恰當。」

安東尼見朱莉亞不發一語，又開口說：

「妳看得那麼仔細的那張畫像，為什麼讓我想起某些事來？我想這一定跟妳剛剛在碼頭上的怪異舉止有關。不知道為什麼，那張臉孔我好像以前見過。」

「因為你到柏林來找我的那一天，你的拳頭曾經打在這個人臉上。因為那是我十八歲時心愛男人的臉孔，他就是你強迫我回紐約時，硬要我分開的人！」

11

餐館幾乎客滿。一名殷勤的服務生替他們倒了兩杯香檳。安東尼沒有喝，朱莉亞卻一口氣將她酒杯裡的酒喝光，接著又拿起父親的酒杯將酒一口喝完，然後又向服務生招手，要他再替她倒酒。菜單還沒送上來，朱莉亞就已經有點醉醺醺了。

朱莉亞要叫第四杯香檳時，安東尼勸道：

「妳最好不要再喝了。」

「為什麼？這酒有很多氣泡，而且味道很好！」

「妳醉啦。」

她一邊冷笑，一邊答道：

「還沒哪。」

「總可以少喝一點嘛。妳是不是想破壞我們的第一個晚餐？妳沒必要把自己弄出病來，要是想回去，只要跟我說一聲就行了。」

「啊，才不呢，我肚子餓死了！」

「要是妳願意，我們可以叫菜到妳房間吃。」

「又來了，我想我現在不再是聽這種話的年齡了。」

「妳小的時候每次要跟我挑釁時，態度就完全是這個樣子。妳說得沒錯，朱莉亞，妳也好，我也好，我們現在已經不再是吵吵鬧鬧的年齡了。」

「我仔細地思考，那是你沒有站在我的立場，而為我做出的唯一選擇！」

「什麼選擇？」

「竇瑪斯！」

「不對，他是第一個而已，妳要是還記得的話，妳後來自己做了很多選擇。」

「你一直想控制我的生活。」

「這是許多父親常犯的毛病，話說回來，對一個被妳指責經常不在的人來說，這項責備相當矛盾。」

「我寧可希望你不在，可是你只是不在家而已！」

「妳醉了，朱莉亞，妳講話很大聲，這會干擾到別人。」

「干擾到別人？你是說你出其不意跑到我們柏林的房子時不會干擾到別人？你向我男友的祖母大吼大叫，甚至還恐嚇她，要她告訴你我們在什麼地方的時候，這不會干擾到別人？我們還在睡覺時你撞破房門，然後幾分鐘之後就把竇瑪斯的臉打傷，這不干擾到別人嗎？」

「應該說那是有點過火，這點我承認。」

「你承認？你揪我的頭髮一直揪到等在外面的車子前面，這會不會干擾到人？我們要穿過機場大廳時，你拚命晃我的手臂，晃得我好像一個關節斷裂的洋娃娃，這會不會干擾到人？你怕我逃跑，把我的座位安全帶扣上時，這難道不會干擾到別人嗎？我們一回到紐約，你就像對待罪犯一樣把我扔在房間裡，然後把房門鎖上，這是不是很干擾到人？」

「有時候我在想，我上週去世，是否不是一件不好的事！」

「拜託，不要再說這些誇張的話了！」

「啊，這跟妳剛剛那些動人的話一點關係都沒有，我是指另外一件事。」

「哦，那會是什麼事？」

「我是指從妳看到那張很像竇瑪斯的畫像後，妳的舉止態度問題。」

朱莉亞睜大眼睛。

「這跟你的死有什麼關係？」

安東尼帶著大大的笑容回答：

「妳這句話聽起來很好玩，妳不覺得嗎？真想不到我在無意之中，阻止妳在上週六結婚！」

「你為這件事高興到這種地步嗎？」

「為了妳的婚禮延期？一直到剛剛之前，我都為這件事感到抱歉，可是現在不一樣了……」

服務生因為他們兩人說話太大聲而覺得很尷尬，於是走過來請他們放低嗓門，並且問他們是否要點菜。朱莉亞叫了一道肉。

服務生問：

「要幾分熟？」

安東尼答道：

「一定是半生不熟！」

「先生呢？」

朱莉亞問道：

「你們有沒有電池？」

服務生聽了莫名其妙，安東尼跟他解釋他不吃晚餐。

「結婚是一回事，」他對女兒說，「但是妳聽我說，要和一個人共同分享生命的全部，這又是另外一回事。那需要很多的愛，很多的空間。那是一塊兩人共同創造的園地，任何一方都不能感到空間狹窄。」

「可是你憑什麼評論我對亞當的情感？你對他一點都不瞭解。」

「我不是在說亞當，我是在說妳，我是指妳以後能給予他的感情空間。如果妳的未來世界已經被另一個人的回憶掩蓋，那你們倆的共同生活就很難成功了。」

「你瞭解箇中一二，不是嗎？」

「朱莉亞，妳母親已經過世，就算妳繼續為這件事責怪我，也不是我的錯。」

「竇瑪斯也過世了，而且就算這和你完全無關，我也會一直怪你。你要明白，說到我和亞當兩人的感情空間，我們擁有的是整個浩瀚自由的宇宙。」

安東尼咳起嗽來，額頭上出現幾粒汗珠。

朱莉亞吃驚地問道：

「你會出汗？」

「這是我不想發生的機能小故障。」他一邊說，一邊用手巾輕輕在臉上拍打。「朱莉亞，妳那時才十八歲，妳就想跟一個妳才認識幾個禮拜的共產黨員一起生活！」

「四個月！」

「也就是十六個禮拜！」

「而且他是東德人，不是共產黨。」

「好多了！」

「有些事我永遠也忘不了，這就是為什麼以前有一陣子我很恨你！」

「我們做過協議，不可以用過去式說話，妳還記得吧？不用害怕用現在式跟我講話。就算我已經去世了，我永遠是妳的父親，或者說是目前僅存的……」

服務生把菜端給朱莉亞。她請他再替她倒杯酒。安東尼把手放在香檳酒杯上。

「我想我們還有很多話要說。」

服務生立刻轉身離開。

「妳住在東柏林的時候，有好幾個月我都沒有妳的消息。妳下一個去的地方會是哪裡？莫斯科？」

「你是怎麼找到我的？」

「妳在一家西德報紙刊登了一篇文章。有個好心人拿一份報紙給我。」

「是誰？」

「華拉斯。也許他想藉這個方式來彌補私下背著我協助妳離開美國的事吧。」

「你早就知道這件事？」

「也許他也在擔心妳，認為必須及時終止這些意想不到的情況，免得妳真的遇到危險。」

「我從來就沒有碰過危險，我愛賨瑪斯。」

「在某個年齡之前，我們會因為愛一個人而瘋狂，不過通常是因為愛自己！妳原先被安排好的計畫是要在紐約學法律，結果妳完全放棄，跑去巴黎學美術；到了巴黎後，我不知道妳到底待了多久，妳又跑去柏林。妳隨隨便便愛上一個人，然後就像著魔似地跟美術說再見，我要是沒記錯的話，妳原先曾經想當記者，真巧，他也希望成為記者，真奇怪……」

「這干你什麼事？」

「朱莉亞，是我跟華拉斯說，哪天妳跟他要護照的話就交給妳，而且妳回家在我書桌的抽屜裡拿走護照時，我就在隔壁房間。」

「為什麼要這樣轉彎抹角，你為什麼不親自交給我？」

「因為我們的關係不是特別好，妳應該還記得。再說，我要是親手交給妳，也許會減低妳的冒險樂趣。讓妳對我滿懷叛逆精神離開，妳的遠行會更刺激，不是嗎？」

「你真的是這麼想嗎？」

「是我跟華拉斯說妳的證件放在哪裡的，而且我當時確實在客廳裡。除此之外，我的自尊心也許是有點受到傷害。」

「你的自尊心受到傷害？」

安東尼反問道：

「那亞當呢？」

「亞當跟這些事毫無關係。」

「我要提醒妳一件事，雖然從我口中說出這件事很奇怪，我要是沒有死的話，妳今天就是他的妻子了。我要用另一種方式再次提出我的問題，不過，妳可不可以先閉上眼睛？」

朱莉亞不明白父親到底要做什麼，心中有點猶豫，可是在他堅持下，還是照著他的意思做。

「眼睛再閉緊一點。我希望妳整個人能完全處在黑暗中。」

「你到底在玩什麼把戲？」

「就這麼一次，照我的意思去做，只要一下子。」

朱莉亞閉上眼睛，整個人沉浸在黑暗中。

「拿起叉子，然後吃東西。」

朱莉亞覺得好玩，便依他的話。她的手在桌布上摸索，最後碰到要找的東西。接著，她笨拙地把叉子拿在手上，設法在盤子上叉一塊肉，然後張開嘴巴，但是心裡並不曉得放在嘴裡的是什麼。

「這塊食物的味道是不是因為妳看不到而有點不一樣？」

「也許吧。」朱莉亞閉著雙眼回答。

「現在，妳替我做一件事，眼睛更要閉著。」

「我在聽。」她悄聲回答。

「回想一下以前曾經讓妳感到幸福的時刻。」

安東尼話一說完便住口不語，雙眼觀察女兒臉上的反應。

博物館之島，我還記得，我們兩人一起散步。當你向我介紹你的祖母時，她第一個問題是問我做什麼的。我們的交談不是很容易，你用粗淺的英文把她的話翻譯給我聽，而我呢，我不會講你的語言。我跟她解釋我在巴黎學美術。她聽了笑了笑，然後走到櫃子前面去找一張印有華拉迪米．哈德斯金*圖畫的風景明信片，那是她喜歡的一名俄國畫家。接著她叫我們出去透透氣，享受美好的一天。你沒有把這兩天的離奇之旅告訴她，也沒對她說我們是怎麼認識的。當我們在你家門口要和她道別時，她問你是否看到克納普。你猶豫了很久沒有回答，可是你臉上的表情卻承認了你們已經再度相逢。她面露笑容，說她很替你感到高興。

我們一到街上後，你便握住我的手，每次我問你我們跑那麼快是要去哪裡時，你只是回答，「來，來」。我們穿過橫跨施普雷河**的一座小橋。

博物館之島，我從來沒看過那麼多藝術館集中在一起。我一直以為你的國家只有灰色，而這裡都是彩色。你把我帶到舊博物館門口。那是一座大方形建築，可是呢，當我們進去時，裡面的形狀像一座圓亭。我從來沒看過這麼奇特、幾乎是不可思議的建築物。你把我帶到圓亭正中間，讓我的身子打三百六十度的圈，然後第二個圈，接著又一個，你讓我越轉越快，一直到我頭昏為止。然後，你把我抱在懷裡，不讓我繼續旋轉，同時對我說，就是這樣，這就是德國的浪漫主義，方中有

*華拉迪米．哈德斯金（Vladimir Radskin），作者編造出的俄國畫家。

**施普雷河（Spree），流經柏林市區的河川。

圓，證明出所有相異之事均可結合在一起。之後，你帶我到貝加蒙博物館*。

安東尼問道：

「那麼，妳有沒有重新回憶起幸福的時刻？」

朱莉亞仍然閉著雙眼答道：

「有的。」

「妳看到的是誰？」

朱莉亞睜開雙眼。

「妳不用給我答案，朱莉亞，那答案是屬於妳的。我不能再替妳過妳的生活。」

「你為什麼要這麼做？」

「因為每次當我閉上眼睛，我就看到妳母親的臉孔。」

「竇瑪斯在那張跟他很像的畫像上重新出現，就像一個鬼魂，像一個影子，在告訴我要安詳地生活，告訴我可以結婚，不要再去想他，不要有遺憾。那是一個徵兆。」

安東尼咳起嗽來，說道：

「那只不過是一張炭筆畫的畫像，拜託！我要是把手巾往遠處投，不管有沒有投中門口那把雨傘，對任何事都不會有任何影響。不管酒瓶最後一滴酒有沒有倒在我們隔壁桌那位女士的酒杯裡，年底之前她都不會和跟她一起吃飯的那位大傻瓜結婚 ＊＊。不要這樣看我，好像我是火星人。那個大傻瓜，如果他不是為了要在女友面前表現而講話那麼大聲，我也不會從一開始吃飯就聽到他的談話內容了。」

「你說這些話，是因為你從來就不相信生命中會有徵兆！你太需要掌控一切了！」

「朱莉亞，徵兆是不存在的。我曾經把一千多個紙團投在我辦公室的字紙簍裡，心中對自己說，要是投中的話，我的願望就會實現。可是我期待的永遠不來！我甚至對自己打賭說，一定要連續中三到四次才有資格得到報償。兩年的辛苦練習，我可以把一疊紙投進距離十公尺遠的字紙簍，可是不來的還是不來。有天晚上，我陪三名大客戶一塊兒去吃飯。當我的合夥人認真地將我們分公司所在地的所有國家告訴他們時，我在尋找我等待的女子應該身處的國家，我在想像她早晨離家時所走的街道。離開餐館後，其中一名客戶，他是中國人，請不要問他的名字，他告訴我一樁很有趣的傳說。據說只要跳進有滿月倒影的水灘上，月魂就會立刻把你帶到想念的人身旁。當我雙腳併攏跳進人行道旁邊的水溝時，妳可以想像我合夥人的表情。我的客戶全身被水濺濕，連帽子都滴著水。我沒跟他道歉，我對他說他的祕訣一點都沒效！我期待的女子沒有出現。所以呢，不要對我說那些因為失去對上帝的信仰而抓住不放的無聊徵兆。」

「我不許你說這樣的話！」朱莉亞大聲說道。「小時候，為了希望你晚上能回家，我可以往一千多個水灘跳，往一千多條小水流裡跳。現在對我說這些事已經太晚了。我的童年已經是很遙遠的過

＊貝加蒙博物館（Pergamon Museum），知名的考古學博物館。
＊＊西方人的迷信，認為喝到酒瓶最後一滴酒的人，在年底前會結婚。

去了！」

安東尼神情很哀傷地看著他女兒。朱莉亞的氣沒有消，她推開椅子，站起身，然後走出餐館。

「請原諒她，」他一邊對服務生說，一邊在桌上放幾張鈔票。「我想是因為你們的香檳的關係，氣泡太多了！」

父女倆往飯店走回去，毫無隻言片語來劃破夜晚寧靜。兩人沿著老城的小巷往上走，朱莉亞走路走得有點東倒西歪，有時還被凸出路面的石板絆了一下。安東尼立刻伸出手臂準備扶住她。可是她很快就恢復平衡，並且把他的手推開，不讓他碰到她。

「我是一個幸福的女子！」她一邊搖搖晃晃地走路，口裡一邊說。「不但幸福，而且非常成功！我從事我喜歡的工作，住在我喜歡的房子裡，有一個我喜歡的好朋友，還要跟我喜歡的男人結婚！我如花綻放！」她結結巴巴地說著。

她一不小心扭了腳踝，連忙穩住身子，然後靠著路燈的燈桿滑倒在地。

她坐在人行道上，嘴裡叨咕著：

「真他媽的！」

她父親伸出手要扶她站起來，她不加理會。安東尼蹲下身，坐在她旁邊。街道空蕩無人，兩人背靠著路燈桿坐著不動。十分鐘過後，安東尼從外套口袋裡拿出一個紙袋。

她問道：

「那是什麼東西？」

「糖果。」

朱莉亞聳聳肩膀，把頭歪向一邊。

「我想紙袋裡面有兩、三隻巧克力小熊在散步……最新消息，他們玩的是甘草綵帶。」

朱莉亞還是沒有反應，於是他作勢要把糖果放回口袋，朱莉亞立刻把紙袋搶在手中。

「妳小的時候收養過一隻野貓，」朱莉亞在嚼她的第三隻巧克力小熊時，安東尼對她說，「妳很喜歡牠，牠也喜歡妳。直到八天後，野貓又跑走了。我們現在回飯店去好嗎？」

朱莉亞一邊嚼糖，一邊答道：

「不要。」

一輛套著棕色挽馬的馬車從他們面前經過。安東尼揮手向車伕致意。

☘

一小時後，他們回到飯店。朱莉亞穿過大廳，搭右手邊的電梯上樓，而安東尼搭左手邊的電梯。在頂樓的走廊上他們又再度碰面，兩人並肩走在走廊上，到新婚套房門口時，安東尼讓女兒先進去。朱莉亞一入內便直接進入自己的房間，而安東尼則到他自己的房間去。

朱莉亞進入房間後立刻躺在床上，在皮包裡尋找行動電話。她看看手錶，然後撥電話給亞當。

她聽到的是語音信箱。她聽完語音，在最後一聲嗶響發出來之前掛掉電話。接著她撥給史坦利。

「我看妳過得很好的樣子。」

「我真想你。」

「我還真不知道。哦，妳這趟旅行怎麼樣了？」

「我想明天就會回去。」

「這麼快啊？找到妳要找的了嗎？」

「最基本的找到了，我想吧。」

「亞當剛剛從我家離開。」史坦利用教訓的口吻對她說。

「他去看你？」

「這就是我剛跟妳說的，妳喝酒啦？」

「喝一點。」

「妳過得好到這種地步啊？」

「當然囉！你們每個人都要我過得不好嗎？」

「就我而言，我可是孤獨一人哪！」

「他找你做什麼？」

「我想是要談談妳吧，除非他的性向正在改變。要真是如此的話，他可是白白浪費一個晚上，他根本不合我的胃口。」

「亞當找你要跟你談談我？」

「不是的，他來找我是要我跟他談談妳。一般人在想念心愛人的時候就會這樣。」

史坦利在電話筒裡聽到朱莉亞的呼吸聲。

「親愛的，他很難過。我對他沒什麼特別好感，我從來沒跟妳隱瞞過這點，可是我也不喜歡看到一個男人在痛苦。」

「他為什麼難過呢？」朱莉亞帶著抱歉的嗓音問他。

「要嘛妳就是個百分百的笨蛋，要嘛妳真是醉到神智不清。他很絕望，妳想想看，婚禮取消兩天後，他的未婚妻……我真討厭他這樣稱呼妳，他實在很保守……長話短說，他的未婚妻跑了，沒留地址給他，也沒解釋為什麼。我這麼說是不是很清楚，還是妳需要我找一家快遞公司給妳寄一盒阿斯匹靈？」

「首先，我不是沒有留下地址就走，我還去找過他……」

「妳是說維爾蒙？妳居然敢跟他說妳要去維爾蒙！這能算是個地址嗎？」

「我說維爾蒙，這出了什麼問題嗎？」朱莉亞帶著尷尬的口吻問他。

「沒出什麼問題，不過那是在我幹了一樁糗事之前。」

「你幹了什麼糗事啦？」朱莉亞屏住呼吸問他。

「我跟他說妳去蒙特婁。我哪能知道這會是個大蠢話！下次妳撒謊的時候請先通知我，我教妳，至少呢，我們兩個的話可以前後一致。」

「該死！」

「我正要說這句……」

「你們有沒有一起吃飯？」

「我給他做了一頓簡單的飯菜……」

「史坦利！」

「怎麼啦？我總不能讓他餓死吧！親愛的，我不曉得妳在蒙特婁搞什麼鬼，也不曉得妳跟誰在一起，而且我也知道這跟我一點關係都沒有，不過拜託妳，給亞當打個電話，這是最起碼的事。」

「史坦利，完全不是你想像的那樣。」

「誰跟妳說我在想像啦？有件事妳倒可放心，我跟他擔保妳離開的事跟你們兩人之間一點關係都沒有，還有，妳是為了尋找父親的往事才離開的。妳看，說到撒謊，這還需要一點天分！」

「我跟你發誓，你說的都是真的！」

「我還跟他說，妳父親逝世對妳打擊很大。把過去開到一半的門關上，這對你們兩人來說很重要。沒有人希望在感情的天地裡還有冷風吹進來，是不是？」

朱莉亞聽了再度保持沉默。

史坦利又開口問她：

「說到這裡，妳研究華斯爸爸歷史的結果如何了？」

「我想我是發現到更多他令我憎恨的事。」

「那太好了！還有呢？」

「也許還發現到更多他令我喜歡的事。」

「那妳是明天就要回來嗎？」

「我不知道，我回到亞當身邊可能比較好。」

「免得……」

「我剛剛在外面散步，有一位女畫家……」

朱莉亞把在蒙特婁舊港碰到的事一五一十告訴史坦利，她的朋友居然破天荒地沒有用尖酸刻薄的話回她。

「你看，我最好是回去對不對？離開紐約後我事事不順。再說，我要是明天不回去的話，誰給你帶來好運？」

「要不要我給妳一個好建議？把妳腦中想到的統統寫在一張紙上，然後做完全相反的事！晚安，親愛的。」

史坦利掛掉電話。朱莉亞離開床走到浴室去。她並沒有聽見父親回他自己房間的輕微腳步聲。

12

紅色天空慢慢從蒙特婁昇起。將套房裡兩個臥室分開的客廳，沉浸在溫柔的光線裡。有人在敲門。安東尼替樓層的服務生開門，讓他把小推車推到客廳中央。年輕服務生問需不需要擺刀叉，安東尼在他口袋裡塞了幾張美金小鈔，便把推車接過來。服務生走了之後，安東尼小心地把門關上，避免發出聲音。他想一想，是要在茶几上，還是在可以眺覽遠景的窗戶旁的獨腳圓桌上吃早餐，最後他選擇在有風景的窗戶旁。他小心翼翼地鋪上桌布，擺上碟子刀叉，把裝有橘子汁的長頸大肚瓶放在桌上，接著擺上吃麥片用的大碗，一個裝滿小麵包的籃子，最後是插了一朵玫瑰花的細長花瓶。他往後退一步，然後把擺偏的玫瑰花瓶調好位子，把牛奶罐放在麵包籃旁邊，他認為這樣比較理想。他在朱莉亞的盤子上放了一個綁有紅絲帶的紙卷，然後用餐巾蓋住。一切就緒後，他往後退一公尺，看看一切是否都安置得恰到好處。接著他扣緊領帶，走到朱莉亞房前輕輕敲門，說太太的早餐準備好了。朱莉亞嘴裡咕噥地埋怨著，問現在是什麼時候了。

「現在是起床的時候了。校車再十五分鐘就會到，妳又要趕不上了！」

棉被蓋到鼻子下的朱莉亞睜開雙眼，伸伸懶腰。她好久沒睡得那麼深沉。她抓抓頭髮，半瞇著眼，好慢慢適應白天刺眼的光線。接著她跳下床，突然感到頭昏，便在床邊坐著。床頭桌的鬧鐘正好指著八點鐘。

「幹嘛要那麼早？」她一邊抱怨，一邊進入浴室。

朱莉亞在沖澡時，安東尼坐在客廳的沙發椅上，雙眼注視著露在盤子外面的紅絲帶，然後嘆了口氣。

加拿大航空公司的班機於早上七點十分從紐約內華克機場起飛。機長的聲音在擴音箱響起，報告現在開始要在蒙特婁降落，飛機將準時停在入境門前。說完之後，座艙長解釋飛機降落時應注意的事項。亞當在狹窄的座位上盡可能伸展四肢。他把座位前的小桌板拉上去，看看窗外。飛機正好飛在聖羅蘭河上空。遠處浮現蒙特婁城市的外廓，還可以看到皇家山起伏的山巒。MD-80 型飛機開始往下傾斜，亞當繫好安全帶。駕駛艙的前頭已看到機場跑道的信號燈。

朱莉亞將浴衣的腰帶綁緊後，來到小客廳。她打量擺好的桌子，然後對拿一把椅子給她坐的安東尼微笑。

「我幫妳要了伯爵茶，」他一邊說，一邊替她倒茶，「服務生向我提供紅茶、紅紅茶、黃茶、白茶、綠茶、燻茶、中國茶、四川茶、台灣茶、韓國茶、錫蘭茶、印度茶、尼泊爾茶，還有四十多種其他的茶我記不起來了，最後我警告他如果再繼續說下去，我就要自殺，他才閉嘴。」

「伯爵茶就很好了。」朱莉亞一邊回答，一邊打開餐巾。

她看到綁著紅絲帶的紙卷，於是帶著疑問的眼光轉向父親。

安東尼馬上把紙卷從她手中拿走，說道：

「妳吃完早餐再打開。」

朱莉亞問他：「這是什麼東西？」

「這呀！」他指著小麵包說，「長長的，扭扭曲曲的是牛角麵包；方形的，有兩個咖啡色東西跑出來的，是巧克力麵包；像蝸牛一樣上面有乾果的是葡萄乾麵包。」

「我說的是你藏在背後，綁著紅絲帶的那個東西。」

「吃完飯以後再打開來看，我剛剛說過。」

「那你為什麼要放在我的盤子上？」

「我改變主意，我覺得吃完飯以後再看比較好。」

朱莉亞趁著安東尼轉身背對她時，把他手上的紙卷一把搶走。

她解開絲帶，張開紙卷。賓瑪斯的臉孔又再度對她微笑。

她問道：「你什麼時候買的？」

「昨天，在我們離開碼頭的時候。妳走在前面沒注意到我。我先前給了女畫家很多小費，所以她說我可以拿走這幅畫。畫的主人不要這幅畫，而且對她也沒什麼用途。」

「為什麼？」

「我想妳會很高興，妳昨天花了那麼長的時間在看這張畫。」

「我是問你買這幅畫的真正原因。」朱莉亞進一步追問。

安東尼在沙發上坐了下來，雙眼看著女兒，說道：

「因為我們需要好好談一談。我原本希望我們永遠不會談論這件事，而且我也承認我不是很想提。但是我怎麼也沒想到，我們的旅行會碰到此事，甚至有可能因而不能繼續，因為我可以預測妳的反應。不過，就像妳說的那麼煞有其事，既然有徵兆向我指引一條路……那我就應該坦白地跟妳說一件事。」

「不要拐彎抹角了，你就直截了當說吧。」她氣大聲粗地說。

「朱莉亞，我想竇瑪斯並沒有真正死去。」

亞當無名火三千丈。他沒有攜帶任何行李，目的是希望能夠盡快離開機場，可是從日本來的七四七飛機的旅客已經擠滿了海關檢查站。在他前面的隊伍長得最起碼需要再等二十分鐘，他才能跳上一輛計程車。

「素米馬桑！」他突然想起這句話。他在日本一家出版社的聯絡員經常講這句話，因此亞當認為道歉也許是日本國民的一項傳統。他一邊說「素米馬桑，對不起」前後十次，一邊在日航旅客中穿來穿去。之後又講了十次「素米馬桑」，終於能夠拿出護照給加拿大海關人員檢查。官員在護照上蓋個章後，立刻把護照交還給他。機場規定在行李領取處出去之後才能使用行動電話。亞當不管這項規定，從外套口袋中掏出手機，打開之後立刻撥朱莉亞的號碼。

「我想是妳的手機在響，一定是妳把手機留在房間裡了。」安東尼帶著尷尬的口氣對她說。

「不要轉移話題。你那句『並沒有真正死去』到底是什麼意思？」

「活著，這也可以說是很適合的字眼……」

朱莉亞聽了身子搖搖欲墜，口裡追問：

「竇瑪斯還活著？」

安東尼點頭。

「你怎麼知道的？」

「因為他寫了一封信。一般來說，已經離開人世的人無法寫信。除了我以外，妳看……我事先沒想到這點，這又是一件很有趣的事……」

「什麼信？」朱莉亞繼續問。

「在他遭遇可怕意外事件之後的六個月，他寄給妳的那封信。信是從柏林寄出來的，信封的背後有他的名字。」

「我從來沒有收到竇瑪斯寄來的信。告訴我，這不會是真的吧？」

「妳沒辦法收到那封信，因為妳早就離開家了，而且我也沒辦法把信轉寄給妳，因為妳走的時候沒有留下地址。我想這應該是妳在清單上可以再添上的另一項正當動機。」

「什麼清單？」

「妳以前恨我的所有理由的清單。」

朱莉亞站起身，將餐桌推開。

「我們說過彼此之間不用過去式說話，你還記得吧？你最後那句話可以改用現在式說。」朱莉亞邊吼邊離開客廳。

她砰地一聲關上房門。獨自在客廳裡的安東尼坐到朱莉亞剛剛離開的位置上。

他一邊看著裝小麵包的籃子，一邊低聲說：

「真糟蹋！」

☘ ☘

這一回沒辦法在等計程車的隊伍中作弊了。一名穿制服的女子向每個乘客指定計程車。亞當只好乖乖排隊。他又撥了朱莉亞的電話號碼。

「把它關掉，不然妳就接電話，煩死人了！」安東尼走進朱莉亞的房間對她說。

「你出去！」

「朱莉亞，那是二十年前的事，真是的！」

她大聲吼：

「二十年的時間，你從來找不到機會跟我說這件事嗎？」

「這二十年來我們很少有機會在一起說話！」他用威嚴的口氣說。「而且就算有機會，我不知道我是否會跟妳提！告訴妳又有什麼用呢？再給妳一個藉口好讓妳打斷妳已經開始的事業嗎？妳在紐約找到第一份工作，在四十二街有個套房住，我要是沒弄錯的話，妳有個在學戲劇的男朋友，之後又換了一個在皇后區展覽怪畫的男朋友，而且就在妳換另一個工作和髮型之前又把他甩了，還是前後倒過來？」

「你怎麼都知道這些事？」

「並不是說我的生活不讓妳感興趣，我就不設法去瞭解妳的生活動態。」

安東尼看女兒看了良久，然後轉身回客廳。走到門口時，朱莉亞叫住他。

「你把信打開來看了嗎？」

「我永遠不會私自開妳的信。」他頭也不回地回答。

「信還保留著嗎？」

「信一直在妳的房間裡，哦，我是說妳以前住在家裡的那個房間。我把它收藏在妳書桌的抽屜裡。我想那封信應該還在那裡等妳。」

「我回紐約的時候，你為什麼都沒跟我說？」

「朱莉亞，妳為什麼回到紐約六個月之後才打電話給我呢？妳最後終於打電話給我是不是因為我在休士頓街南區雜物店的櫥窗內看到妳？還是因為經過了這麼多年都沒給我消息後，妳開始有點想念我了？妳如果認為我們兩人之間都是我贏的話，那妳就錯了。」

「你以為這是一場比賽嗎？」

「我不希望是如此，妳小的時候對破壞玩具特別有本事。」

安東尼把一個信封袋放在她的床上。

「這個給妳，」他又繼續說，「我當然應該早點跟妳提這件事，不過我沒有機會。」

「這是什麼？」朱莉亞問他。

「回紐約的機票。今天早上妳還在睡覺的時候我請櫃檯幫我們訂機票。我跟妳說過，我已經預料到妳的反應，所以我想我們的旅行會在這裡結束。趕快換衣服收拾行李，然後到大廳找我。我先去付帳。」

安東尼離開房間後輕輕把房門關上。

☘

高速公路非常擁擠，計程車取道聖帕蒂克街。車輛也非常多。司機建議在前面的地方再上七二〇路，然後從何內－萊維斯克街切過去。亞當完全不管路線，只要是最快的就行。司機嘆了口氣，儘管客人很焦急，他也無能為力。三十分鐘後，他們就可以抵達目的地，如果進城之後的交通狀況改善的話，也許不到三十分鐘就可以到。真想不到有些人會認為計程車司機不和藹可親……司機放大收音機的音量，結束了兩人之間的談話。

他已經看得到蒙特婁商業區一座高樓大廈的屋頂，距離飯店已不太遠了。

朱莉亞背著皮包穿過大廳，直接走到接待處。櫃檯主管立刻離開櫃檯，向她迎面走去。

「華斯太太！」他張開雙臂對她說。「華斯先生在外面等您，我們幫您叫的禮車會遲到一點時間，今天的交通擁擠得不得了。」

朱莉亞回答：「謝謝。」

櫃檯主管面容沮喪，問她：「華斯太太，你們提早離開敝飯店，我感到十分難過。我希望這不是因為我們的服務品質不佳？」

「你們的牛角麵包非常好吃！」朱莉亞立刻回應。「我說最後一次，不是太太，是小姐！」

她走出飯店後，看到安東尼在人行道上等她。

「車子很快就會來了。」安東尼說，「啊，車子來了。」

一輛黑色林肯轎車停在他們前面。司機先打開車後行李廂，然後再下車迎接他們。朱莉亞打開車門，坐在後座上。正當行李侍者把兩人的行李放在行李廂裡時，安東尼繞到車子另外一邊。一部計程車猛按喇叭，差幾公分距離就會撞上他。

「這些人真是不長眼睛！」計程車司機一邊罵，一邊把車子並肩停在聖保羅飯店前面的一部轎車旁邊。

亞當拿一把美元給他，也不等他找錢，就立刻衝到飯店的自動旋轉門。他跑到接待處，問華斯小姐的房間號碼。

飯店外有一部黑色禮車在等著旁邊的計程車開走。卡住他們的司機正忙著數鈔票，好像一點都不著急。

接待小姐遺憾地對亞當說：「華斯先生和太太已經離開了。」

「華斯先生和太太？」亞當把這句話重複一遍，還特別強調「先生」兩個字。

櫃檯主管聽到後，心想糟糕，立刻走到他前面來。

他焦躁不安地問亞當：「請問我能幫忙嗎？」

「我太太昨晚是不是住在您的飯店裡？」

「您太太？」櫃檯主管一邊問，一邊瞇眼從亞當肩膀上面往外看。

黑色禮車還沒開動。

「華斯小姐！」

「華斯小姐昨晚的確在敝店下榻，不過她已經走了。」

「一個人嗎？」

櫃檯主管的神情越來越不安，回答道：

「我沒看到有人跟她在一起。」

外面傳來一連串喇叭聲，亞當轉頭看街上。

「先生，」主管連忙插話，好把他的注意力轉移到自己身上，「我們請您吃點點心，好嗎？」

亞當用強硬的口氣問他：

「您的接待小姐剛剛對我說華斯先生和太太離開了您的飯店！這樣加起來是兩個人，她是一個人還是不是？」

「我們的接待小姐一定弄錯了。」他一邊回答，一邊狠狠瞪著年輕女郎，「我們客人很多……要不要來杯咖啡，或是來杯茶？」

「她走很久了嗎？」

主管又再度往街上偷偷看了一眼。黑色禮車終於開動了。他看到車子開走後，鬆了一口氣。

「有一段時間了吧！我想。」他答道。「我們飯店的果汁非常好喝！請跟我一起到早餐餐廳，我請客。」

13

回程途中兩人都沒有交談。朱莉亞的鼻子一直貼在小圓窗上。

每次搭乘飛機時，我都在雲彩間尋找你的臉孔，每次都在伸展天上的雲彩形狀中想像你的輪廓。我給你寫過一百封信，也從你那裡收到一百封信，每個禮拜都收到兩封。我們互相許諾，只要我有經濟能力，我們一定會再相逢。當我沒有課業時，我便去工作，希望哪天積蓄到足夠的錢可以回到你身邊。當我沒發送傳單時，我便在餐館當服務生，在電影院當帶位小姐。我做的每個動作，都是一邊做，一邊想著能夠飛到柏林的那個早上，到你等我的飛機場。

有多少個晚上，我是在你的眼神下睡著？是在回憶著灰色城市街道上的暢然歡笑進入夢鄉？當你留我獨自一人和你祖母在一起，她有時候會對我說，她不相信我們兩人之間的愛情，認為我們的愛情不會長久。我們兩人的差別太大了，我是西方世界的女孩，而你是東歐世界的男孩。可是每次當你回到家把我抱在懷裡，我從你肩膀上往她看過去，對著她微笑，心中很明白她是錯的。當我父親強迫我坐上等在你家窗下的車子，我大叫你的名，真希望你能聽到我的聲音。

那天晚上，新聞報導有四名記者死在喀布爾的「意外事件」，其中有一名是德國人時，我當時就知道他們說的是你。我聽到之後，全身血液冰冷。當時我正好在一家餐館的木製老酒吧台後面擦酒杯，立時暈倒在地。新聞播報員說，你們的車子被蘇聯軍隊遺留下來的地雷炸到。好像命運之神不放過你，永遠不讓你奔向自由。報紙上沒有提供更多消息，有四名犧牲者，這句話對世人而言已經夠了。誰會在乎死者的身分，他們的生活，無人知曉的名字。可是我知道他們說的德國人就是你。兩天之後我才和克納普聯絡上；那兩天我什麼東西都沒吃。

後來，他終於給我回電話。一聽到他的嗓音，我立刻明白他失去了一位好友，而我失去了我心愛的人。他最好的朋友，他不斷這麼說。他為了協助你成為報導記者的事怪罪自己；而我呢，身心交瘁的我在安慰他。是他讓你有機會成為你心目中的自己。我對他說你很責備自己，因為你永遠不曉得怎麼找出話來謝謝他。我和克納普就這樣談論你，希望你並沒有完全離開我們。是他告訴我，說你們的屍體完全無法辨認。一名目擊者說，當地雷爆炸時，你們的卡車整個被拋起來，破碎的鐵皮散落在地上前後有好幾十公尺遠，還有，就在你們被炸死的地方，只剩下一個大窟窿和四分五裂的車殼，見證人類的荒謬和殘忍。

克納普為了把你派到阿富汗的事無法原諒自己。你是最後替補的人，他哭著說。當他在找人能夠盡快出發時，要是你沒有剛好在他旁邊就沒事了。但是我理解他送給你這個禮物是你最渴望的。傷心，傷心，克納普抽抽噎噎地說，而完全絕望的我掉不下一滴眼淚，因為哭泣可能會令我失去你更多。我永遠無法掛掉電話，竇瑪斯，我把電話筒放在吧台上，解開圍裙，然後走到街上。我漫無目的地往前走。在我周圍，市集街道的生活一如往常，好像什麼事都沒發生過。

誰能知道今天早上，在喀布爾的郊區有一名叫賓瑪斯的男子死在地雷爆炸之下？誰會去關心這件事？誰會瞭解我再也看不到你，我的世界永遠跟以前不一樣了？

我已經有兩天沒吃東西了。我跟你說過了嗎？這不重要。所有的事情我都會說兩遍，好繼續對你談談我，好聽到你在對我談談你。就在馬路轉角，我暈倒在地。

你知道嗎？是因為你的關係我才認識史坦利，從相遇的那時刻開始，他變成我最要好的朋友。他從隔壁病房走出來，神情若失，獨自一人在醫院走廊漫步。我病房的門正好半開，他停下來，看著躺在床上的我，然後對我微笑。這世界上沒有一個小丑能夠在自己臉上裝出這麼悲傷的笑容。他雙唇顫抖。突然，他低聲說出那三個我不願意說的字；可是在他面前，反正我不認識他，我也許可以訴說衷腸。向陌生人談心事，跟和親友談不一樣，不會使真相變得無法逆轉，只是毫無保留地傾訴，只要憑藉遺忘，就可以把曾經傾訴之事完全抹除。史坦利對我說「他死了」，而我也對他說「是的，他死了」。他說的是他朋友，而我說的是你。我和史坦利，我們兩人就這樣認識了，在我們各自失去心愛人的那一天。他的朋友愛德華死於愛滋，而你是死於繼續危害人類的瘋狂。他坐在我的床尾，問我有沒有哭泣。當我告訴他實情後，他老實跟我說他也沒哭泣。他向我伸出手，我將他的手握住，接著，我們兩人掉下第一滴眼淚，掉下使你遠離我的眼淚，掉下使愛德華遠離他的眼淚。

☘

安東尼婉拒空中小姐送上來的飲料。他向機艙後面看了一眼。艙位幾乎是空的，可是朱莉亞寧可坐在後面十排遠的位置上，靠著小圓窗，眼神迷失在遙遠的天空中。

我出了醫院後便離開家，把你寄來的一百多封信用紅絲帶綁在一起，收藏在我房間書桌的抽屜裡。我不再需要重讀這些信來回憶過去。我整理好行李，沒跟父親說再見便離家出走，我實在無法原諒他分開我倆。為了有天能夠和你再度相見而存下來的錢，我都用在遠離他所需要的生活開銷。幾個月之後，我開始從事繪圖師工作，也開始了沒有你的生活。

史坦利和我經常在一起。我們的友誼就這樣誕生。那時候他在布魯克林的跳蚤市場擺攤子。我們習慣晚上在橋中間相會。我們有時候會在橋上待很久，靠在欄杆上，眺望著河中來來去去的船隻，有時候也會在河邊散步。他和我談愛德華，我和他談你。等晚上回到自己家後，每個人都把你們的些許事帶入夜晚的相思裡。

清晨時分，我在人行道上的樹影裡尋找你的身影，在哈德遜河的倒影中尋找你的臉孔，我在吹遍整個城市的微風中尋找你的話語，但總是白費心機。整整兩年，我時時刻刻都在回憶我們在柏林的點點滴滴，有時候我會嘲笑我們兩個，可是我從來沒有不在想你。

我從來沒收到你的信，賓瑪斯，那封可能告訴我你還活著的信。我不知道你信上寫些什麼。那已經是二十年前的信了，可是我有種奇怪的感覺，好像那封信昨天才寄出。過了那麼多個月都沒你的消息，你也許是要告訴我，你決定今後永遠不在機場等我了。自從我離開你之後，那段時間變得太長。也許我們的感情已經到了凋落時刻，對於已經忘掉與人共處之酸甜苦辣的人，愛情也會有秋天。也許你已經不再相信愛情，也許我是在另一種情況下失去你。二十年或幾乎是二十年才到達，對一封信而言，這時間很長很長。

我們不再跟以前一樣了。我會再從巴黎跑到柏林去嗎？如果我們的眼神又再度交會，而你在牆那一邊，我在牆這一邊，那又會爆出什麼樣的火花？你會向我張開雙臂嗎？就像一九八九年的十一月你對克納普張開雙臂。我們會一起跑遍城市裡的每條街道嗎？這座城市變年輕了，我們卻變老了。你今日的唇還會跟以前一樣溫柔嗎？那封信也許應該留在書桌抽屜裡，這樣也許比較好。

空中小姐拍拍她的肩膀。飛機快到紐約了，必須把安全帶繫好。

亞當只好在蒙特婁打發掉部分白天時間。加拿大航空公司的職員雖然盡量設法讓他滿意，可是回紐約唯一的空位是下午四點鐘起飛的班機。他試著給朱莉亞打了好幾通電話，接上的總是語音信箱。

另外一條高速公路，現在從車窗看到的是曼哈頓的高樓大廈。林肯轎車駛進一條同名隧道。

「我有種奇怪的感覺，我不再是我女兒歡迎的人物。在破破爛爛的雜物間和我的宅邸之間選擇，我在自己家會舒服很多。禮拜六我再去妳那裡，在他們過來把箱子帶走之前回到箱子裡去。妳最好先打個電話給華拉斯，確定他在不在。」安東尼一邊說，一邊把寫著電話號碼的紙條交給朱莉亞。

「你的管家還一直住在你家？」

「我不曉得我的私人祕書到底在做什麼。自從我死了之後，就沒機會問他的工作時間安排。不過呢，你要是不希望他突然心肌梗塞，我們回去的時候他最好不在家。反正妳要跟他說話，我希望妳找出一些冠冕堂皇的理由叫他遠走天涯，一直到這週末再回來。」

朱莉亞沒有答話，只是撥了華拉斯的電話號碼。電話錄音說明，由於雇主過世，他請假一個月。無法留話給他。如果有任何急事是和華斯先生的業務有關，請和他的公證人聯絡。

「你可以放心了，家裡沒人！」朱莉亞一邊說，一邊把行動電話放回口袋。

半個鐘頭後，車子在安東尼宅邸前的人行道靠邊停下。朱莉亞看著房子門面，眼光立刻落在三樓的一扇窗子。一天下午她從學校回來時，看到母親就站在那扇窗子前的陽台上，身子往前傾斜，非常危險。她當時如果沒有喊她，真不知她會做出什麼事來？她母親看到她後，用手向她打信號，好似這個手勢把她剛剛正要做的事完全抹除了。

安東尼打開手提箱，拿出一串鑰匙給她。

「他們還把你家的鑰匙交給你？」

「應該說這是我們事先做好假設，萬一妳不願意收留我，又不願提早把我關掉……妳開門好嗎？沒必要等在這裡讓鄰居認出我！」

「你現在認識你的鄰居啦？這也是新鮮事！」

「朱莉亞！」

「好了，別說了。」她一邊嘆氣，一邊扭轉鑄鐵大門的門把。

陽光隨著她一起進屋。就跟她最早先的記憶一模一樣，屋內一切都沒有改變。大廳的黑白瓷磚鋪成一個大型的棋盤模樣。右手邊有道樓梯通往樓上，樓梯扶手是用深色木頭製成，描繪出一道很優雅的弧線。樓梯精雕細琢的木瘤欄杆是出自木刻名家之手。每當他父親帶客人參觀住家時，他總喜歡提起這事。大廳最裡面有道門通往配膳室和廚房，單單這兩間就比朱莉亞離家後所住過的所有房子還要大。左手邊是他父親的書房，有些晚上他偶爾會在那裡處理私人帳本。處處可見財富的象徵，和在蒙特婁一棟大樓賣咖啡時的安東尼相比可說是天壤之別。客廳一面大牆上掛著一幅她童年的畫像。她今天的雙眼中是否還保留著幾絲她五歲時畫家捕捉住的燦爛眼神？朱莉亞抬頭看藻井式的天花板。如果鑲板有些角落掛著蜘蛛網，整個景象會讓人覺得鬼氣森森，但是安東尼的家總是打掃得整潔無比。

「妳知道妳的房間在哪裡吧？」安東尼一邊問她，一邊準備進入書房。「我讓妳自己進去，我想妳應該還記得怎麼走。萬一妳餓了，廚房櫃子裡肯定可以找到吃的東西，麵條啦，或者是一些罐頭。我死得還不算很久。」

他看著朱莉亞爬上樓梯。她兩步併做一步，手沿著扶手滑上去，跟她小時候上樓梯的樣子完全一樣。然後就如同她小時候的習慣，上到樓間平臺後，轉身看後面是否有人跟著。

「怎麼啦？」她在樓梯上面看著他，同時問道。

「沒什麼。」安東尼一邊笑，一邊回答。

然後他就進入自己的書房。

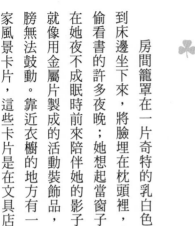

走廊在她前面展開。第一扇門是她母親的房門。朱莉亞把手擱在把手上，門把緩慢往下滑，當她決定不進去後，門把又緩慢往上彈起。她沒有到其他房間逗留，直接走到走廊的最底端。

房間籠罩在一片奇特的乳白色陽光裡。掛在窗前的白紗窗簾飄浮在色彩未變質的地毯上。她走到床邊坐下來，將臉埋在枕頭裡，大口呼吸枕套的香味。她想起小時候躲在棉被裡頭拿著手電筒偷偷看書的許多夜晚；她想起當窗子打開時，幻想中的人物在窗簾上活躍跳動的許多晚上。那些都是在她夜不成眠時前來陪伴她的影子。她把雙腿放在床上伸直，看看周遭一切。掛在天花板上的吊燈就像用金屬片製成的活動裝飾品，但是太重了，因此她小時候站在椅子上在上面吹氣時，它的黑翅膀無法鼓動。靠近衣櫥的地方有一具木箱子，裡面放著她的作業本、幾張相片，一些令人嚮往的國家風景卡片，這些卡片是在文具店買的，或者是拿自己重複的卡片和人交換的。這世界上有這麼多等待去認識的地方，相同的國度又何必去兩次呢？她的眼光落在擺滿學校課本的書架上。書本都立得很直，左右兩旁各有一隻玩具動物頂住，一隻是紅色的狗，另一隻是藍色的貓，這兩隻小動物一直沒機會互相認識。書架上有一本是從初中結束後就被遺忘的歷史課本。它的紫紅色封面使她想起她的書桌來。朱莉亞離開床走到書桌旁。

在這張被圓規戳了很多刮痕的木頭桌面上，她閒混了許許多多時光，每當華拉斯敲門看她的作業是否有進展，她便在筆記本上認真地寫一成不變的叼絮，整頁都是寫著「我無聊，我無聊，我無聊」。抽屜的細瓷把手呈一顆星星狀。只要輕輕拉一下把手，抽屜就很容易滑開。她把抽屜開到一半。一隻紅色毛絨筆滾到抽屜最裡面。朱莉亞把手伸進去。抽屜不是很大，而那隻紅筆居然沒被她摸著。朱莉亞覺得好玩，決定要找到它。她的手繼續在抽屜裡面摸索。

她的大拇指摸到一把三角規，小指頭摸到一條在園遊會贏到、但是太醜帶不上身的項鍊。無名指碰到的不知道是什麼。是青蛙形的削筆刀，還是烏龜形的膠帶卷？她的中指接觸到紙面。右上角有一個小地方凹凹凸凸，應該是郵票的齒紋，時間消磨使得郵票邊緣有點脫落。她的手在漆黑的抽屜裡面撫摸信封，順著信封上用鋼筆寫的字摸下去。就好像某些遊戲中，要用手指猜出寫在心愛人皮膚上的字，朱莉亞竭盡所能沿著字跡摸尋，她立刻認出那是竇瑪斯的筆跡。

她拿出信封，撕開封口，從裡面抽出信紙。

一九九一年九月

朱莉亞：

我從人類瘋狂的魔掌中死裡逃生。我是這個悲劇唯一的生還者。我在給妳的最後一封信中提過，我們終於能夠出發追尋馬蘇德的腳步。在爆炸聲中我忘了為什麼想去見他，而這爆炸聲現在仍然在我心中回響。我忘了那股激勵我要將他的真相拍攝下來的熱忱。我只看到在我旁邊掠過，將同行者帶入死亡的憎恨。距離我原該被炸死之地的二十公尺遠處，村人在一堆殘留物中將我扛起來。當爆炸威力粉碎了其他夥伴時，為什麼它只是將我拋在空中呢？我永遠無法知道。村人以為我死了，便把我放在一輛小推車上。如果不是有個小孩子無法抵抗誘惑，要把我的手錶脫下來戴在他手腕上，因而克服心中的恐懼的話，如果我的手臂沒有在動，而小孩子沒有驚叫的話，村人恐怕會把我埋葬了。可是我剛剛說過，我從人類瘋狂的魔掌中死裡逃生。聽說，當死亡慢慢擁抱時，我們會重新看到過去的一切。當死亡出其不意降臨時，我們什麼也看不見。在我發高燒口出譫語時，我看到的只是妳的臉孔。真想對妳說，照顧我的是一位年輕漂亮的女護士，好讓妳心生嫉妒。其實看護我的是一位男子，他的長鬍子一點也不迷人。我在喀布爾的一家醫院裡住了四個月。我的皮膚被灼傷，不過我不是為了訴苦而寫信給妳。

五個月沒有給妳寫信，對習慣每個禮拜寫兩封的我們而言，這段時間很長。五個月的沉默，幾乎有一年的一半了，對長時間都未能相見、未能擁抱的我們而言，這五個月更是漫長。兩地相思真是非常痛苦，因此這個問題每天都在困擾我。

克納普一聽到消息後就飛到喀布爾。妳想像得到他一進入病房就哭泣的樣子，坦白跟妳說，我也哭了一下。還好躺在我隔壁的傷患睡得像條死豬，要不然，在這一群不畏懼死亡的士兵當中，我們會被當成什麼樣的人？他出發後沒有立刻給妳電話，告訴妳我還活著的消息，那是因為我叫他不要這麼做。我知道他對妳說過我死亡的事，那就讓我告訴妳我還活著的消息。也許這不是真正的原因，也許我在寫信給妳時，是希望如果妳已經開始埋藏我們的歷史，那就繼續埋藏起來吧。

朱莉亞，我們兩人的愛情是誕生在我倆之間的不同，誕生在我們每天早晨醒來時，心裡又再度湧起的探索慾望。說到早晨，妳永遠無法知道我花了多少個小時在看妳睡覺，看妳微笑。因為妳睡覺時在微笑，可是妳自己不知道。妳無法知道有多少次妳依偎在我懷裡，嘴裡說一些我聽不懂的夢話。一百次，這是正確的數目字。

朱莉亞，我明白共同創造生活和相愛完全不同。我恨妳的父親，然而我想瞭解他。在同樣情況下，我是否會跟他做同樣的事？妳如果替我生下一個女兒，妳如果讓我獨自一人照顧女兒，我女兒如果愛上一個生活在花不開鳥不語，或者一切都令我感到恐怖的國度的外國人，我也許會跟他一樣。我從來不想告訴妳這麼多年來生活在鐵幕裡的情景，我不想把我們任何一秒鐘的時間浪費在回憶荒謬的往事上，那些描述人類殘酷行為的話語不值得妳去聽，可是妳父親一定知道鐵幕裡的罪惡，他不期望妳生活在這種狀況下。

我恨妳父親硬把妳架走，把頭破血流的我丟在房間裡，使我無法留住妳。我憤怒地敲打還在回響著妳聲音的牆壁，但是我想要瞭解。怎麼對妳說我當時愛妳卻沒有試著把妳留住？

妳在無可抗拒之下，重新恢復妳過去的生活。妳還記得嗎？妳總是在講預示我們未來生活的徵兆，而我呢，我並不相信，可是到最後我對妳說的道理屈服了，雖然今晚我在這裡給妳寫這封信時，是殘忍戰勝一切。

我愛妳的一切，我從來不願意妳是另外一個樣子，我愛妳但並不瞭解原因，心中確信時間將提供我一些瞭解的方法。也許在我們兩人的愛情發展中，我有時候忘了問，妳是否愛我愛到可以接納我們之間所有的差距。也許是妳從來不讓我有時間問妳這個問題，妳也從來不讓妳自己有時間問這問題。可是不管怎樣，問這個問題的時間來到了。

我明天就要回柏林了。這封信會投進我看到的第一個郵筒。像以往每次一樣，信在幾天後就會寄達妳手中。我要是算的沒錯，今天應該是十六號或是十七號。

在這封信裡，妳會發現一個我一直祕密保留的東西，我原本想放一張我的相片，但是目前我的樣子不是很好看，而且會顯得我很自大。所以，放在裡面的只是一張機票。假如妳希望跟我見面，就不再需要做那麼多個月的工作了。我也一樣，存了一些錢準備去找妳。這張機票我帶到喀布爾，原先要早點寄出去給妳，不過就像妳會看到的……機票還在有效期限內。

每個月的最後一天，我都會在柏林的機場等妳。

我們要是能再相見，我發誓我絕對不會把妳替我生的女兒和她將來自己選擇的男人分開。儘管有很多不同的地方，我能瞭解搶走我女兒的人，我能瞭解我的女兒，因為我深愛她的母親。

朱莉亞，我永遠不會怪妳，不管妳做什麼樣的選擇，我都會尊重。如果妳沒來，如果每個月的最後一天我是獨自一人離開機場，請妳明白我瞭解妳，就是為了告訴妳這件事，我才寫這封信。

我永遠不會忘記命運送給我的那張美麗臉孔，那是在十一月的一個晚上，在一個希望降臨的晚上，我攀上圍牆後跌落在妳懷抱裡，我來自東歐世界，而妳來自西方世界。

妳是，而且永遠是我記憶中所遇到的最美事物。我在寫這封信時才明白到，我是多麼愛妳。

也許我們很快就會相見。不管怎麼說，妳在我心中，妳永遠在我心中。我知道妳在某個地方呼吸著，這就很足夠了。

我愛妳。

竇瑪斯

信封裡滑落出一個外表發黃的紙套。朱莉亞將紙套打開。飛機票的紅色複寫紙上用打字機打著：朱莉亞．華斯，紐約—巴黎—柏林，一九九一年九月二十九日。朱莉亞把機票放回抽屜裡。她把窗戶打開一半，然後回身躺在床上。她把雙臂擱在頭後面，就這樣呆呆地看著房間的窗簾看了良久。兩片窗簾布上有她的舊時友伴在漫步，童年孤獨時的夥伴又重新出現。

下午一點多，朱莉亞離開房間到配膳室去。她打開華拉斯經常存放果醬的櫥櫃，從架上拿一包蛋烤麵包片，一罐蜂蜜，然後坐在廚房的椅子上。她看著滑潤的蜜醬上有湯匙挖過的痕跡。好奇怪的印記，大概是安東尼生前最後一次吃早餐時留下來的。她想像那天他坐在她現在的位置上，前面擺著一只杯子，獨自在寬大的廚房裡看報紙的情景。他那天在想些什麼？這真是個對過去的奇怪見證。為什麼這個外表看來微不足道的細節會讓她徹底地——也許是第一次——醒悟到父親已經過世了呢？通常只需要一個小小的東西，一個重新找到的事物，一種味道，就會讓人回憶起往逝者。在這寬敞的大廚房裡，也是她第一次懷念起她憎恨的童年生活。門口有人在咳嗽，朱莉亞抬起頭來，看到安東尼在對她微笑。

「我可以進來嗎？」他一邊說，一邊坐在她前面。

「不用客氣！」

「這蜂蜜是我請人從法國帶來的，是薰衣草口味，妳還是那麼喜歡蜂蜜嗎？」

「你知道，有些事情永遠不會改變。」

「那封信裡說的是什麼？」

「我想這跟你沒有關係。」

「妳做了決定嗎？」

「你指的是什麼事？」

「妳很清楚。打算回信給他嗎？」

「二十年之後，不是有點太晚了嗎？」

「這個問題是對妳自己還是對我問的？」

「今天的竇瑪斯，他應該已經結婚、有孩子了。我憑什麼再闖入他的生活？」

「是男孩、女孩？還是雙胞胎？」

「你說什麼？」

「我是在問妳，妳的算命天賦是否也能夠讓妳知道他可愛的小家庭是什麼樣子。那告訴我，是男的，還是女的？」

「你胡扯些什麼呀？」

「今天早上妳還認為他已經死了，妳對他生活情況的臆測也太快了點。」

「已經二十年了，真是的，又不是六個月！」

「十七年！這時間長得可以離好幾次婚，除非這期間他改變性向，變成跟妳的古董商朋友一樣。他叫什麼名字來著？史坦利？就是他，史坦利！」

「你還好意思講笑話啊！」

「啊，幽默啊，對突然來臨的現實壓力而言，這是多好的解決辦法。我忘了這句話是誰說的，不過說得很對。我再問妳一遍，妳做決定了嗎？」

「沒有什麼好決定的，已經太遲了。你要我說幾遍，你應該很高興，不是嗎？」

「事情只有在變成事實之後才有太遲的問題。在妳媽媽離我而去之前，我對她說所有我希望她知道的事，還有在她喪失理智之前，我跟她說我很希望她能寫封信給我，現在說這些都太遲了。而對我們而言，當我禮拜六像一個電池耗光的玩具一樣熄滅時，那就是太遲了。但是如果賨瑪斯還在世，對不起，我要反駁妳的話，一切都不會太遲。妳要是還記得妳昨天看到那幅畫像的反應，還有今天早上回到這裡來的原因，那就不要拿太遲當藉口來拒絕採取行動。找其他的藉口吧。」

「你到底想尋找什麼？」

「我什麼都不想。反而是妳，也許妳在尋找賨瑪斯，除非……？」

「除非什麼？」

「沒什麼，對不起，我老在說話，老在說話，話說回來，是妳有道理。」

「這可是我第一次聽到你說我有道理，我倒很想知道你指的是哪件事。」

「沒有用的，我跟妳保證。繼續為原先渴望而未實現的事哀嘆、哭哭啼啼，這太容易了。我已經可以聽到妳那些陳腔濫調，什麼『命運做了另一種安排，就是如此』，至於『都是我父親的錯，他真是糟蹋了我的生命』這句話就不提了。說來說去，活在悲劇裡面也只是一種生存方式。」

「我真被你嚇到了！我剛剛還以為你跟我當真呢。」

「就妳的表現態度來看，這個風險很小！」

「就算我很想回信給竇瑪斯，就算我找到他的地址，在十七年後寄封信給他，我也永遠不會背著亞當做這種事，這太卑鄙了。你不認為這個禮拜他聽到的謊言夠多了嗎？」

「完全正確！」安東尼臉上帶著更諷刺的神情回答。

「又怎麼啦？」

「有道理。用不說實話的方式來說謊，這方式更好，而且更誠實！再說，這還可以讓你們兩人共同分享某些事。他將不會是唯一一個被妳欺騙的人。」

「我可不可以知道你說的另外一個人是誰？」

「是妳！每天晚上妳睡在他身旁時，哪怕是心中有一點想念妳在東歐世界的朋友，嗨，一個小謊言；偶爾心中起了一絲悔恨，嗨，另外一個小謊言；每次妳在自問是否早應該回到柏林看看，好讓心裡踏實些，嗨，第三個小謊言。等一等，我來算算，我的數學一向很好。如果每個禮拜出現三個小念頭，兩個突如其來的回憶，在竇瑪斯和亞當之間做三個比較，那麼三加二再加三等於八，然後乘以五十二個禮拜，再乘上共同生活的三十年，我知道這麼說很樂觀，不過就照這個數目吧……這樣算來一共是一萬兩千四百八十個謊言。對夫妻生活來說可不少呢！」

「你很得意是不是？」朱莉亞一邊說，一邊嘲諷地在鼓掌。

「妳想想看，跟一個人生活在一起，卻不能確定自己的情感，這難道不是欺騙和背叛嗎？當生活在一起的另一個人對待妳就好像陌生人一樣時，妳有沒有想像過生活會變成什麼樣子？」

「難道你知道嗎？」

「妳媽生前最後三年都叫我先生，而且每當我進入她房間的時候，她總是向我指出廁所的方向，因為她以為我是水管工人。這種感受，難道要我畫張圖解釋妳才能明白嗎？」

「媽媽真的叫你先生嗎？」

「是的，那是日子好的時候，碰到日子不好的時候，她叫警察，因為她把我當成闖進她房間的陌生人。」

「在她……之前，你真的很希望她給你寫封信嗎？」

「不要怕使用正確字眼。在她喪失理智之前？在她發瘋之前？答案是肯定的，不過我們現在不是要談妳的母親。」

安東尼看著他女兒看了良久。

「怎麼樣，這蜂蜜好吃吧？」

「好吃。」她一邊說，一邊啃蛋烤麵包片。

「比平常的蜂蜜稍微紮實一點，是不是？」

「是啊，稍微硬一點。」

「自從妳離開這個家以後，蜜蜂都變得很懶惰。」

「這有可能，」她微笑著說笑，「你想談談蜜蜂嗎？」

「為什麼不呢？」

「你是不是很想念她？」

「當然囉，妳這是什麼問題啊！」

「那個人是不是媽媽，那個你為她雙腳併攏跳進水溝的女子？」

安東尼把手伸進外套內襯的口袋，拿出一個封套，然後把它放在桌上滑到朱莉亞面前。

「這是什麼？」

「兩張去柏林的飛機票，在巴黎轉機。目前仍然沒有直飛柏林的飛機。飛機下午五點起飛，妳想自己一個人走，一點都不想去，還是我陪妳去，都由妳決定。這也是新鮮事，不是嗎？」

「你為什麼要這樣做？」

「妳把那張紙條怎麼樣了？」

「什麼紙條？」

「妳一直藏在身上的那封竇瑪斯的信，每當妳把口袋掏開來的時候，那封就像變魔術一樣會出現的信。那封指控我對妳種種不好、皺成一團的信。」

「我弄丟了。」

「那上面寫了些什麼？哦，別回答我的問題，愛情是件異常平庸的事。妳真的把它弄丟了嗎？」

「我不是跟你說過了嗎！」

「我可不相信，這一類事永遠不會完全消失。有一天它會重新在內心深處浮現。去吧，趕快去準備行李。」

安東尼說完後，站起身離開廚房，走到門口時又轉回身。

「動作快點，沒必要回妳家一趟。妳要是缺少什麼，我們可以在當地購買。我們時間不多了，我在外頭等妳，我已經叫了一部車。跟妳講這句話的時候，我覺得我好像做過相同的事，我沒弄錯吧？」

接著，朱莉亞聽到父親的腳步聲在房子大廳裡回響。

她把頭抱在手裡，嘆了口氣。從指縫間，她看到桌上的蜂蜜。她必須去趟柏林，倒不是只為了要去尋找竇瑪斯的蹤影，而是要繼續和父親一起旅遊。她非常誠懇地對自己說，這既不是藉口，也不是理由，有一天亞當會明白的。

回到房間後，她把擱在床尾的行李拿在手上，這時她的眼光落在書架上。有一本紫紅色封面的歷史書凸出來。她猶豫了一會兒，接著把書拿在手上搖一搖，一個藏在裡面的藍色信封掉出來。她把信封收在行李裡面，然後關上窗子離開房間。

安東尼和朱莉亞剛好在報到結束前趕到。服務小姐把登機證交給他們，並且勸他們動作快點。時間剩下不多了，她不敢擔保他們是否能在最後一次叫人之前趕到登機門。

「我的腳不行，趕不上了。」安東尼一邊說，一邊帶著難過的神情看著服務小姐。

「先生，您走路有困難嗎？」年輕女子擔心地問。

「小姐，到我這個年齡，唉，這是很常見的。」他驕傲地回答，同時拿出一張配戴心律調整器的證明書給她看。

「您在這裡等一下。」她一邊說，一邊拿起電話。

過一會兒，一部小電動車把他們載往飛巴黎班機的登機門口。在航空公司服務人員陪送下，這回通過安全檢查就跟小孩子遊戲一樣輕鬆。

車子在機場走廊上飛快行駛的途中，朱莉亞開口問她父親：

「你又故障啦？」

「別說話，真是的！」安東尼低聲說，「妳會害我們穿幫，我的腿沒任何問題！」

接著他繼續跟司機聊天，好像對他的生活真的很感興趣。才十分鐘過後，安東尼和女兒兩人第一個登上飛機。

兩名空中小姐協助安東尼在座位上坐好，一名替他在背後放枕頭，另一名替他蓋毯子，朱莉亞回到機艙門口，對空中少爺說她要打個電話。她的父親坐在裡面，過一下子她就會回來。她往回走到登機橋上，拿出行動電話。

史坦利一接電話就說：

「喂，妳的加拿大神祕之旅怎麼樣了？」

「我在機場。」

「妳已經回來啦？」

「我要離開！」

「啊，親愛的，我一定是漏掉了什麼！」

「我今天早上回來沒時間去看你，可是我跟你發誓，我很想去看你。」

「那我可不可以知道妳這一回是上哪裡？奧克拉荷馬州，還是威斯康辛州？」

「史坦利，如果你發現一封愛德華的信，一封他臨死前寫的信，可是你從來沒看過，你會不會把信打開來看？」

「朱莉亞，我跟妳說過，他最後一句話是對我說他愛我。我還需要知道什麼呢？其他的道歉嗎？其他的懊悔？他那一句話就抵得上所有我們忘了要跟對方說的話。」

「這麼說，你會把信放回原位囉？」

「我想是吧，不過我在家裡從來沒發現過愛德華的信。我跟妳說，他不怎麼寫東西，就連購物清單也都是我在負責。妳無法想像，以前我為了這件事氣到什麼程度，可是二十年後，每次我去市場買菜總是買他喜歡吃的奶酪牌子。事情過了這麼久還會想起這一類事，是不是很蠢？」

「也許不是。」

「妳找到一封竇瑪斯的信，是不是？每次妳想到他，就會跟我談到愛德華，把信打開來看吧！」

「你既然不會把信打開，那為什麼要我這麼做？」

「二十年的交情了，還不瞭解我是個樣樣都好，卻是個不能模仿的榜樣，真令人傷感。妳今天馬上把信打開，想要明天再讀也可以，但是千萬不要把信撕了。剛剛也許我對妳撒了點謊。愛德華要是給我留下一封信，我會讀上一百遍，而且會連續讀好幾個鐘頭，確定我是否完全懂他寫的每個字，哪怕我很清楚他永遠不會有這時間給我寫信。妳現在是不是可以告訴我妳要去哪裡？我迫不及待想知道今晚打電話給妳的時候需要撥的開頭代碼是什麼。」

「那要到明天了，而且你要撥的代碼是四九。」

「這是外國的代碼吧？」

「是德國，在柏林。」

兩人靜默了一會兒。史坦利深深吸了一口氣，然後才再度接下剛剛的話頭。

「那封信妳已經打開來看過了，所以妳在信上發現了一些事情，是不是？」

「他還活著！」

「難怪……」史坦利嘆了口氣，「妳從候機室打電話給我，就是要問我妳該不該去找他，是為了這個吧？」

「我是在登機橋上打電話給你……我想你已經回答我的問題了。」

「那就去啊！笨蛋，別趕不上飛機。」

「史坦利？」

「又有什麼事？」

「你生氣啦？」

「才沒有呢，我討厭妳跑去那麼遠的地方，就這樣而已。妳還有別的無聊問題要問嗎？」

「你怎麼……」

「在妳還沒問問題之前先回答妳的問題是嗎？有些愛造謠的人會說我比妳更像個女人，不過妳有權利認為那是因為我是妳最要好的朋友。現在啊，在我明白過來我會很想念妳之前，妳趕快走吧。」

「我到那裡會打電話給你，一定會。」

「是啊，是啊，就這樣！」

空中小姐向朱莉亞打手勢，叫她必須立刻回到座位，機務人員只等著她一人上機就要把艙門關上。史坦利正想問她，如果亞當打電話給他要怎麼回答時，朱莉亞已經掛掉電話了。

14

空中小姐把餐盤收回去後，將燈光關小，整個機艙籠罩在半明半亮中。從和父親一起旅行開始，朱莉亞沒看過他吃一點東西，也沒睡過覺，甚至連休息一下都沒有。對一部機器人來說，這也許很正常，但還是得接納這奇怪的想法。更何況，那是唯一能讓她想起這趟雙人遊只能維持幾天的訊息。大部分乘客都在睡覺，有些在小螢幕上看電影。坐在最後一排的一名男子在天花板照射下來的燈光下閱讀文件。安東尼在看報紙，朱莉亞透過小圓窗看機翼上反射出的銀色月光，還有在黑夜裡波濤漣漪的大海。

春天，我決定放棄美術學校的學業，而且不再回巴黎。你想盡辦法勸我不要這麼做，可是我已經下定了決心，我要跟你一樣當記者，我也跟你一樣，每天早上出門去找工作，儘管對個美國人而言一點希望都沒有。幾天以來，電車路線再度將城市兩邊接通在一起。有些事情在我們周圍醞釀著，在我們周圍，許多人談論要將你的國家合併起來，就跟以前一樣變成一個國家，而且一切情況已經不同於冷戰時期了。曾經在情治單位服務的人連同他們收集的檔案，好像突然間消失無蹤。幾個月之前，他們計畫把所有對他人不利的檔案，把所有關於你們好幾百萬公民的資料全部消除，而你，你是首批示威抗議、禁止他們這麼做的其中一位。

你是不是也有一個檔案號碼呢？一份關於你的資料，裡面收集了你在街上，或者在工作場合被偷拍的相片，一張單子上登記了你交往的人，你朋友的姓名，還有你祖母的名字，這份資料是否放在某個祕密檔案庫裡？在當時政府的眼裡，青年時代的你是否是個可疑分子？在這麼多年戰爭後得到的教訓，我們怎能任其行事？那是否是我們的社會所能找到的唯一報復方式？我和你，我們出生太晚沒有機會互相憎恨，我們有太多的事要創造。

夜晚時分，我們在你住家附近散步時，我還是經常看到你很害怕的模樣。你只要一看到身穿制服的人，或是看到一輛你覺得開太慢的車子，你就會情不自禁害怕起來。那時候你會說：「過來，我們別在這裡逗留。」然後你會把我帶到碰到的第一條小街上躲起來，或是第一個能讓我們溜走、讓我們擺脫隱形敵人的階梯。每當我嘲笑你，你就會發脾氣，說我什麼都不懂，不瞭解這些人壞到什麼程度。有多少次我無意中看到你的眼光在環視我帶你去吃晚飯的小餐館？有多少次你對我說離開這裡，因為你看到一名客人的陰沉臉色，使你回憶起不愉快的過去。對不起，竇瑪斯，你是對的，我不懂什麼是害怕。當你看到一輛軍車過橋，硬要我們躲在橋墩下時，對不起我在笑。我不懂，我無法瞭解。我的同胞中也沒有一個人能瞭解。

當你伸手指著一名坐在電車上的人，從你的眼光中我明白，你認出一個曾經在情治單位工作的人。

以前東德國安局工作人員拋棄了制服、權威，以及傲慢，在城市裡和老百姓混在一起，過著和昨天還被他們追捕、偵刺、審判，甚至於拷打的人一樣的平凡生活，而他們的惡行曾經持續好幾年。自從鐵幕倒塌之後，大部分國安人員為了避免被人識破真相，給自己編造一個偽造的過去，也有人若無其事地繼續自己的事業，而這當中有很多人隨著時間過去，歉疚心逐漸消失，對自己罪行的記憶也跟著逐漸模糊。

我還記得我們一起拜訪克納普的那天晚上，我們三個人一起在一座公園裡漫步。克納普不斷追問你以往的生活情況，殊不知回答這些問題對你而言是多麼痛苦。他認為柏林圍牆的陰影一直伸展到他生活的西方世界裡，而你大聲呼喊，說你生活的東方世界被鐵幕的水泥牆關住。他又問你，你們是怎樣適應這種生存狀態？你在微笑，問他是否真的把以前所有的事都忘了。克納普又再繼續追問，結果你只好屈服，回答他的問題。你非常耐心地對他闡述一個一切都被安排好，一切都受到保護的生活，在這種生活下，沒有任何責任要負擔，而且犯錯誤的機會微乎其微。

「我們是人人就業，政府無所不在。」你一邊說，一邊聳著肩膀。克納普總結道：「專制政體就是以這種方式運作。」這適合很多人，自由是一個浩大的賭注，絕大部分的人都在渴望自由，卻不知道如何去應用。我還記得我們在西柏林的那家咖啡館時你對我們說，在東歐世界裡，每個人以自己的方式在溫暖舒適的房子中重新創造自己的生活。當你朋友問你，根據你的看法，在黑暗時期中有多少人和專制政府合作的時候，你們的交談開始變得很激烈；因為你們兩人在數目上的意見永遠不一致。克納普認為最多有百分之三十的百姓。你為自己無法知道確實的數目申述：你怎麼知道呢，你從來沒有在東德國安局工作過。

對不起，竇瑪斯，你是對的，我必須要等到往你那邊走去時才感到害怕。

「你為什麼沒邀請我參加妳的婚禮？」安東尼一邊問，一邊把報紙放在膝蓋上。

朱莉亞嚇了一跳。

「抱歉，我沒有要嚇妳的意思。妳在想別的事嗎？」

「沒有，我在看窗外，如此而已。」

「外面是黑壓壓一片。」安東尼一邊說，一邊把身子往小圓窗靠過去。

「沒錯，不過今天是滿月。」

「想跳到水裡去的話是有點太高了，不是嗎？」

「我有寄請帖給你。」

「就跟寄給其他兩百多個客人一樣。這不是我所謂的邀請父親。我應該是帶妳進教堂，把妳送到聖壇前面的人，這一點也許值得我們兩人大聲爭論一番。」

「二十年來，你我兩人有談論過什麼事嗎？我一直在等你的電話，希望你要求我介紹未婚夫給你認識。」

「我已經見過他，好像是吧。」

「那是在偶然的情況下，在布洛明達樂商店的電動梯上面。這並不是我所謂的互相認識。這不能代表你對他或是對我的生活感興趣。」

「我要是記得沒錯，我們三人一起喝過茶。」

「那是他向你提出的建議，因為他想認識你。從頭到尾整整二十分鐘都是你一個人在說話。」

「他不怎麼說話，幾乎跟自閉症一樣，我起先以為他是個啞巴呢。」

「可是你有問過他一個問題嗎？」

「那妳呢，朱莉亞，妳有問過我問題嗎？妳有向我徵求過一點意見嗎？」

「這會有什麼用處？就是好讓你對我解釋，說你啊，你像我這個年齡的時候在做什麼，好讓你對我說我應該做些什麼，是不是？我早該一輩子都不說話，好讓你有一天能夠明白我從來就不想跟你一樣。」

「妳該睡覺了，」安東尼對她說，「明天會是很長的一天。我們一到巴黎就要趕搭另一班飛機，然後才能抵達目的地。」

他把朱莉亞的毯子拉到肩膀上，然後繼續看報紙。

飛機剛剛降落在戴高樂機場的跑道上。安東尼把手錶調到巴黎時間。

「我們有兩個鐘頭的時間轉機，應該不會有什麼問題。」

安東尼這時候不曉得原該抵達E航站的飛機將轉往F航站的某道門，而這道門的天橋和他們的飛機沒有互相配合，所以空中小姐廣播會有一部巴士前來，可是她卻說巴士會把乘客載往B航站。

安東尼抬起手指，向座艙長打手勢，要他過來。

「我們要到E航站！」他對座艙長說。

「對不起，您說什麼？」空中少爺問他。

「您剛剛的廣播說要到B航站，我想我們是要到E航站去。」

「有可能，」座艙長回答道，「我們自己都搞糊塗了。」

「請跟我說清楚，我們確實是在戴高樂機場吧？」

「有三道不同的門，沒有天橋也沒有巴士等在那裡，您放心吧！」

飛機降落四十五分鐘後，他們才總算下飛機。再來就是要通過海關檢查，然後去找飛往柏林班機的航站。

兩名機場警察在檢查從三班飛機下來的好幾百名旅客的護照。安東尼看看告示牌的飛機起飛時間。

「我們前面有兩百多人在等，我擔心時間會不夠。」

朱莉亞答道：

「我們可以搭下一班飛機啊！」

通過海關檢查後，他們開始穿過一連串的廊道以及電動步道。

安東尼發牢騷：

「早知道直接從紐約走路過來就好了。」

他話一說完，人就倒在地上。

朱莉亞想扶住他，可是他跌得太突然讓她來不及反應。電動步道繼續往前移動，帶走直躺在地的安東尼。

「爸爸，爸爸，你醒醒！」驚慌不已的朱莉亞一邊喊著，一邊搖他。

電動步道的連接口一直發出啷噹聲。一名旅客連忙跑過去幫朱莉亞，兩人合力把安東尼扶起來，把他放在稍遠一點的地方。這名男子脫下外套，擱在一直昏迷不醒的安東尼頭下。他想打電話叫救護人員。

「不行，千萬不行！」朱莉亞堅決地說。「這沒什麼，他只是有點不舒服，我已經習慣了。」

「您確定他沒事嗎？您先生看起來狀況不是很好。」

朱莉亞撒謊道：

「他是我父親！他有糖尿病！」

她又開始一邊搖他，一邊說道：

「爸爸，你醒醒。」

「我來替他量脈搏。」

朱莉亞嚇得大聲驚叫：

「不要碰他！」

安東尼這時睜開了眼睛。他設法站起來，同時問道：

「我們在哪裡呀？」

協助朱莉亞的那名男子扶他站起來。安東尼把身子靠在牆壁上，讓自己恢復平衡。

「現在幾點了？」

「您確定他只是有點不舒服嗎？他看起來好像還沒有完全恢復神智……」

已經恢復元氣的安東尼對那男子反擊：

「喂，您別亂來！」

那男子將他的外套撿起來，就默默離開了。

朱莉亞責備他說：

「你起碼也應該跟他道個謝。」

「為什麼？就為了他假裝幫我忙，不要臉地來搭訕妳啊，他還要怎樣！」

「你這個人真不像話，你剛剛把我嚇死了！」

安東尼說道：

「那沒什麼大不了，我還能怎麼樣，我已經死了！」

「你可不可以告訴我你剛剛到底是怎麼回事？」

「我想是接觸不良吧，或者是被什麼東西干擾。必須通知他們一聲。要是有人切掉他的行動電話而把我也一起關掉的話，那可會很麻煩。」

朱莉亞一邊聳肩一邊說：

「我永遠沒辦法把我現在的遭遇跟別人說。」

「我剛剛是在作夢，還是妳真的叫我爸爸？」

「你在作夢！」她答話時，安東尼正好拖著她往登機處走過去。

他們只剩下十五分鐘的時間要通過安全檢查。

安東尼打開護照時說：

「糟糕了！」

「又怎麼啦？」

「我配戴心律調整器的證明書找不到了。」

「一定在你的口袋裡面。」

「我剛剛翻過所有的口袋，都沒有！」

他神情異常沮喪，看著前面的偵測門。

「我要是從門下過去的話，機場所有警察都會跑過來。」

朱莉亞焦急地說：

「那你再找找看！」

「不用堅持了，我跟妳說我弄丟了，一定是我把外套交給空中小姐的時候掉在飛機上。抱歉了，我想不出有什麼其他辦法。」

「我們總不能來到這裡然後立刻回紐約去。不管怎樣，我們現在怎麼辦？」

「我們租部車子到市中心去。在這段時間內，我能找到解決辦法。」

安東尼向女兒建議找個旅館過夜。

「再過兩個鐘頭紐約就天亮了，妳只要打個電話給我的家庭醫生，他會將副本傳真給妳。」

「你的醫生不曉得你已經死了？」

「喔，不，真蠢，我忘了通知他！」

「為什麼不搭計程車呢？」她問安東尼。

「搭計程車到巴黎去？妳不認識這個城市！」

「你對任何事都有先入為主的觀念！」

「我想現在不是吵吵鬧鬧的時候了，我看到租車的服務台，我們租部小車就好。嗯，不要吧，還是選一部大型轎車，氣派問題！」

朱莉亞只好讓步。當她把車開上通往 A 一高速公路的交流道時，已經過了中午十二點了。安東尼把身子往前方車窗靠過去，非常仔細地看路牌。

他對朱莉亞說：

「走右手邊這條路。」

「巴黎是往左邊的路走，上面字寫得大大的。」

「謝謝妳啦，我還懂得認字，照我的話做！」安東尼一邊發牢騷，一邊強迫她把方向盤往右轉。

她大聲喊叫：

「你發神經啊！你在搞什麼鬼？」此時車子偏向右線道，非常危險。

這時要再換車道已經太遲了。在四周一片喇叭聲包圍下，朱莉亞往北方的方向行駛。

「真可惡，我們現在是往布魯塞爾的方向走，巴黎在我們後面。」

「我知道！妳要是一口氣開到底不太累的話，布魯塞爾再過去六百公里就到柏林了，如果我算得很準的話，九個鐘頭之後就可以到。要不我們在路上歇個腳，讓妳睡一會兒。高速公路上面沒有偵測門要通過，我們的問題可以暫時解決。說到時間，我們其實沒有很多。離回去之前只剩下四天時間了，而且條件是我不會發生故障。」

「你早在我們租車之前就有這個念頭了是不是？就是為了這個原因，所以你才選擇一部大轎車！」

「妳想不想再看到竇瑪斯呢？那就往前開吧，我不需要替妳指路，妳還記得怎麼走吧，是不是？」

朱莉亞把車上收音機打開，把音量開到最大，然後踩油門加速前進。

二十年後，高速公路的路線改變了沿途的風光景色。出發之後兩個鐘頭，他們正穿過布魯塞爾。安東尼不怎麼說話，偶爾會一邊看著窗外景色，一邊嘴裡嘀咕著。朱莉亞趁他不留意的時候，把照後鏡往他的方向傾斜，這樣一來她就可以觀察他而不被發現。安東尼把收音機的音量放低。

他打破沉默，開口問她：

「妳在美術學校的時候是不是很快樂？」

「我在那裡沒有留很久，不過我很喜歡我住的地方。從我房間看出去的景色非常迷人。我的書桌就面對著天文台。」

「我也很喜歡巴黎。我在那裡留下很多回憶。我甚至希望能夠死在那裡。」

朱莉亞聽了這話，輕聲咳嗽一下。

「怎麼啦？」安東尼問她，「妳臉色突然變得很奇怪。我是不是又說了什麼不該說的話？」

「沒有，我跟你保證沒有。」

「一定有，我看妳樣子怪怪的。」

「那是……實在不容易說出口，這件事根本不可能。」

「不要我再三開口要求，說出來吧！」

「爸爸，你是在巴黎過世的！」

「啊？」安東尼很驚訝地叫了起來。「哦，我還不知道呢。」

「你一點都記不起來嗎？」

「轉移我記憶的程式設計把最後界限劃在我去歐洲的時候。從那時刻起，我的腦海是一片空白。我想這樣會比較好，老是記得自己去世的事也不會很有趣。追根究底，我發現給我這部機器人定時間限制雖然痛苦，卻是有必要，不僅是對家人而言。」

朱莉亞不好意思地回答：

「我明白。」

「我不相信。聽我說，這種情況不是只有對妳一個人而言很奇怪，而且時間越是過去，這一切對我來說也變得越困惑。今天是星期幾？」

「星期三。」

「三天了，妳明白吧，秒針在妳腦袋裡慢慢走的滴答聲多麼咄咄逼人。妳知不知道我是怎麼……」

「在紅燈前面心臟停止跳動。」

「還好不是綠燈，否則我還會被後面的車子輾過去。」

「那時候是綠燈！」

「啊他媽的！」

「不過沒有引起意外事故，這點你倒是可以寬慰。」

「坦白跟妳說，我一點都不感到寬慰。我有沒有受到痛苦呢？」

「沒有，人家告訴我說，你是立即死亡。」

「是啊，這些話都是對家屬說的，好讓他們安心。喔，說來說去，知道這些能幹什麼。都是過去的事了，有誰會記得家人是怎麼死的？能記得家人是怎麼活的就已經不錯了。」

朱莉亞開口要求他：

「我們換個話題好不好？」

「隨妳便，能夠跟某個人談談自己的死亡情形，我倒覺得很有意思。」

「你所謂的某個人是你自己的女兒，你一點都不像在開玩笑。」

「拜託，不要再辯了。」

一個鐘頭後，車子進入荷蘭國境，距離德國邊境只剩下七十公里。

「他們的玩意兒真了不起，」安東尼繼續說，「不再有疆界之分，我們幾乎很自由。妳在巴黎既然那麼快樂，為什麼要離開呢？」

「深夜時分一時衝動。起先我以為只會逗留幾天，剛開始只不過是和朋友一起出門旅遊。」

「妳認識他們很久了嗎？」

「十分鐘。」

「想當然耳！妳那些畢生好友是做什麼的？」

「他們跟我一樣是學生，不過他們兩人是索爾邦大學的學生。」

「我明白了，可是為什麼要去德國呢？去西班牙或是義大利會比較好玩不是嗎？」

「嚮往革命。安段和馬蒂斯有預感柏林圍牆會倒塌。也許心裡不是這麼肯定，但是我們確定有重大事情在那裡醞釀，所以想到當地親眼看看。」

安東尼一邊拍自己的膝蓋，一邊說：

「我對妳的教育到底是哪點失敗，居然會讓妳有嚮往革命的念頭？」

「不要責怪自己，這也許是你真正成功的唯一一件事。」

「這是觀點問題！」安東尼叨咕地說，然後又轉頭看窗外。

「為什麼你現在問我這些問題？」

「因為妳，妳從來沒有問過我任何問題。我很喜歡巴黎，因為我在那裡第一次吻妳的母親，而且我可以告訴妳，那還不是一件容易的事。」

「我不是很想知道所有細節。」

「妳要是知道她有多漂亮就好了。我們那時是二十五歲。」

「你為什麼會到巴黎，我以為你年輕的時候很窮，不是嗎？」

「一九五九年我在歐洲一所軍營服兵役。」

「在哪裡？」

「在柏林！我在那裡沒有什麼很好的回憶！」

安東尼再度把頭轉開，看著窗外飛逝的景色。

朱莉亞說：

「沒必要在玻璃窗上看我的影子，你知道，我就在你旁邊。」

「那妳呢，把照後鏡的位置調正，這樣妳才可以看到後面的來車，然後再準備超前面的卡車！」

「你是在那邊認識媽媽的嗎？」

「不是的，我們在法國認識。當我兵役服滿後，我搭了一部火車到巴黎。我很想在回國之前能看看艾菲爾鐵塔。」

「那你立刻就喜歡上她嗎？」

「還不錯，不過要比我們的摩天大廈還矮一點。」

「我說的是媽媽。」

「當時她在一家很大的夜總會跳舞。這是一名愛爾蘭出身的美國大兵，跟一名從同一國家來的舞孃的典型愛情故事。」

「媽媽以前是跳舞的？」

「藍鐘女郎舞蹈團！這家舞蹈團在香榭麗舍大道的麗都夜總會特別演出。一個朋友幫我們弄到票，妳母親是節目主角。可惜妳沒看過她表演踢躂舞的樣子，我跟妳保證，那絕不輸給金吉兒・羅潔絲＊。」

「她為什麼從來都不提此事呢？」

「我們家人都不是很愛講話，妳少說也是遺傳到這個性。」

「你是怎麼追到她的？」

「妳不是跟我說妳不想知道這些細節嗎？妳要是把車子開慢一點，我就告訴妳。」

「我開得一點都不快！」朱莉亞一邊回答，一邊看接近一百四十的速度表指針。

「觀景問題！我習慣在我們的高速公路上開車，有時間欣賞眼前的風景。妳要是一直開那麼快，那要拿一個扳手才能把我的手指從車門把手撬開。」

朱莉亞把踩在油門上的腳抬高，安東尼深深吸了一口大氣。

「我坐在緊靠舞台的位子。舞蹈節目連續表演十個晚上，我沒有漏掉任何一場，也包括禮拜天下午演出的那一場。我設法給帶位小姐一筆很高的小費，讓我每晚都能坐在相同的位置。」

朱莉亞把收音機關掉。

安東尼用命令的口氣說：

「跟妳說最後一次，把照後鏡調正，看前面的路！」

朱莉亞照做，沒有爭辯。

「第六天的時候，妳母親終於發現我的伎倆。後來她跟我發誓，說她第四天就發現我了，可是我

＊金吉兒．羅潔絲（Ginger Rogers, 1911-1995），美國四〇年代音樂片著名女演員。

確定是在第六天。言歸正傳，我注意到她在表演時看我看了好幾次。不是我在吹噓，她還差點跳錯一個舞步。這也一樣，她總是發誓，說那個小失誤和我的在場一點關係也沒有。妳母親不肯承認，是她的驕傲心理在作祟。那時我請花店送花到她的化裝室去，希望節目表演結束後她能接到花。每晚都是一樣的古典玫瑰花，但是我從來不放名片。」

「為什麼呢？」

「只要妳不插嘴，妳馬上就會明白。最後一場演出時，我在演藝人員進出的門口等她。我在衣襟上插了一朵白玫瑰。」

「我無法相信你會做這種事！」朱莉亞一邊說，一邊噗嗤地笑出來。

安東尼將頭轉向車窗，再也不說一句話。

「後來呢？」朱莉亞追問他。

「故事到此結束！」

「怎麼說，故事到此結束？」

「妳在嘲笑，所以我就不說！」

「我一點都沒在嘲笑啊！」

「那妳剛剛呵呵笑是什麼？」

「跟你想的完全相反，我只是從來沒有把你想像成一個浪漫的年輕人。」

「妳在下一個休息站停下來，剩下的路程我用腳走完！」安東尼一邊說，一邊生氣地把手臂交叉放在胸前。

「你繼續講給我聽，要不然我要開快車了！」

「經常會有很多崇拜者在走廊盡頭等妳媽媽。有一名安全人員專門護送跳舞小姐到載她們回旅館的巴士上，我正好在她們經過的路上。安全人員叫我走開，我覺得他說話口氣有點太過蠻橫。我一拳打過去。」

朱莉亞一聽，忍不住開口大笑。

「很好！」安東尼憤怒地說，「既然如此，妳就再也聽不到一個字了。」

「拜託你，爸爸。」她滿臉帶笑地說。「很抱歉，我實在忍不住。」

安東尼轉頭，仔細看著她。

「這一次我不是在作夢，妳剛剛叫我爸爸？」

「也許吧。」朱莉亞一邊說，一邊擦眼淚。「繼續講下去！」

「我先警告妳，朱莉亞，妳要是再笑的話，哪怕只是想笑的樣子，那一切就結束了！我們先講好，同意不同意？」

「同意。」

她一邊舉起右手，一邊說：

「妳媽出面干涉，把我拉到離舞蹈團遠一點的地方，並且請巴士司機等她。她問我每場節目都來，而且都坐在同一個位置上到底要做什麼。我想她那時還沒有注意到我衣襟上的白玫瑰，我便把白玫瑰拿下來送給她。她明白原來每晚送花給她的人居然是我之後很驚訝，我趁這個機會回答她的問題。」

「你跟她說些什麼？」

「我說我是來跟她求婚的。」

朱莉亞把頭轉向父親，她父親叫她專心開車。

「妳媽媽笑了起來，而且那種笑聲，是妳嘲笑我的時候也有的笑聲。她明白我真的在等她的答覆後，她向司機做個手勢，叫他不要等，然後她建議我先請她吃晚飯。我們一直走到香榭麗舍大道上的一家餐館。我跟妳說，在全世界最美麗的一條大道上走在她旁邊，我真是驕傲得很。妳可以想像一路上的行人看她的眼光。我們吃晚飯的時候都在聊天，可是，晚餐吃完之後，我的處境非常尷尬，那時我真以為一切希望就到此結束了。」

「你這麼快就跟她求婚，我想不出你還能做出什麼更驚奇的事？」

「那情況非常窘，我沒有錢付帳，我偷偷掏遍所有的口袋，一毛錢也沒有。我服兵役積下來的錢都花在買麗都夜總會的門票以及花朵上了。」

「你後來怎麼脫離困境呢？」

「我要了第七杯咖啡，餐館要關門了，妳媽離開座位到化裝室去補個妝。我把服務生叫過來，決定對他說我沒有錢付帳，拜託他不要聲張，我的手錶和證件可以交給他抵押，跟他保證我會盡快回來結帳，最晚在週末結束之前。服務生遞給我一個小盤子，上面放的不是帳單，而是妳媽寫的一封短箴。」

「短箴上說什麼呢？」

安東尼將他的皮夾打開，從裡面拿出一張發黃的紙，然後打開，開始用嚴肅的語調讀紙上內容。

「我從來不是很懂得怎麼說再見，相信您也一樣。謝謝您帶給我這美好的夜晚，古典玫瑰是我最喜愛的花。今年二月底我們會在曼徹斯特表演，我會很高興能再度看到您坐在劇場的位置上。您要是來的話，我會讓您請我吃晚餐。妳看，」安東尼一邊把話說完，一邊把短箴拿給朱莉亞看，「上面簽著她的名字。」

「真令人感動！」朱莉亞嘆著氣說，「她為什麼要這麼做？」

「因為妳媽完全明白我的處境。」

「怎麼說呢？」

「一個男子在凌晨兩點鐘的時候喝了七杯咖啡，再也不說一句話，而且餐館也要打烊了……」

「你後來去曼徹斯特了嗎？」

「我先打工賺錢。我的工作是一個接一個。早上五點鐘我在巴黎中央市場幫人把裝貨箱卸下來，貨一卸完，立刻到市場附近的一家咖啡館當跑堂。中午的時候，我脫下圍裙到一家雜貨店換上工作服。我瘦了五公斤，也賺到足夠的錢可以去英國買張妳媽表演的劇場門票，最主要的是還有足夠的錢可以好好請她吃一頓像樣的飯。我居然還能買到一張第一排的票。舞台簾幕一拉起來，我就看到她對著我微笑。」

「表演結束後，我們在城裡一家老咖啡館相會。我疲倦得不得了。我現在想到就覺得很慚愧，因為我在劇場裡睡著，我知道妳媽有發覺到。那天晚上我們吃飯時幾乎都沒在說話，彼此保持著沉默。當我向服務生招手要他拿帳單過來時，妳媽一直看著我，嘴裡只說出一個字『好』。接著我也看著她，心中很困惑，她又重複說『好』，那聲音非常清脆，到現在我都還聽得很清楚。『好，我願意嫁給你。』她在曼徹斯特的表演前後整整兩個月。妳媽向舞蹈團告別之後，我們兩人搭船回國。一回到美國，我們就結婚。婚禮只有一個神父和兩個我們在禮堂裡找到的見證人。我們兩方都沒有家人前來參加婚禮，我父親永遠不會原諒我跟一個跳舞女郎結婚。」

安東尼小心翼翼地把短箴放回皮夾裡。

「啊，我找到配戴心律調整器的證明書了！我真糊塗！沒把它夾在護照裡，反而把它放在皮夾裡。」

朱莉亞滿臉狐疑地搖搖頭。

「這趟柏林之旅，是不是你要我們繼續旅行的方式？」

「妳那麼不瞭解我，以至於需要問我這個問題？」

「還有租車子，你說證明書不見了，這都是你故意安排的，好讓我們一起走這趟路程是不是？」

「就算是我事先設計好的，也不是個壞主意，不是嗎？」

一道路標指出他們正在進入德國。朱莉亞臉色變得很陰鬱，把照後鏡調好位置。

安東尼問她：

「怎麼啦，妳不再說話啦？」

「你衝到我們房間把竇瑪斯打一頓的前一天，我們已經決定好要結婚。最後沒實現，因為我父親無法忍受我嫁給一個跟他不屬於同一個世界的人。」

安東尼把頭轉向車窗。

15

從跨過德國邊界起，安東尼和朱莉亞沒再交換過一言半語。有時候朱莉亞把收音機的音量開大，安東尼就會立刻把音量關小。眼前景色出現了一片松樹林。在林子邊界上有一排混凝土塊，擋住禁止通行的分叉道。朱莉亞認出在遠處的是陰森陳舊的馬亨伯恩邊界檢查站，這棟建築已經變成歷史古蹟。

「你們是怎麼通過邊境的？」安東尼一邊問，一邊看右手後方漸漸遠去的破舊瞭望台。

「憑膽量！和我一起同行的一個朋友是外交官的兒子，我們假裝是去拜訪在西柏林工作的父親。」

安東尼笑了起來。

「對我來說，這多少帶點諷刺意味。」

他把雙手放在膝蓋上。

接著，他又開口說：

「我很抱歉沒有早一點想到把那封信交給妳。」

「你這話是真心的嗎？」

「我也不知道，不管怎樣，說出這話後我覺得心情比較輕鬆。如果可以的話，妳能不能把車停下來？」

「為什麼？」

「休息一會兒不會是件蠢事，再說我也要讓腿活動活動。」

一道路標指出再十公里遠的地方就有一座停車場可以休息。

「你跟媽媽兩人為什麼會去蒙特婁？」

「我們沒有很多錢，尤其是我，妳媽有些積蓄，可是很快就被我們花光了。在紐約生活越來越難。跟妳說，我們在蒙特婁過得很幸福。我甚至認為那幾年是最美好的時光。」

「你為這感到很驕傲是不是？」朱莉亞帶著溫柔又苦澀的嗓音問他。

「妳是指什麼？」

「口袋空空的離開，然後事業做得很成功。」

「妳不也是一樣嗎？妳不為妳的大膽感到驕傲嗎？當妳看到一個小孩子在玩妳想像出來的玩具時，妳不覺得滿足嗎？當妳在商業中心逛，看到電影院櫥窗張貼著妳編寫的電影宣傳廣告時，妳不驕傲嗎？」

「我只是設法得到快樂，這已經很不錯了。」

車子駛上通往休息區的分叉道。朱莉亞把車子沿著人行道停下來。人行道旁邊是片大草坪。安東尼打開車門，仔細打量了女兒一番，然後才跨腳出去。

「朱莉亞，妳真的討厭我！」他一邊說，一邊離開。

她關掉油門，把頭擱在方向盤上。

「我在這裡到底是做什麼？」

安東尼穿過兒童娛樂區，走進購物休息中心。一會兒之後，他雙手抱著裝滿食物的袋子回來，打開車門，把袋子放在椅座上。

「妳去透透氣，我買了許多可以讓妳補充體力的東西。我會看著車子等妳。」

朱莉亞聽從父親的話。她繞過鞦韆，避開沙池，也跟父親一樣進入休息中心。當她回來時，看到安東尼躺在溜滑梯底端，雙眼凝視著天空。

她擔心地問：

「還好嗎？」

「妳在想我是不是在天上？」

朱莉亞被他問得不知所措，於是在草地上坐下來，就坐在他的旁邊。接著，她也抬起頭看天空。

「我不知道。曾經，我在天上的雲彩裡找賓瑪斯找了好久。我還確定好幾次認出他的臉孔，然而他卻還活著。」

「妳媽媽不信上帝，而我，我是信的。那麼，妳想我是在天堂還是不在天堂？」

「對不起，我無法回答你的問題，我沒辦法。」

「是沒辦法相信上帝嗎？」

「沒辦法接受你在這裡的事實，就在我旁邊，在跟我說話，可是……」

「可是我已經死了！我跟妳說過，妳要學習不要對某些字眼抱著恐懼心理。使用適當的字眼很重要。舉個例，妳要是早一點對我說，爸爸，你是個壞蛋，而且是個渾蛋，你從來就不瞭解我的生活，你是個自私鬼，總是想按照自己的形象來塑造我的生命，你就跟很多做父親的一樣帶給我很多痛苦，可是嘴裡卻說一切都是為了我好，其實還不是為了你自己好。這樣的話，我也許就能聽到妳的心裡話。我們也許不會浪費掉那麼多時間，甚至還可以做個朋友。妳應該承認，我們要是朋友的話，那會是一件很快樂的事。」

朱莉亞默默不語。

「哦，對了，這是個很適當的字眼：我以前不能做個好父親，可是我會很高興能做妳的朋友。」

「我們必須上路了。」朱莉亞用低弱的嗓音說。

「再等一會兒，我想我的儲蓄能源和說明書擔保的不一樣。我要是繼續這樣消耗能量，我擔心我們的旅行無法跟預期一樣長。」

「我們有的是時間。柏林已經不是很遠了。再說，二十年都過了，也不差這幾小時。」

「朱莉亞，是十七年，不是二十年。」

「這改變不了什麼。」

「三年的生命？能的，能的，能改變很多。我說的絕對沒錯，我知道我在跟妳說什麼。」

父女兩人手臂擱在頭後，就這樣一直躺著，朱莉亞躺在草地上，安東尼躺在溜滑梯的滑道上，兩人靜止不動地凝視天空。

一個鐘頭過後，朱莉亞酣酣入睡，安東尼看著她睡覺。她睡得很祥和，有時候會皺著眉頭，因為微風把她的頭髮吹到臉上，令她不舒服。安東尼舉起手，小心翼翼地撥開她的髮絡。當朱莉亞睜開眼睛時，天色已經開始變暗了。安東尼不在她身邊。朱莉亞張眼四處瞭望，發現他坐在車子前座上。她穿上鞋子，卻不記得自己是什麼時候脫下來的。她往停車場跑過去。

她一邊發動馬達，一邊問：

「我睡很久了嗎？」

「兩個鐘頭了，也許還多一點。我沒注意時間。」

「我睡覺的時候你在做些什麼？」

「我在等。」

車子離開了休息區，重新上高速公路。距離波茲坦只剩下八十公里路程。

「我們天黑的時候會抵達。」朱莉亞說。「我一點都不曉得要怎麼找到竇瑪斯。我甚至不知道他是否還住在那裡。總而言之，這是事實，你沒用大腦想想就把我拖著走，誰跟我們說他還住在柏林的？」

「是呀，妳說的沒錯，這很有可能，房地產上漲，有妻子和三個孩子，再加上岳父岳母過來跟他們一起住，他們也許已經搬到鄉下一幢很漂亮的別墅去了。」

朱莉亞生氣地看著父親。安東尼又再度向她打手勢，要她專心開車。

安東尼接著又說：

「恐懼感能夠壓抑一個人的腦袋思維，這真令人驚嘆。」

「你這句話是指什麼？」

「沒有，只是一個很普通的念頭。對了，我不想扯入跟我毫無相關的事，不過，妳老早就應該把妳的近況告訴亞當。起碼幫我這個忙，我再也受不了葛洛莉亞．蓋娜的歌曲了。妳睡覺的時候，它在妳的皮包裡叫個不停。」

話一說完，安東尼用滑稽戲謔的模仿方式大唱〈我會活下去〉。朱莉亞盡量設法保持嚴肅，但是安東尼唱得越大聲，她笑得越厲害。當車子進入柏林郊區時，兩人笑成一片。

安東尼替朱莉亞指路，車子一直開到布蘭登堡大飯店。他們一到飯店前面，就有一名代客停車的服務員前來迎接，而且對正在下車的華斯先生問好。接著是飯店守衛一邊轉動旋轉門，一邊對他說：「華斯先生晚安。」安東尼穿過大廳來到接待處時，櫃檯主管稱呼他的姓向他問好。儘管他們沒有事先訂房，而且在這個季節飯店都是客滿，主管仍對他們表示，可以給他們兩間最好的套房。但遺憾的是，這兩間套房不在同一層樓。安東尼向他道謝，並且說沒有關係。主管把鑰匙交給行李侍者時，問安東尼是否要在飯店的美食餐廳訂位。

安東尼轉身問朱莉亞：

「妳要不要在這裡吃晚餐？」

朱莉亞反問：

「你是這飯店的股東嗎？」

「要不然的話，」安東尼回答說，「我認識一家很好的亞洲餐館，離這裡兩分鐘的路。妳還是那麼喜歡中國菜嗎？」

安東尼看朱莉亞沒回話，便請櫃檯替他們在華園餐館訂兩個露天座的位置。

朱莉亞梳洗完畢後和父親會合，兩人走路離開飯店。

「妳生氣啦？」

「一切都變得不可思議。」朱莉亞答道。

「妳有沒有聯絡上亞當？」

「有，我在房間裡打電話給他。」

「他跟妳說什麼？」

「他說他很想我，他不懂我為什麼這樣子離開，也不懂我在尋找什麼，他說他去蒙特婁找過我，可是就差一小時和我們錯過。」

「萬一他看到我們在一起的話，妳想想他那副表情！」

「他也問過我四次，要我告訴他我確實是一個人。」

「然後呢？」

「我撒了四次謊！」

安東尼推開餐館的門，讓女兒先進去。

「妳要是繼續撒謊的話，妳會養成習慣的。」他一邊說一邊笑。

「我實在不明白這有什麼好笑！」

「好笑的是，我們到柏林來是要找妳的初戀情人，妳卻因為不能對未婚夫坦誠妳是和父親一起在蒙特婁的事而有罪惡感。我頭腦也許有點不清楚，不過我覺得這相當滑稽，很有女人風格，可是也很滑稽。」

安東尼利用吃飯時間安排行程。明天一醒來，就去記者工會詢問一個叫賓瑪斯．梅耶的人是否仍然擁有記者證。飯後回飯店途中，朱莉亞把父親帶到動物園區的公園*。

---

*動物園區公園（Tiergarten Park），位於柏林市中心，是柏林最大的公園，德國境內第二大市內公園。

「我在那裡睡過覺，」她一邊說，一邊伸手指著遠處的一棵大樹，「真不敢相信，感覺好像是昨天。」

安東尼看著女兒，神態有點狡黠。他將雙手握在一起，把雙臂伸直。

「你在做什麼？」

「做個小梯子，來吧，快一點，附近沒有人，趕快利用機會。」

朱莉亞不等父親多說，將腳踏在父親雙手上，攀上了欄杆。

「那你呢？」她在欄杆另一邊站起身，同時問父親。

「我從小門進去，」他一邊說，一邊指著稍遠一點的入口。「公園晚上十二點才關，像我這般年齡的人，那會容易些。」

他一和朱莉亞會面後，便把她拉到草地上，然後坐在她剛剛指的大椴樹下。

「真好玩，當我在德國服兵役的時候，也在這棵樹下睡過午覺。這是我最喜歡的地點。每次休假，我就帶一本書坐在樹底下，然後看著在小路上散步的小姐們。在同一個年齡的時候，我們兩人都在同一個地方坐過，只是前後差了二十多年。加上蒙特婁的大廈，我們擁有兩個可以共同分享回憶的地方，我很高興。」

朱莉亞說：

「這是我和竇瑪斯經常來的地方。」

「我開始對這男孩有好感了。」

遠處傳來大象的鳴叫聲。柏林動物園在他們身後數公尺的地方，就位在公園邊界上。

安東尼站起身，叫女兒跟他走。

「妳小的時候很討厭動物園，妳不喜歡動物被關在籠子裡。那時候妳希望將來可以當獸醫。妳一定忘了，妳六歲生日的時候，我送給妳的禮物是一隻很大的玩具動物，要是我沒記錯的話，那是一隻水獺。可能是我沒挑好，這隻水獺老是生病，妳花很多的時間去照顧它。」

「你是不是在跟我說，因為你的關係，我才描繪出……」

「這是什麼想法！好像我們的童年生活會在成年時期扮演一個很重要的角色……妳對我有那麼多責備，這想法不會使我的處境變得更好。」

安東尼接著說他感到力氣減弱，而且衰退的速度很令他擔心，是必須回飯店的時候了。他們搭計程車回去。

兩人回到飯店後搭電梯上樓，安東尼向走出電梯的朱莉亞道晚安，然後繼續搭電梯到他房間所在的頂樓。

朱莉亞躺在床上，花很長的時間在行動電話螢幕上一一檢閱電話號碼。她決定打電話亞當，可是她一聽到請留言的錄音就立刻切掉，然後撥史坦利的號碼。

她的朋友問她：

「怎麼樣，妳找到了妳出門要尋找的嗎？」

「還沒有，我才剛到。」

「妳是走路去的啊？」

「我們從巴黎開車去，說來話長。」

他問道：

「妳是不是有點想我呢？」

「你該不會以為我打電話給你，就是為了要告訴你我自己的事吧！」

史坦利對她說，有次工作結束回家時，他經過她家樓下。那不是他真正要走的路線，可是他沒有特別留心，結果就信步走到賀哈秀街和格林威治街的轉角處。

「妳不在的時候，這條街看起來好淒涼。」

「你說這話是要讓我高興而已。」

「我碰到妳的鄰居，賣鞋子的老闆。」

「你跟吉姆先生說話了嗎？」

「打從妳我兩人在背後說他壞話以後……那天他正好站在店門口，他向我打招呼，所以我也跟他打招呼。」

「我真不能把你一個人留下來，我才幾天不在，你就開始交起壞朋友了。」

「妳這管家婆。其實呢，他並不是那麼令人討厭，妳曉得……」

「史坦利，你不會想告訴我某些事情吧？」

「妳又想找什麼麻煩啦？」

「我比任何人都還要瞭解你。當你新認識一個人，而且第一眼就不覺得他討厭的話，這就已經很可疑了，何況你還覺得吉姆先生『可說是很友善的人』，我差點想明天就回去！」

「那妳必須找另外一個理由才行，親愛的，我們只是互相問好，如此而已。亞當也來看過我。」

「很顯然，你們兩人現在是分不開了。」

「應該說是妳讓他覺得是妳離開他。再說，他就住在離我的店兩條街遠，這也不是我的錯。有件事妳萬一感興趣的話，我跟妳說，我覺得他情況不太好。不管怎麼，他既然會來看我，那他絕對是很不好。他很想妳，朱莉亞，他很擔心，我想他有理由擔心。」

「我跟你發誓，史坦利，根本就不是那麼一回事，甚至是完全相反。」

「啊！不要，千萬不要發誓！妳真的相信妳剛剛說的話嗎？」

「是啊！」她毫不猶豫地回答。

「妳笨到這種程度真令我難過。妳到底知不知道這趟神祕之旅會把妳帶到哪裡去？」

「不知道。」朱莉亞在電話裡低聲說。

「那他又怎麼能知道呢？我不能再跟你多說了，現在這裡已經是七點多，我要準備一下，我有個晚餐約會。」

「跟誰？」

「那妳呢？妳跟誰一起吃晚飯？」

「自己一個人。」

「我最討厭妳對我撒謊，我要掛電話了，妳明天再打給我。再見了。」

朱莉亞還沒來得及答話，就聽到掛斷的聲音，史坦利已經離開了，八成是到他的衣物間去。

一陣鈴聲把朱莉亞從睡夢中吵醒。她伸直身子，拿起電話，只聽到嘟嘟聲。她起身離床，穿過房間，突然發現自己身上沒穿衣服，連忙抓起昨晚扔在床尾的浴衣穿在身上。

一名樓層服務生等在門後。朱莉亞把門打開，服務生將一輛小推車推進房間。推車上擺好了歐式早餐和兩顆煮蛋。

她對著在茶几上擺刀叉的年輕人說：

「我什麼都沒點。」

「三分鐘又三十秒，這是您最喜歡的熟度，我是指煮蛋，是不是這樣？」

「完全沒錯。」朱莉亞一邊回答，一邊用手抓頭髮。

「這是華斯先生特別吩咐我們的！」

「可是我不餓……」她又接著說，而這時服務生非常小心地將蛋殼頂端切開。

「華斯先生跟我們說過您喜歡這樣。啊，還有一件事，說完我就走。八點鐘他會在飯店大廳等您，也就是三十七分鐘之後。」他一邊說，一邊看手錶。「祝您有美好的一天，華斯小姐，外面天氣很好，您在柏林一定會過得很愉快。」

年輕人在朱莉亞驚愕的眼光下離開。

朱莉亞看看桌上，有橘子汁、五穀麥片、新鮮麵包，一樣都不缺。她決定不吃早餐往浴室走去，接著又轉回身，然後坐在沙發上。她將手指伸進蛋裡，不久後，幾乎把眼前的東西全都吃光。

朱莉亞很快地沖了個澡，一邊穿衣服，一邊吹頭髮，站著穿鞋子，然後離開房間。時間正好八點整！

安東尼在櫃檯旁邊等她。

「妳遲到了！」他對著從電梯出來的朱莉亞說。

「三分鐘半？」她一邊回答，一邊用狐疑的表情看著他。

「妳喜歡這種熟度的煮蛋，不是嗎？我們別耽擱，半個鐘頭之後有個約會，而且還有交通阻塞的問題，我們勉強趕得上。」

「我們的約會在哪裡？跟誰約會？」

「在德國記者工會總部。我們的調查必須要有個開頭，對不對？」

安東尼穿過旋轉門，叫了一部計程車。

朱莉亞一邊坐上黃色賓士計程車，一邊問他：

「你是怎麼訂約會的？」

「今天一大早就打電話，妳還在睡覺呢！」

「你會講德語？」

「我可以跟妳這麼解釋，我身上有精妙的科技配備，能讓我流利地操十五種語言。這大概會讓妳很佩服，或許不會。妳姑且當作是因為我曾經在這裡服好幾年兵役的關係，妳還沒忘掉這件事吧？我還記得一些最基礎的德語，需要的話還可以跟人溝通。以前妳想在這裡創造妳的生活，妳會不會講一些歌德的語言？」

「我全都忘了！」

計程車在史都萊街行駛，在十字路口往左轉，然後穿過公園。大椴樹的樹蔭伸展在綠油油的草地上。

車子現在沿著施普雷河整修過的堤岸行駛。河兩岸一個比一個現代化的建築競相比透明，這些都是特意設計的新建築，是時代變遷的見證物。他們來到目的地前，發現這區很靠近以前聳立著陰森鐵幕的舊邊界。可是當時的痕跡一點也不剩。展現在他們眼前的是一座浩大無比的敞廳式建築，裡面有一所玻璃屋頂的會議中心。稍遠處，一座規模更大的多元體建築橫跨河上，一座白色天橋可以通到那裡。他們推開大門，沿著指標一直走到記者工會的辦公室。服務台一名招待員接待他們。安東尼用流利的德語向招待員解釋，說他想和一個叫竇瑪斯．梅耶的人聯絡。

招待員正在閱讀文章，頭也沒抬地問：

「跟什麼事有關？」

安東尼用很客氣的口吻回答：

「我有新聞要轉達給竇瑪斯．梅耶先生，只有他一個人可以接收這項消息。」

安東尼發現他最後一句話好像終於引起對方注意，於是立刻又說他會非常感激，希望工會能給他梅耶先生的聯絡地址。當然不是他的私人地址，而是他工作的報社地址。

招待員請他稍等，然後去找他的上司。

副主任請安東尼和朱莉亞到他的辦公室去。安東尼坐在一張沙發上，沙發上頭的牆壁上掛著一張大照片，照片上有個人手裡拿著一條釣到的魚，一看就知道這人是副主任。安東尼把他剛剛對招待員說的話從頭到尾又重複一遍。副主任用專注的眼光打量安東尼，然後一邊揪鬍子，一邊問道：

「您要找竇瑪斯．梅耶到底是要跟他傳達什麼消息？」

安東尼用無比誠懇的口氣跟他說：

「我就是不能夠告訴您，不過請您放心，這消息對他非常重要。」

副主任神情很困惑地說：

「我印象中沒有一篇有分量的文章是出自一個叫竇瑪斯．梅耶之手。」

「如果您好心幫忙，能讓我們跟他聯絡上的話，正好能改變他的情況。」

副主任一邊把旋轉椅轉向窗戶，一邊問道：

「小姐，您也是因為這件事來這裡嗎？」

安東尼轉頭看朱莉亞。從他們一到這裡，她就沒開口說過一句話。

安東尼答道：

「沒任何關係，朱莉亞小姐是我的助理。」

副主任一邊站起身，一邊說：

「我沒有權利把我們工會成員的任何資料告訴您。」

安東尼也跟著站起來，走到他前面，把手搭在他的肩膀上，然後用很威嚴的口氣鄭重地說：

「我要告訴竇瑪斯．梅耶先生的消息，而且只能夠告訴他一個人的消息，足以改變他的一生，往好的方向，非常非常好的方向改變。您最好不要讓我覺得像您這樣身分的工會負責人在阻撓您底下成員的前途發展好不好？因為呢，如果是這樣的話，我可以不費吹灰之力，把你這樣的行為態度公諸於世。」

副主任搓搓他的鬍子，又坐回椅子上。他在電腦鍵盤上打字，然後把螢幕往安東尼的方向轉過去。

「您請看，我們的名單上面沒有一個叫竇瑪斯．梅耶的人。我很抱歉。而且如果他沒有工會卡，我們也沒辦法找到他，況且，他的名字也不在記者通訊錄上，您可以自己查證一下。現在，我有工作要做，如果除了梅耶先生之外沒有一個人能獲知您那寶貴消息的話，那我就要請你們離開。」

安東尼站起身，向朱莉亞打個招呼，要她跟他一起走。他很熱情地謝謝副主任為他們浪費他的寶貴時間，然後離開工會總部。

他在人行道上一邊走，一邊嘀咕地說：

「也許有道理的是妳。」

朱莉亞皺著眉頭問他：

「我是你的助理？」

「噢，好啦，別擺出這張臉色，我總得找些話來充數啊！」

「朱莉亞小姐！妳還有什麼……」

安東尼向在馬路對面行駛的一部計程車招手。

「妳的竇瑪斯也許是換了職業。」

「絕不可能，記者工作對他來說不是一項職業，而是一項使命。我無法想像他會從事其他行業。」

安東尼對女兒說：

「說不定他也會改變呢！告訴我那條臭街的名字，也就是你們兩人一起生活過的那條街。」

「坎明奴斯廣場街，在馬克思大道後面。」

「啊哈！」

「啊哈什麼？」

「沒什麼，有很多美好回憶，不是嗎？」

安東尼把地址告訴司機。

車子橫穿過城市。這一次沒有任何檢查站，沒有任何鐵幕蹤影，沒有任何痕跡能讓人想起西柏林到何處結束，東柏林從何處開始。車子經過電視大樓前面，這座大樓就像一個線條優雅的弓箭，屋頂和天線都指向天空。車子越往前開，周圍景色變化也越大。當他們抵達目的地時，朱莉亞完全認不出她以前生活過的地區。一切是如此不同，彷彿她腦海中的舊時記憶像是屬於另一個世界。

「妳少女時期最美好的光陰就是在這漂亮無比的地方度過？」安東尼用諷刺的口吻問朱莉亞，「我承認這地方很有風格。」

朱莉亞大聲吼道：

「別說了！」

安東尼為女兒突如其來的暴怒感到吃驚。

「我又說了什麼不該說的話嗎？」

「我請你把嘴巴閉上。」

這條街以前的古老建築以及老舊房子現在都被新式樓房取代。除了公園之外，朱莉亞記憶中的一切完全無影無蹤。

她走到街上的二號地址。這裡以前是一座結構不結實的矮小建築，綠門後面有一道通往樓上的木造樓梯。朱莉亞經常幫著竇瑪斯的祖母爬完最後幾層階梯。她閉上眼睛，往事重現腦海。首先是每當走近櫥櫃時鼻子聞到的蠟味；還有總是拉得緊緊，不但擋住強烈陽光，也擋住路人眼光的白紗窗簾；再來是永遠都是同一件的帶絨桌布，以及飯廳裡的三把椅子；再遠一點，有一張面對黑白電視機的破舊沙發。自從電視節目只播放政府要人民知道的好消息後，竇瑪斯的祖母就再也沒開過電視；最後，在房子最裡面的是道薄板牆，隔開客廳和他們的房間。有多少次朱莉亞因為竇瑪斯的撫摸技巧太笨拙而在嘻笑時，被他用枕頭悶得差點喘不過氣呢？

安東尼開口對她說話，同時把她拉回到現實：

「妳那時候頭髮比較長。」

朱莉亞一邊轉身，一邊問：

「你說什麼？」

「妳十八歲的時候，留的頭髮比較長。」

安東尼向四面八方掃了一眼，然後說：

「舊的東西沒留下什麼，是不是？」

她結結巴巴地說：

「你意思是說什麼都沒留下！」

「走吧，我們到對面那張長凳子上坐一坐，妳臉色很蒼白，需要把氣色恢復過來才行。」

兩人坐在草坪角落的一張長凳上。草坪上的草都被小孩子踐踏得發黃。

安東尼看到朱莉亞一聲不哼，便把手臂舉起，好像要抱住她的肩膀，可是他的手最後還是垂落在椅背上。

「你知道嗎，以前這裡還有其他房子。房子門面的油漆都掉落了。房子都很難看，可是裡面卻很舒適。那是……」

「記憶中的都是比較好，沒錯，很多事都是這樣。」安東尼用安撫的口氣說道。「記憶是很奇怪的藝術家，他會重新描繪生命的色彩，塗抹掉惡劣的部分，只留下最美麗的線條，最動人的曲線。」

「在街頭，就是那棟醜陋圖書館的地方，以前是座小小的咖啡酒吧！我從來沒看過那麼破舊的店。裡面的廳堂很灰暗，霓虹燈吊在天花板上，桌子都是三夾板做的，而且大部分的桌腳都長短不齊，不過我跟你說，我們在那家爛酒吧裡笑得可開心，我們在裡面很快樂。那裡只供應伏特加酒，還有很難喝的啤酒。當店裡人很多的時候，我常常幫老闆的忙，我身上繫一條圍裙當跑堂。你看，就在那裡。」朱莉亞說到最後時，伸手指著取代咖啡酒吧的圖書館。

安東尼咳著說道：

「妳確定不是在街的另一邊嗎？我看到一間很像妳剛剛跟我形容的小咖啡酒吧。」

朱莉亞轉頭看另一個方向。在馬路轉角，正好是她剛剛手指的相反方向，有一個招牌的燈光在老酒吧的陳舊門面上閃閃爍爍。

朱莉亞站起來，安東尼也跟著站起來。她沿街走上去，而且越走越快，最後開始跑起來，然而最後幾步路似乎是永遠走不完。她氣喘不定，推開酒吧的門進入裡面。

裡面的廳堂重新粉刷過，兩座吊燈替換了以前的霓虹燈，可是三夾板桌子仍然跟以前的一樣，給店裡帶來一股優雅的懷舊氣氛。吧台還是跟以前一樣。站在吧台後面的一名頭髮蒼白男子立刻認出她。

店裡唯一一名客人坐在最裡面的一張椅子上。從背後看去，可以猜出他正在看報紙。

「賓瑪斯？」

16

義大利總理剛在羅馬宣布辭職。記者招待會結束後，他同意最後一次接受攝影記者們拍照。鎂光燈不斷喀嚓作響，把演講台照得發亮。在會議廳最後面，一名手臂靠在電暖器上面的男子將照相機收好。

在他旁邊的一名年輕女子問道：

「你不把這一幕永遠留存下來嗎？」

「不要，瑪莉娜，跟其他五十個人拍一樣的照片並沒有什麼太大的意義。這並不是我所謂的報導工作。」

「好個刁鑽古怪的個性，還好你有一張漂亮的臉蛋可以騙騙人！」

「這是承認我有道理的另一種方式。我帶妳去吃午飯，不要讓我聽妳教訓好不好？」

女記者問道：

「你知道要去哪個餐館嗎？」

「不知道，不過我肯定妳知道！」

一名義大利電視臺的記者從他們旁邊經過，他握起瑪莉娜的手吻了一下，然後離開。

「他是誰？」

瑪莉娜答道：

「是個混蛋。」

「不管怎麼說，看起來好像是個不討厭妳的混蛋。」

「這正是我剛剛說的，我們走吧！」

「我們去門口拿回證件，就離開這裡。」

兩人挽著手離開記者招待會的大廳，然後沿著走廊到大樓門口。

瑪莉娜一邊把記者證交給守衛，一邊問道：

「你下一步的計畫是什麼？」

「我在等編輯部的消息。我連續三個禮拜都跟今天一樣做些沒意思的工作，我每天都盼望能獲准去索馬利亞。」

「這對我來說太棒了！」

接著換他把記者證交給守衛，好取回身分證件。每個進入蒙太西多里歐宮*的人都必須把身分證件留在守衛處。

守衛問道：

「您是伍勒曼先生？」

「是的，是這樣的，我當記者使用的名字和我護照上面的名字不一樣，不過請您看看我記者證上面的相片，還有名字，這些都完全一樣。」

守衛驗證相片臉孔確實相同之後，沒有多問，便把護照還給主人。

「你為什麼不用自己的真名來發表文章呢？擺明星架子嗎？」

他伸手攬住瑪莉娜的腰，同時答道：

「要比這還微妙。」

兩人在烈日當空下穿過哥倫拿廣場。許多遊客都在吃冰淇淋消暑。

「還好你保留了你的名字。」

「這會有什麼差別呢？」

「我喜歡竇瑪斯這個名字，而且這名字很適合你，你有一張竇瑪斯的臉孔。」

「啊？原來現在名字還有臉孔的啊？好古怪的想法！」

「完全沒錯。」瑪莉娜繼續說，「你不可能叫其他的名字。我看不出來你是馬西莫或是阿福來都的樣子，甚至連卡爾樂也不像。竇瑪斯，就是這個名字很配你。」

「妳胡說八道，我們現在去哪裡？」

「大熱天，再加上這些吃冰淇淋的人，我倒想吃個刨冰，我們去『金杯子』吧！就在萬神廟廣場上，不是很遠。」

竇瑪斯在安東尼納紀念碑前停下來。他打開手提箱挑了一個照相機，配上鏡頭，然後蹲下身，替正在觀賞紀念馬克．歐海勒**浮雕的瑪莉娜照張相。

瑪莉娜邊笑邊問：

---

*蒙太西多里歐宮（Palazzo Montecitorio），義大利國會所在地。

**馬克．歐海勒（Marc Aurèle, 121-180），羅馬皇帝。

「哦，這個啊，這不是跟其他五十個人照的相一樣嗎？」

「我不知道妳還有這麼多崇拜者。」竇瑪斯笑著答話，同時又再度按下快門，這一次他照的是近身照。

「我跟你說的是紀念碑呀！你正在照的是我嗎？」

「這個紀念碑跟柏林的勝利紀念碑很像，不過呢，妳乃獨一無二。」

「我剛說的完全沒錯，你所有的功勞都來自於你這張漂亮臉蛋。你真不會追女人，竇瑪斯，你在義大利沒有任何機會，走吧，這裡太熱了。」

瑪莉娜牽著竇瑪斯的手，兩人離開安東尼納紀念碑。

朱莉亞將聳立在柏林天空的勝利紀念碑從上到下看了一眼。坐在紀念碑基座上的安東尼聳著肩膀，嘆口氣說：

「我們總不可能一下子就找到人。妳該知道，如果酒吧裡的那個男子是你的竇瑪斯的話，那這個巧合也未免太過奇怪了。」

「我知道，我搞錯人了，就是這樣而已。」

「也許是因為妳心裡渴望是他。」

「從背後看去，他的身材、髮型都跟他一樣，還有翻報紙的方式也很像，他們都是顛倒翻報紙。」

「當我們問老闆是否還記得他的時候，他臉色為什麼變得那麼難看？可是妳跟他提起你們以前的美好日子時，他倒是挺和氣。」

「不管怎麼說他是很友善，說我完全沒有變。我萬萬沒想到他居然還認得我。」

「我的女兒呀，有誰會把妳忘掉呢？」

朱莉亞用手肘撞了一下父親。

「我肯定他對我們撒謊，而且他一定記得妳的竇瑪斯，因為正當妳說出這個名字的時候，他臉孔才突然繃得緊緊的。」

「不要老說我的竇瑪斯了。我甚至不明白我們來這裡是幹什麼的？也不明白這些事能有什麼用。」

「這又讓我想起來，我選擇上個禮拜去世還得很對！」

「不要再說這件事了！你要是以為我會離開亞當去追逐一個幽靈，那你就大錯特錯！」

「我親愛的女兒，哪怕是會讓妳更生氣，我也要跟妳說，妳生命中唯一的幽靈是我。妳已經讓我很明白這點，並不是說在碰到目前的情況之下，妳就可以取消我這項特權！」

「你很沒意思……」

「我很沒意思，我只要一張開口，妳就把我的話打斷……好，我是個很沒趣的人，妳不想聽我說的話，可是當妳在酒吧裡誤以為那人是竇瑪斯的時候，我看到妳的反應，我跟妳說，要是我，我會很不願意當亞當。現在呢，妳敢說我弄錯！」

「你弄錯了！」

安東尼一邊把手臂在胸前交叉，一邊生氣地回道：

「哦，那我會一直保持這個習慣！」

朱莉亞笑了起來。

「我又做了什麼嗎？」

朱莉亞答道：

「沒有，沒有。」

「啊，把話說出來吧！」

「你畢竟還保有一些古老教育的傳統，我以前不知道。」

「拜託！說話不要傷人。」安東尼一邊回答，一邊站起身。「走吧，我帶妳去吃午飯，現在已經三點鐘了，從早上到現在妳都沒吃東西。」

☘

亞當上班途中，在一家名酒專賣店停下來。店老闆向他介紹一瓶加州名酒，含有特佳的丹寧酸度，酒色也很美，但是酒精濃度也許高了一點。這讓亞當很心動，但是他要找的是更有品味的名酒，就跟要接受贈酒者的形象一樣。店老闆明白了他的意思，走到店鋪後頭去，然後帶著一瓶波爾多名酒出來。這是一瓶罕見、而且有年代標記的特等好酒，當然價錢不會跟前面那瓶酒一樣，可是極美之物是有價錢的嗎？朱莉亞不是跟他說過，他的好友抵抗不了美酒的誘惑，還有，當美酒是空前絕後時，他會開懷暢飲，完全忘掉自己的酒量有多少。兩瓶酒足夠把他醉倒，不管他願不願意，他遲早會招供，說出朱莉亞在哪裡。

「我們從頭再研究一下。」安東尼在一家三明治店的露天座坐下來後說道。「我們問過記者工會，所有名單上都沒有他的名字。妳一直認為他還在當記者，好，儘管一切都證明是相反，但還是姑且相信妳的第六感。我們回到他以前住的地方，房子已經被拆除了。這無論如何都算得上是所謂的掃除舊社會。不過我在想這一切是否值得。」

「我懂你的意思了。你的結論到底是什麼？竇瑪斯把我們兩人的共同過去完全切斷。我們在這裡做什麼？你要是真的覺得我們不如回去的話，那就回去啊！」朱莉亞生氣地說，並且把服務生送上來的卡布奇諾退回去。

安東尼叫服務生把卡布奇諾留在桌上。

「我知道妳不喜歡咖啡，不過這樣調配的咖啡很好喝。」

「我喜歡喝茶會礙到你什麼？」

「沒有，我只是會很高興能看到妳盡點力試一試，我又沒要求妳做什麼大不了的事啊！」

朱莉亞喝了一口，滿臉都是難喝的模樣。

「沒必要那麼挑嘴，我明白妳的意思，不過我要跟妳說，有一天妳會克服這種讓妳無法品嚐美味的心中苦澀感。再說，妳要是以為妳朋友設法把你們兩人的共同過去完全抹除的話，那妳是把自己看得太重要了。他也許只是要和自己的過去，而不是和妳的過去斷絕關係。我想妳並沒有瞭解到他在適應新社會時所遭遇到的困難，這新社會的人情世故和他以前所認識的完全不同。在新的制度中，每獲得一份自由都必須否認童年時代的價值觀。」

「你現在在替他辯護啦？」

「只有渾蛋才不會改變想法。機場離這裡只有三十分鐘。我們可以回到飯店去拿行李，然後趕最後一班飛機。今晚妳就可以在妳漂亮的紐約家裡睡覺。不過，我可要再囉唆一遍，只有渾蛋才不會改變想法。在事情真的變得太晚之前，妳最好仔細考慮一番！妳要回去還是想繼續調查？」

朱莉亞站起身，拿起卡布奇諾，眉頭皺也不皺地一口喝光，用手背擦擦嘴，然後把杯子重重放在桌上，說道：

「那麼，福爾摩斯，你有什麼新線索要提供嗎？」

安東尼在盤子上放了一些錢，跟著也站了起來。

「有天妳不是跟我說過，竇瑪斯有個好朋友經常跟你們在一起嗎？」

「克納普？那是他最要好的朋友，可是我不記得我有跟你提過他。」

「哦，那應該說我的記憶力比妳的還要靈光吧。這個克納普是做什麼的？他該不會也是個記者吧？」

「他就是個記者！」

「今天早上我們在看記者通訊錄的時候，妳為什麼不跟我提他的名字呢？」

「我完全沒有想到……」

「妳看，就像我說的，妳正在變成傻瓜了！走吧！」

「我們是不是又要回到記者工會總部？」

「妳真是百分百的傻！」安東尼一邊說，一邊無奈得抬眼看天。「我不認為那裡會有人歡迎我們。」

「那我們上哪裡去？」

「難道要一個像我這般年紀的人來對一個一天到晚在電腦前面工作的年輕女子說明網路的種種妙處嗎？真可憐！我們在附近找一間網咖，還有，拜託一下，把妳的頭髮綁起來，風這麼大，妳的臉都被頭髮遮得看不見了。」

瑪莉娜堅持要請賓瑪斯。再說，他們是在她的地盤內，而且每次她去柏林拜訪他的時候都是他付帳。兩杯冰咖啡，賓瑪斯就不再堅持了。

他問道：

「妳今天有工作嗎？」

「你看現在都幾點了，下午都過了一大半了，再說，你就是我的工作。沒有相片，就沒有文章發表！」

「那妳想做什麼？」

「在等待夜晚來臨前，我想我會去散散步，天氣終於暖和起來了，我們是在羅馬古城，要好好享受這機會。」

「我必須在克納普離開辦公室之前打個電話給他。」

瑪莉娜伸出手摸摸賓瑪斯的臉頰，然後說：

「我知道你不惜找任何理由好盡快離開我，不過你不要那麼擔心，索馬利亞你去得成。克納普需要你去那裡，這話你跟我說過一百遍。我對其中奧妙熟得不得了。他想坐上總編輯的位子，你是他最出色的報導記者，你的工作對他的晉升關係重大。你先讓他把準備工作做好吧。」

「他已經準備了三個禮拜了，媽的！」

「因為你的關係，所以他要採取更多謹慎措施吧？那又如何呢？你總不能責備他，他也是你的朋友啊！走吧，帶我到我的城市逛一逛。」

「妳不會是在顛倒我們的角色吧？」

「沒錯，跟你在一起的時候，我很喜歡這樣！」

「妳是在嘲笑我吧？」

瑪莉娜一邊放聲大笑，一邊說：

「正是如此！」

她把他帶到西班牙廣場的階梯前，伸手指著三聖山教堂的兩個圓屋頂，問道：

「有比這更漂亮的地方嗎？」

賓瑪斯毫不考慮地回答：

「柏林！」

「真無法想像！你要是不再繼續講這類蠢話，待會兒我帶你去葛萊哥咖啡館，讓你嚐嚐他們的卡布奇諾，然後你再告訴我柏林有沒有這麼好喝的卡布奇諾！」

安東尼眼睛一直盯著電腦看，設法瞭解出現在螢幕上的指示。

朱莉亞說：

「你不是說你德語說得很流利嗎？」

「說是說得很流利，讀和寫就是另外一回事了，再說這不是語言問題，而是我完全不懂這種機器。」

「你讓開！」朱莉亞一邊說，一邊站在電腦前面操縱鍵盤。

她飛快地在鍵盤上敲打，搜尋器在螢幕上出現。她在搜尋列內輸入克納普的名字，接著她突然停止不動。

「怎麼啦？」

「我記不得他的姓，老實說，我連克納普是他的名字還是他的姓都不知道。我們一直都是這樣稱呼他。」

這下換安東尼對她說：

業。

「妳讓開！」他在克納普的旁邊打上「記者」。

螢幕上立刻出現了十一個人的姓名。總共有七個男的，四個女的都叫克納普，都做同一個行業。

安東尼用手指著第三行，大聲說：

「是他！約根．克納普。」

「為什麼會是他？」

「因為 Chefredakteur 這個字的意思一定是指總編輯。」

「別亂扯！」

「要是我還記得很清楚當妳談論這個年輕人的口氣的話，我想四十歲的他應該是夠聰明，能發展事業了，否則他一定跟妳的竇瑪斯一樣早換了別的工作。妳應該高興我有這麼好的觀察力，而不是在那裡發大小姐脾氣。」

朱莉亞吃驚地答道：

「我不曉得什麼時候跟你談論過克納普，更不要說那些能讓你分析他個性的話了。」

「妳真的要談談妳記性的敏銳度嗎？妳可不可以告訴我妳曾經度過美好時光的咖啡酒吧是在街的哪一頭？妳的克納普在《每日鏡報》的編輯室工作，屬於國際新聞組。我們去拜訪他，還是妳要繼續待在這裡閒聊？」

在所有辦公室開始要關門的時刻，穿過到處都是交通阻塞的柏林必須花費很長的時間。計程車把他們放在布蘭登堡門。他們剛剛和路上擁擠的車子奮鬥完，現在又得在下班回家的大群居民和前來參觀名勝的大批遊客之間擠出一條路。有一天，一位美國總統就是在這裡，在鐵幕這一邊呼籲蘇聯領袖負起世界和平的責任，勸告他剷除劃分疆界的圍牆。當時的圍牆就位在大拱門列柱後面。而難得的是，兩位國家元首為了統一東西德，居然能互相交談、溝通。

朱莉亞加快腳步，安東尼勉強跟著她。好幾次他以為跟丟了，大聲叫她的名字，不過到最後總是能夠在擁擠的巴黎廣場人群中找到她的身影。

她在報社大樓門口等他。兩人一起進去，走到接待處前面。安東尼要求跟約根·克納普見面。接待小姐正好在接電話，她讓來電者等候，然後問他們是否有約。

安東尼對她保證地說：

「沒有，不過我相信他會很高興接見我們。」

朱莉亞的手肘靠在接待小姐前面的斜桌上。

接待小姐一邊讚賞她綁頭髮的圍巾，一邊問道：

「請問尊姓大名？」

「朱莉亞·華斯。」

約根·克納普坐在三樓的辦公桌前，他要接待小姐把剛剛跟他說的名字再報一次。他請她不要掛電話。他用手掌把話筒壓住，然後走到可以俯視下面玻璃屋頂的窗子前。

從這裡他可以看到整個一樓大廳，接待處尤其看得特別清楚。那位正在把頭上圍巾解下，然後用手整理頭髮的女子，儘管頭髮比印象中要來得短，但那位具有自然的優雅氣質、在他窗底下走來走去的女子，毫無疑問是十八年前他所認識的那名女子。

他再度把電話筒放到口邊。

「跟她說我不在，我這個禮拜出差，也順便跟她說在月底之前我不會回來。拜託您，一定要說得很像！」

「好的。」接待小姐回答，特意不把對方名字說出來。「我有一個電話是給您的，要不要轉給您？」

「是誰？」

「我沒時間問他的名字。」

「把電話轉給我。」

接待小姐掛下電話，把她的角色扮演得十全十美。

「約根嗎？」

「請問你是？」

「我是賓瑪斯，你認不出我的聲音啦？」

「認得出，當然認得出，對不起，我剛剛心不在焉。」

「我最起碼等電話等了五分鐘，我是從國外打來的！你是在跟部長說話才讓我等那麼久是不是？」

「不是，不是，很抱歉，這沒什麼大不了。我有一個好消息要告訴你，本來是打算今天晚上才跟你說，我得到上面批准，派你去索馬利亞做報導。」

「太棒了，」賓瑪斯高興地大聲說，「我回柏林一趟，然後直接去那裡。」

「沒必要，你留在羅馬就好了，我會叫人開一張電子機票，然後用快遞把一切需要文件寄給你，你明天早上就可以收到。」

「我回編輯室跟你見個面，你肯定這樣不會比較好嗎？」

「不會，你放心吧，照我的話做，我們等批准已經等夠久了，現在一天的時間也不能浪費。飛往非洲的班機明天傍晚從富米奇諾機場起飛。我明天早上再打電話跟你解釋所有細節。」

「你還好吧？」賓瑪斯問他，「你聲音聽起來怪怪的……」

「一切好得不得了。你瞭解我的，我多麼希望能跟你一起慶祝你這次的出差。」

「約根，我不曉得該怎麼跟你說謝謝才好。我會從非洲帶一個普立茲獎回來，也會帶一個國外新聞編輯部主任的位子給你！」

賓瑪斯掛掉電話。克納普看著朱莉亞還有陪伴她的男子一起穿過大廳，離開報社大樓。

他回到辦公桌前，將電話筒放回機座上。

17

竇瑪斯回到瑪莉娜身旁。她正坐在西班牙廣場大台階最上面的地方等著他。廣場上的人群擠得水泄不通。

瑪莉娜問他：

「怎麼樣，你跟他說話了嗎？」

「走吧，這裡人太多，悶死人了。我們去逛逛街，要是找到那家妳看到有賣那條色彩繽紛的圍巾的商店的話，我就送妳一條。」

瑪莉娜把太陽眼鏡掛在鼻尖上，然後站起身，一語不發。

竇瑪斯對著往噴泉快步走下去的女友大喊：

「那不是去商店的方向。」

「沒錯，甚至是反方向，不管怎樣，我可不要你的圍巾！」

竇瑪斯在她後面跑，最後終於在台階底下追上她。

「昨天妳還想得不得了！」

「你剛剛說過了，那是昨天，可是今天呢，今天我就不想要了！女人就是這樣，常會改變主意，而你們男人呢，卻都是蠢蛋。」

竇瑪斯問道：

「有什麼問題嗎？」

「有問題。如果你真的想送我一個禮物，那你應該要自己親自挑選，請售貨員把禮物包裝成一個很漂亮的包裹，把禮物藏起來，然後再給我來個驚喜，因為送人禮物本來就是給人驚喜。竇瑪斯，這叫體貼入微。這是女人非常欣賞的罕有美德。不過你可以放心，並不會因為這樣做你的手指就會套上一個戒指。」

「很抱歉，我原本是想讓妳高興。」

「哦，結果完全相反。我不要這個為了要獲得原諒而送的禮物。」

「我沒有什麼要人原諒的呀！」

「沒有嗎？你真像小木偶皮諾丘，因為你的鼻子好長！走吧，我們去為你的計畫成行慶祝一下，不要吵來吵去的。克納普在電話裡是這麼跟你說的，不是嗎？你最好是找一家好餐館，今晚帶我去吃晚飯。」

瑪莉娜不等竇瑪斯又繼續往前走。

☘

朱莉亞打開計程車車門，安東尼向飯店的旋轉門走過去。

「一定有辦法可想。妳的竇瑪斯不可能消失不見，他是在某個地方，我們可以找到他，只是要有點耐心。」

「在二十四小時之內找到他？我們只剩下明天一天的時間了，因為我們禮拜六就要搭飛機回去。你沒忘記吧？」

「時間對我來說是有限的，可是朱莉亞，妳眼前的日子還很長。假如妳要一直追尋到底，那就再回來一趟，自己一個人，妳就再回來一趟。最起碼，這趟旅行讓我們兩人和這個城市再度聯絡上感情。這已經很不錯了。」

「就是為了這個原因，所以你把我帶來這裡是嗎？好讓你心裡平安是嗎？」

「妳要這樣去看事情，那是妳的自由。雖然我不能強迫妳原諒，但如果我再碰到同樣的情況也許會做同樣的事。不過我們別吵來吵去，最起碼雙方都做了一次努力。一天之內什麼可能性都會有，妳就相信我的話。」

朱莉亞把眼神掉開。她的手輕輕碰到安東尼的手，他猶豫了一會兒，最後還是放棄念頭。他穿過大廳，在電梯前停下來。

「我想今天晚上我不能陪妳了。」他對女兒說。「不要怪我，我很疲倦。我將電池能源節省下來供明天使用，這比較明智。我從來沒想到會用字面上的本意來說這句話*。」

「那你去休息吧。我也很累，我在房間吃晚餐。明天早餐時間我們在餐廳碰面，你不反對的話，我們一塊兒吃早餐。」

「那很好。」安東尼一邊說，一邊對她微笑。

電梯把他們帶到樓上。朱莉亞先走出去。電梯門正在關上時，她向父親擺擺手表示說再見，然後留在走廊上，一直看著電梯上的顯示表一個個展示的紅色數字。

朱莉亞一回到房間，就在浴缸裡放滿熱呼呼的水，然後把擱在浴缸邊上的兩瓶香精油倒在水裡。接著掉轉腳跟，打電話請樓層服務員給她送一碗五穀麥片、一盤水果。她還順便打開牆上面對床的液晶電視。接著，她把衣服脫下放在床上，然後進入浴室。

克納普對著鏡子裡的自己打量了好長一段時間。他調整了一下蝴蝶結，再看自己最後一眼，然後離開化裝室。他主辦的展覽將於今晚八點準時由文化部長在攝影大樓揭幕。這項展覽計畫讓他增加很多工作負擔，也是個很大的賭注，因為這項展覽對他的職業晉升具有決定性影響。如果今晚的活動很成功；如果他的報業同行在第二天的報紙上稱讚他的工作成果，那他很快就可以坐在編輯室門口那間玻璃大辦公室裡。克納普看了一眼大廳裡的掛鐘，他提前了一刻鐘，還有足夠的時間步行穿過巴黎廣場，站在紅地毯前面的台階下，接待部長以及接受電視台的攝影。

＊法語「電池」有「體力」的抽象意義。

亞當把包三明治的玻璃紙揉成一團，然後對著掛在路燈桿上的垃圾桶投過去。他沒有瞄準，於是站起身，將油膩膩的玻璃紙撿起來。他一靠近草坪時，有一隻松鼠抬著頭，用後腳站立著。

「對不起，老兄。」亞當對著松鼠說，「我口袋裡沒有榛果，朱莉亞也不在這裡。我們倆都被拋棄了。」

小松鼠瞪著他。他每講一句話，小松鼠就點點頭。

「我想松鼠不喜歡肉類食物。」他一邊說，一邊將露在土司麵包外面的火腿肉撕下來扔給牠。

小松鼠不肯吃亞當送給牠的東西，於是沿著樹幹一跳一躍地爬上去。一名在做健跑運動的女子停在亞當旁邊。

「您在跟小松鼠說話是嗎？我也是一樣，我很喜歡牠們一起跑過來的樣子，還有牠們的小腦袋動來動去的姿態。」

「我知道，女人們都覺得牠們可愛得不得了，其實呢，牠們跟老鼠是堂兄弟。」亞當咕咕噥噥地說。

他把三明治丟入垃圾桶裡，雙手插在口袋裡離開。

☘

有人在敲門。朱莉亞抓起一條洗澡用的毛巾手套，匆匆忙忙把臉上的面膜擦掉，然後踏出浴缸，套上一件掛在鉤子上的浴衣。她來到門口，把門打開讓服務員進來，然後叫他把大托盤放在床上。她從皮包裡拿出一張鈔票，夾在簽好字的帳單裡，然後交還給他。服務員一走之後，她坐在床上開始吃起五穀麥片。她拿著遙控器輪流按每個電視台，找一個不是講德語的電視節目。三家西班牙電視台，一家瑞士電視台，接著是兩家法國電視台。她放棄看CNN電視台的戰爭報導——太殘忍了；伯倫堡電視台的股票市場波動——無聊透頂，她對數學一竅不通；義大利電視台的遊戲節目——女主持人太過粗俗；最後她又從頭開始。

由兩部摩托車開路的車隊已經到達。克納普踮起腳尖。站在他旁邊的人想搶在他前頭，他伸出手肘擋住他，好保住先到場的同事為他保留的位置。黑色轎車已經停在他前面。一名隨身侍衛打開車門，部長從車上下來，大批攝影鏡頭紛紛對準他。克納普在會場主任的陪同下往前走一步，向部長彎腰致禮，然後陪他走上紅地毯。

朱莉亞瀏覽了一下食譜，若有所思。一碗五穀麥片吃得只剩下一顆葡萄乾，水果碟上也只剩下兩顆籽。真難選擇，她在巧克力夾心蛋糕、蘋果五仁夾心麵包、煎餅以及三明治之間猶豫不決。她仔細看看自己的肚子、臀部，然後把食譜扔在房間的角落。電視新聞最後一則在報導名流們參加的開幕展，映入眼簾的影像非常高貴迷人。身穿晚禮服的男士女士們，以及一些名人在鎂光燈的喀嚓響聲下，在紅地毯上緩緩前進。一名女演員或是女歌星，極可能是柏林人，身上穿的一件雅緻長禮服深深吸朱莉亞的注意力。在這群重要人士中，沒有一張臉孔是她熟悉的，只有一個例外！她一下子跳了起來，掀倒托盤，跑到電視機前面。她確定自己認識這個剛剛走進會場大樓、對著鏡頭微笑的男子。接著攝影機的鏡頭轉向布蘭登堡門的列柱上。

「可惡的傢伙！」朱莉亞一邊叫，一邊衝進浴室。

飯店櫃檯員肯定地對她說，那場晚會一定是在布蘭登堡基金會舉行。那棟大廈屬於柏林最新潮的建築之一，而且，從大廈的階梯上的確是可以完全看到布蘭登堡門的列柱。至於朱莉亞提到的開幕展，毫無疑問，那是《每日鏡報》主辦的活動。華斯小姐沒必要這麼急著去。這場新聞照片大展的活動一直到柏林圍牆倒塌紀念日那天才會結束，也就是說還有五個月的時間。華斯小姐要是很想去參觀的話，他可以在明天中午之前弄到兩張邀請卡。可是朱莉亞想的是，如何能立刻找到一件晚禮服。

「華斯小姐，現在都快九點鐘了！」

朱莉亞把皮包打開，把裡面所有東西都倒在櫃檯上，然後把能找到的錢都挑出來，美金、歐元、零錢，甚至還找到一張從來不離身的德國馬克，她脫下手錶，然後雙手把這一堆錢推到櫃檯員前面，好像賭客在綠色桌布上下注一樣。

「紅色也好，紫色也好，黃色也好，都無關緊要，請您務必幫我弄到一件晚禮服。」

櫃檯員懊惱地看著她，左邊眉毛挑得高高的。職業良心驅使，他絕對不能讓華斯先生的女兒身處困境。他一定會找到一個解決辦法。

「把這些東西都放回皮包裡去。」他一邊說，一邊把朱莉亞帶到洗衣間去。

儘管四周一片黑暗，朱莉亞發現櫃檯員拿給她看的晚禮服真是美極了。他解釋道，這件衣服是住在一二〇六號房的女客人的。服裝店送來的時候正好不能打攪伯爵夫人。不用說，這件衣服絕對不能弄髒，而且得跟灰姑娘一樣，朱莉亞必須在午夜十二點的第十二個鐘響敲完之前把衣服還給他。

他把她一個人留在洗衣間裡，並且請她把自己的衣服掛在衣架上。

朱莉亞脫下衣服，萬分小心地穿上那件精緻的高級晚禮服。洗衣間找不到鏡子可以打量自己，她便在一根梁柱的金屬板上看反射出來的身影。可是圓柱形金屬板的反射身影完全變形。她鬆開頭髮，摸黑著化裝，將皮包、長褲、套頭衫全留在原地，然後沿著黑漆漆的走廊回到大廳。

櫃檯員打手勢要她靠過來。朱莉亞不問什麼就走過去。櫃檯員身後的牆上有一面大鏡子，當朱莉亞正想走上前去看看自己的樣子時，他擋在她前面，不讓她照鏡子。

朱莉亞又想走到鏡子前面時，他說：

「不行，不行，不行！請小姐允許我……」

他從抽屜裡拿出一張紙巾，將朱莉亞塗到嘴唇外面的口紅擦掉。

接著他一邊將身子讓開，一邊說道：

亮。

「您現在可以欣賞自己了！」

朱莉亞從來沒看過這麼美的衣服，比她在所有高級服飾店的櫥窗看到的任何一件衣服都來得漂亮。

驚嘆不已的她低聲說道：

「我真不知道要如何感謝您才好！」

「是您讓這衣服的設計師感到榮幸。我擔保這衣服穿在您身上比穿在伯爵夫人身上還要適合一百倍。」他低聲說道。「我幫您叫了一部轎車，車子會在會場等您，然後把您送回飯店。」

「我可以搭計程車。」

「穿這樣的衣服上計程車，您在開玩笑吧！就把它當做是您的馬車吧，一切包在我身上。您是灰姑娘，還記得吧？華斯小姐，祝您有個美好的夜晚。」櫃檯員一邊說，一邊送她上轎車。

一到門外時，朱莉亞踮起腳尖，在櫃檯員臉上親了一下。

「華斯小姐，我還有最後一項請求……」

「您儘管說吧！」

「我們運氣很好，這件衣服很長，而且非常非常長。所以千萬拜託，不要像剛剛這樣把衣服下擺拉高。您的帆布鞋和晚禮服完全不搭！」

服務生把一道冷盤擺在桌上。竇瑪斯替瑪莉娜夾了一些炭烤蔬菜。

「妳可不可以告訴我，為什麼在這燈光暗得連菜單上的字都看不到的餐館裡，妳還戴著太陽眼鏡？」

瑪莉娜回答：「不為什麼！」

竇瑪斯開玩笑地答道：

「這個解釋在說明妳很清楚為什麼。」

「因為我不想讓你看到我的眼神。」

「什麼眼神？」

「就是眼神。」

「啊！對不起，我一點都不懂妳在說什麼。」

「我跟你說的眼神，就是當我們女人跟你們男人在一起很快樂的時候，你們從我們眼中看到的眼神。」

「我不知道還有特別的眼神這種事。」

「你知道的，你跟所有的男人都一樣，你很瞭解這個眼神的，招吧！」

「同意！既然妳這麼說。可是為什麼我不應該看到妳跟我在一起時難得有一次很快樂的眼神呢？」

「因為你要是看到的話，就會開始思索一個離開我的最佳方法。」

「妳在說什麼啊？」

「竇瑪斯，大部分想打發孤獨的男人都會不帶感情地交女朋友，他們口裡會有很多甜言蜜語，但絕對不會說一句和愛情有關的話。這些男人最怕的是有一天在他的女友眼中看到這個眼神！」

「說來說去到底是什麼眼神？」

「就是會讓你們男人以為我們女人瘋狂愛上你們的眼神！以為我們女人會進一步要求。要求一些無聊的事，比方說度假計畫，簡單說就是計畫！我們要是在街上看到一部嬰兒車而不小心對著你們笑，那一切就完了！」

「所以在妳這副黑色墨鏡後面有這個眼神是不是？」

「你臭美啊！我眼睛痛，如此而已。你想到哪裡去了？」

「瑪莉娜，妳為什麼要跟我說這些？」

「你決定什麼時候跟我宣布你要去索馬利亞？在吃你的提拉米蘇之前還是之後？」

「誰跟妳說我要點提拉米蘇的？」

「我認識你並且跟你一起工作兩年了，我是看著你生活的。」

瑪莉娜把眼鏡推上鼻梁，擺正放穩。

「好的，我明天就走！不過我也是剛剛才知道的。」

「那你明天就要回柏林是嗎？」

「克納普希望我在這裡直接搭飛機去摩加迪沙*。」

「你等著要去索馬利亞已經等了三個月了，你等他的答覆也等了三個月了，你的朋友只要手指頭一掐出聲音，你就完全服從！」

「那是為了要節省一天的時間，我們這樣跑來跑去已經浪費掉很多時間了。」

「是他浪費你的時間，你是在幫他的忙。他需要你幫他獲得晉升機會，可是你不需要他幫你獲得新聞獎。憑你的天才，你只要照一張狗在路燈下撒尿的相片就可以獲獎了！」

「妳到底想說什麼？」

「要說明你的個性，竇瑪斯，不要一輩子都在逃避你喜歡的人，而不去面對他。我是第一個。比方說，你可以對我說，你討厭我的談話內容，我們兩人只是情人關係，我沒有理由教訓你。你也可以對克納普說，不可能直接去索馬利亞而不先回家一趟，你要先整理行李，和朋友們說再見！尤其是在無法確知什麼時候才能回來的情況下。」

「妳說的也許有道理。」

竇瑪斯拿起他的行動電話。

「你要做什麼？」

「哦，妳看，我在給克納普傳簡訊，請他把我的機票訂在禮拜六從柏林出發。」

「你按下傳送鍵後我才能相信你！」

「然後我能看看這個眼神嗎？」

「也許吧……」

*摩加迪沙（Mogadiscio），索馬利亞首都。

豪華轎車停在紅地毯前面。朱莉亞必須扭轉身子下車才不致讓腳上的鞋子穿幫。她登上台階時，一連串閃光燈在台階最高處迎接她。

「我不是什麼重要人物！」她對著聽不懂英語的攝影師說。來到門口時，接待員讚美朱莉亞身上那件漂亮得不得了的禮服。他的眼睛被拍攝她進入會場的攝影機鎂光燈照得發花，因此也覺得沒必要查看她的邀請卡。

會場非常寬大。朱莉亞向人群環視一眼。來賓手裡拿著酒杯，一邊閒步一邊欣賞碩大無比的照片。朱莉亞向跟她打招呼的人勉強擠出一個笑容，這是社交活動不可免的事。稍遠的地方有一名女豎琴家坐在平台上演奏莫札特的曲子。朱莉亞在這看起來相當可笑的交際場合中穿來穿去，到處尋找她要找的人。

一張掛在三公尺高的照片吸引她的注意。這張照片是在坎大哈山區，還是在塔吉克斯坦的山區拍攝下來的？或許是在巴基斯坦邊境吧？躺在壕溝裡的一名士兵身上穿的制服無法讓她做正確判斷。一名小孩子在他旁邊，好像在鼓舞他的樣子。這小孩子就跟全世界其他的小孩一樣赤著雙腳。

忽然有一隻手搭在她的肩膀上，把她嚇了一跳。

「妳都沒有變。妳來這裡做什麼呢？我不知道妳有被邀請。非常高興看到妳，妳是不是路過我們這個城市？」克納普問她。

「你呢，你在這裡做什麼？我以為你出差在外要一直到月底呢，這是我今天下午去你們報社找你時，人家對我這麼說的。沒有人把消息傳達給你嗎？」

「我提前回來。我是直接從機場到這裡來。」

「你需要好好練習，克納普，你的撒謊技術太差了。我很清楚我在說什麼。最近幾天來，我在這方面有不少經驗。」

「好，我承認。不過，我哪能想像得到是妳來找我？二十年來我都沒有妳的消息。」

「十八年！你有認識其他人叫朱莉亞．華斯嗎？」

「朱莉亞，我忘了妳姓什麼，我當然不會忘記妳的名字，不過我沒聯想在一起。我現在是主管，很多人想把他們的無聊新聞賣給我，我不能不過濾一下。」

「真謝謝你的恭維！」

「朱莉亞，妳到柏林來是為了什麼？」

她抬眼看掛在牆壁上的照片。照片上的簽名是一個叫竇．伍勒曼的人。

朱莉亞帶著傷感的口音說：

「竇瑪斯有可能會拍下這張照片。」

「竇瑪斯不當記者已經有好幾年了！他甚至不住在德國了。他切割了和過去有關的一切。」

朱莉亞心裡挨了一拳，但盡量設法不讓激動的情緒流露出來。克納普又繼續說：

「他現在住在國外。」

「在哪裡？」

「在義大利，還有他的妻子。我們不是很常說話，一年一次，不會更多，也不是每年都會。」

「你們失和啦？」

「沒有，一點都不是。只是生活的關係。我盡一切所能幫他實現夢想。可是，他從阿富汗回來之後整個人都變了。妳應該比我更清楚，不是嗎？他選擇了另外一條路。」

朱莉亞咬緊牙關，答道：

「我不知道，我什麼都不知道啊！」

「我最近得知的消息是，他跟他太太在羅馬開一家餐館。現在我要請妳包涵，我還有其他的客人要招呼。很高興能再看到妳，但很遺憾見面的時間太短。妳很快就要離開柏林嗎？」

朱莉亞答道：

「明天一早就走！」

「妳還是沒有告訴我妳這次來柏林的目的是什麼？工作需要嗎？」

「再見，克納普。」

朱莉亞頭也不回地離開原地。她加快腳步，一出玻璃大門之後就在紅地毯上跑起來，一直跑到等她的轎車前面。

回到飯店後，朱莉亞匆忙地穿過大廳，打開通往洗衣間走廊的暗門。她脫下禮服，把它掛回原來的衣架上，穿上自己的牛仔褲和套頭衫。突然，她聽到身後有人在咳嗽。

「您可以見人了嗎？」飯店的櫃檯員問她。他一隻手遮住眼睛，另一隻手遞給她一盒紙巾。

朱莉亞抽抽搭搭地說：

「不可以！」

櫃檯員抽出一張紙巾，從她的肩膀上遞給她。

她說：

「謝謝您。」

「剛剛您經過大廳的時候，我覺得好像看到您臉上的妝有點濕掉了。晚會不如您所期待是嗎？」

朱莉亞一邊擤鼻子，一邊回答：

「豈止是這樣。」

「唉，有時候這種事就是會發生……出乎意料的事永遠不是沒有風險！」

「這當中沒有一件事是在預料之內，他媽的！這趟旅行也好，這家飯店也好，這座城市也好，這個沒意義的熱鬧晚會也好，一切都不在預料之內。我以前過著自己想過的生活，為什麼……」

櫃檯員向她靠近一步，剛好她就倒在他的肩膀上。他輕輕拍她的背，盡可能設法安慰她。

「我不曉得什麼事會讓您這麼難過，不過，請您允許我說一句話……我覺得您應該跟令尊談談您的傷心事，他一定會給您莫大的安慰。您還有他在身邊，那是您運氣好，而且你們兩人看起來好像很有默契。我確定他是個很懂得聽別人心聲的人。」

「說到這個，告訴您吧，您完全弄錯了，而且錯得徹底。我父親跟我很有默契？他會聽別人的心聲？我們應該不是在講同一個人。」

「小姐，我很高興能有很多次機會替令尊服務，所以我可以跟您保證，他一直是一位紳士。」

「再沒有比他更個人主義的人了！」

「我們的確不是在講同一個人。我認識的這個人總是非常友善。他談到您的時候，就好像您是他唯一的成就。」

朱莉亞一聽，啞口無言。

「去見見您的父親吧，我相信他的耳朵很懂得聽話。」

「我現在生活中沒有一件事像樣。不管怎樣，他現在在睡覺，他很累。」

「他一定已經恢復體力了，我剛剛才給他送一道裝飯菜的托盤。」

「我父親點了吃的東西。」

「小姐，我剛剛說的就是這意思。」

朱莉亞穿上帆布鞋，然後在櫃檯員臉頰上親了一下，向他道謝。

櫃檯員對她說道：

「別跟任何人說我們剛剛談過話，我可以信賴您吧？」

朱莉亞保證：

「我們根本沒見過面！」

「那我們是不是可以把這件衣服放回套子裡去，免得它被弄髒。」

朱莉亞舉起右手，對著暗示她離開的櫃檯員微笑。

她穿過飯店大廳，坐電梯上樓。電梯停在六樓時，她猶豫了一會兒，然後按下頂樓的按鍵。

在走廊上就可以聽到電視機傳來的聲音。朱莉亞敲門，她父親立刻過來開門。

他一邊躺回床上，一邊說：

「妳穿上那件衣服真是美極了。」

朱莉亞看到電視的晚間新聞正在重播開幕展。

「很難錯過這麼美麗的亮相鏡頭。我從沒看妳這麼高雅過，所以這更加堅定我的想法，妳老早就應該丟掉妳那些破洞牛仔褲了，現在妳已經不是穿這種衣服的年齡了。我要是事先知道妳的計畫，我會陪妳去。我會很驕傲地挽著妳的手臂參加開幕展。」

「我沒有任何計畫。我正好也在看同一個電視節目，我看到克納普出現在紅地毯上，所以，我就跑去了。」

「有意思！」安東尼一邊說，一邊坐起身。「對一個自稱一直到月底都不在的人來說……要嘛，他撒謊，要嘛，他有分身術。我能不能問一下你們見面的結果如何？我覺得妳的樣子好像很難過。」

「是我說得對，竇瑪斯結婚了。你也說得對，他不再當記者了……」朱莉亞一邊對父親解釋，一邊坐在沙發椅上。她看著前面茶几上的托盤。

「你叫晚餐給自己吃嗎？」

「我是替妳叫這頓晚餐的。」

「你知道我會來敲你的門？」

「我知道的要比妳能猜得到的還多。當我看到妳出現在開幕展時，因為我很瞭解妳對社交圈的反感，所以我知道一定會發生一些事。我想竇瑪斯一定是出現了，所以妳才會在晚上九點多的時候溜出去。其實呢，櫃檯打電話問我是不是可以替妳叫部轎車時，我就是這麼想。我叫人準備一些甜點，萬一妳的晚會不如預期的話，可以填補一下。把蓋子打開，裡面只有煎餅，這不能取代愛情，不過配上旁邊那罐子裡的楓蜜漿的話，也足夠消除不愉快的心情。」

在隔壁房間裡，伯爵夫人同樣也在看晚間新聞。她請丈夫第二天提醒她要打電話給她的朋友卡樂，向他道個喜。雖是如此，她必須向他鄭重聲明，下次替她設計衣服時最好衣服是真的獨一無二，不要讓她看到另一個年輕女子也穿一樣的衣服，更何況這個年輕女子穿起來比她更好看。卡樂一定會明白她會退還那套晚禮服。那件衣服雖然美得出奇，但在她眼裡已經沒有任何價值了！

朱莉亞把在開幕展發生的前後經過一五一十地告訴父親。臨時起意地趕去參加那該死的晚會，和克納普的交談，以及哭哭啼啼地回來，可是心中不明白也不承認，為什麼自己情緒會這麼激動。並不是因為她知道賓瑪斯已經有了新生活，這點她一開始就猜到了，他怎麼可能不過這種生活呢？但是最讓她痛苦的，而且她也不知道為什麼會那麼難過，就是聽到他放棄當記者的那一刻。安東尼專注地聽她說話，從頭到尾都沒有插嘴，也沒有穿插評論。朱莉亞吃完最後一塊煎餅後，向父親道謝有這令人驚喜的甜點，這些甜點雖然不能幫她整頓思路，但是一定可以讓她增胖一公斤。留在這裡沒有任何意義了。是生命的徵兆也罷，不是也罷，現在沒什麼好繼續追尋的了，剩下要做的事，就是讓自己的生活重新步入正軌。睡覺之前她會先把行李整理好，第二天一早，他們兩人就可以搭飛機回去。在離開父親的房間之前，她又說，這一次她有此事以前已經有過的感覺，用更正確的字眼，已經有過太多次同樣的感覺。

在走廊上，朱莉亞把鞋子脫掉，沿著工作人員的專用樓梯走下去，回到自己的房間。

朱莉亞一離開，安東尼立刻拿起電話。舊金山現在是下午四點，第一聲電話鈴一響，對方就接起電話。

「這裡是畢蓋茲！」

「打攪到你了嗎？我是安東尼。」

「老朋友沒什麼打攪不打攪的，好久沒聽到你的聲音了，有何貴幹？」

「如果你還行的話，我想請你幫個忙，做個小小的調查。」

「我退休之後日子無聊得很，就算是你打電話來跟我說你掉了一把鑰匙，我也很願意攬下調查工作！」

「你跟邊境警察是否還保持聯繫？有沒有認識一個在簽證處工作的人可以替我們做一項調查？」

「我還是很有一兩手的，可別把我看扁了！」

「哦，那我需要你的手越多越好，事情是這樣的……」

兩位老頭子之間的談話前後長達半小時。畢蓋茲探長向安東尼保證，一定會盡快得到他所要的消息。

紐約現在是晚上八點。古董店的門口上掛著一個小牌子，上面寫著商店要一直關到明天早上。史坦利正在店裡面安裝今天下午收到的一座十九世紀末期的書架。亞當在玻璃櫥窗上敲了幾聲。

史坦利一邊躲在碗櫃後面，一邊嘆氣：

「纏死人了！」

「史坦利，是我，亞當！我知道你在裡面！」

史坦利蹲在地下，屏住呼吸。

「我帶兩瓶拉菲特堡的好酒來！」

史坦利慢慢抬起頭來。

亞當在街上大喊：

「是一九八九年的酒！」

商店的門打了開來。

「對不起，我剛剛在整理東西，沒聽到你的聲音。」史坦利一邊說，一邊請訪客進屋。「你吃過晚餐了嗎？」

18

竇瑪斯伸伸懶腰，小心翼翼地從床上下來，避免把睡在他旁邊的瑪莉娜吵醒。他沿著蝸牛形的小樓梯下樓，穿過位在樓中樓下層的客廳，走到酒吧台後面，把一個杯子放在咖啡機噴嘴下面，再用大手巾蓋住機器，然後按下開關。他滑開落地窗，站在外面的陽台上，享受已經照射在羅馬房子屋頂上的晨曦。他往欄杆靠過去，看下面的街道。一名送貨員正卸下裝蔬菜的籠子，擱在雜貨店前面。這家店就在瑪莉娜家樓下的咖啡館旁邊。

他聞到一股麵包烤焦的味道，接著聽到一連串義大利語的咒罵聲。瑪莉娜穿著浴衣出來，滿臉不愉快。

「兩件事！」她說。「第一件，你全身光溜溜，我懷疑對面的鄰居們是否會喜歡在早餐時間看到這景象。」

「那第二件呢？」竇瑪斯頭也沒回地問她。

「我們到樓下去吃早餐，家裡沒有吃的東西了。」

竇瑪斯帶著嘲諷的口氣問她：

「我們昨天晚上不是才買了拖鞋麵包嗎？」

瑪莉娜一邊走進屋內，一邊說：

「趕快穿衣服！」

竇瑪斯咕噥地說：

「至少該說聲早安吧！」

住在街對面的一名老太太正在陽台上澆花草，她用手向他打了一個大大的招呼。竇瑪斯對她微笑，然後離開陽台進入屋內。

八點鐘不到，天氣已經相當熱。咖啡館老闆正在整理門面。竇瑪斯幫他把遮陽傘放在人行道上。瑪莉娜坐在一張椅子上，在裝滿小麵包的籃子裡抓起一個牛角麵包。

「妳打算整天都擺出這副臉嗎？」竇瑪斯一邊問她，一邊也拿起一個牛角麵包。「因為我要走，所以妳生氣啦？」

「我現在終於明白你竇瑪斯是什麼地方吸引我了，就是你很會看時機說話。」

咖啡館老闆給他們送上兩杯熱呼呼的卡布奇諾。他看看天空，祈禱今天傍晚之前能下一場暴雷雨，他也恭維一番瑪莉娜，說她今早看起來很漂亮。他向竇瑪斯眨了一眼，然後進入店裡。

竇瑪斯又說：

「咱們最好別破壞早晨的氣氛。」

「說得也是，真是好主意。你為什麼不把牛角麵包吃完，然後上樓往我身上撲過來。接著再到我的浴室裡好好洗個澡，而我就像傻女佣似地替你整理行李。門口親吻告別後，你就消失三個月，或是永遠消失。喔！你什麼話都不要回答，你現在不管說什麼話都會顯得很愚蠢。」

「那妳跟我一起去！」

「我是駐地通訊記者，不是報導記者。」

「我們一起走。今晚我們在柏林住一晚。明天我再搭飛機去摩加迪沙，妳就回羅馬。」

瑪莉娜轉頭向老闆打個手勢，要他再送一杯咖啡過來。

「你說得有道理，在機場說再見，那要好太多了，來點感人肺腑的辭藻不會有壞處，不是嗎？」

竇瑪斯接著說：

「不會有壞處的是，妳到報社編輯室和大家見個面。」

「喝咖啡要趁熱！」

「妳要是同意，而不是老發脾氣的話，我就給妳買張機票。」

門縫底下有一封信。安東尼皺著臉，彎腰把信撿起來。他打開信，開始閱讀發給他的電報。「抱歉，我還沒有完成使命，不過我不會放棄。希望稍晚能夠得到結果。」電報的署名是GP，喬治·畢蓋茲的名字縮寫。

安東尼坐在豪華套房裡的書桌前，潦潦草草地給朱莉亞寫字條。接著，他打電話請櫃檯幫他叫一部轎車和一位司機。他離開房間後，在六樓停了一會兒。他腳步輕輕地走到朱莉亞的房間前面，將紙條塞進門縫，然後立刻離開。

他對司機說：

「請您開到卡樂—萊布涅茲街三十一號。」

黑色轎車立刻開動。

☘

朱莉亞很快地喝完一杯綠茶，然後把放在衣櫥格子上的行李箱拿下來擱在床上。她先將衣服一件件折好，最後還是把衣服隨便堆在箱子裡。她放下準備行李的工作，走到窗子前面。一場細雨落在柏林市。窗子正下方的街道上，有一部轎車剛剛離開。

☘

瑪莉娜在房間裡喊著：

「要是你希望我把你的盥洗用具包收進你的行李袋裡的話，就趕快拿給我。」

竇瑪斯把頭伸進浴室裡。

「我可以自己整理行李。」

「亂七八糟！你是可以自己整理行李，但是整理得亂七八糟，而且呢，我又不在索馬利亞幫你燙衣服。」

竇瑪斯心裡似乎很擔心，開口問她：

「妳替我燙過衣服啦？」

「沒有！不過我可以這麼做。」

「妳決定好了嗎？」

「也就是說我是現在還是明天把你轟出去？算你運氣好，我決定去拜訪一下我們未來的總編輯，這對我的前途發展會有莫大好處。這對你來說是個好消息，因為這跟你去柏林沒有任何關連，而且你還有機會多跟我相處一個晚上。」

竇瑪斯對她說：

「我會非常樂意。」

「真的嗎？」瑪莉娜一邊說，一邊將他行李袋的拉鍊拉上。「我們必須在中午以前離開羅馬，你打算整個早上獨占浴室是嗎？」

「我以為我們兩個人當中我才是愛嘀咕的人呢。」

「老哥，是你把毛病傳染給我的，這可不是我的錯。」

瑪莉娜把竇瑪斯推到浴室裡去，解開他浴衣的帶子，然後把他拉到蓮蓬頭下。

☘

黑色賓士轎車往旁邊岔道駛去，然後停在一排灰色建築物前面的停車場上。安東尼叫司機等他，對他說大概一個鐘頭之後會回來。

他踏上有擋雨蓬保護的台階，進入目前保存著舊東德國安局檔案的大樓。

安東尼走到接待小姐前面，向她問路。

他走的那條走廊真讓人毛骨悚然。走廊兩旁的櫥窗內展示著各種不同的麥克風、照相機、照相器材、開信用的蒸氣小風箱、封信用的塗膠水機器，還有文件複印以及資料歸檔。所有偵刺全國百姓日常生活的工具應有盡有。百姓只是警察國家的囚犯。宣傳單、宣傳教材、隨著時代演變而越來越精密的竊聽系統。在確保極權國家的安全下，好幾百萬人民就這樣被監視、被審判、被列入可疑分子的名單。沉浸在思維中的安東尼停在一張審問室的照片前面。

我知道我是不對的。鐵幕一旦倒塌，民主過程是無法逆轉的，可是有誰能肯定呢，朱莉亞？是那些親身體驗過布拉格之春的人？還是讓許多罪行和不正義一直發生的西方民主人士？今天誰敢擔保俄羅斯能永遠擺脫昔日的獨裁者？是的，我害怕，我非常害怕專制政權把剛剛打開的自由之門再度關上，把妳囚禁在極權的枷鎖內。我害怕我會變成一個和女兒永遠分開的父親，倒不是因為她做這個選擇，而是因為獨裁者會替她做這個決定。我知道妳永遠會怪我，可是萬一事情往壞的方向發展，那我永遠不會原諒自己沒有前來找妳，在內心某處，我跟妳承認，我是很高興自己不對。

走廊最裡面有一個聲音在問：

「您要問什麼事嗎？」

安東尼結結巴巴地說：

「我要找些檔案資料。」

「是在這裡，先生，我能幫什麼忙嗎？」

鐵幕倒塌幾天之後，東德政治警察預感他們的政權一定會走上崩潰之路，於是開始銷毀所有能證明他們所作所為的文件。可是如何以最快的速度，把這些在近乎四十年的極權政治下編纂出的好幾百萬份個人資料檔案完全撕毀呢？一九八九年十二月開始，知道他們想毀除文件的百姓們開始包圍國家安全局的各個分局。東德每個城市的百姓們占據國安局的辦公樓，不讓他們摧毀整整長達一百八十公里的資料。目前民眾可以閱讀這些檔案。

安東尼要求閱覽一個以前住在東柏林坎明奴斯廣場街二號，名字叫竇瑪斯．梅耶的相關檔案。

負責人員對他道歉：

「先生，我很抱歉不能答應您的要求。」

「不是有一項法律規定檔案可以供人閱覽嗎？」

「沒錯，不過這項法律也在保護我們的公民，不讓他們的隱私權因為檔案文件的使用而受傷害。」

這名工作人員引述一段他好像背得瓜滾爛熟的條文。

「在這點上，如何解釋法律條文就有很大的重要性。我要是沒弄錯的話，這項和我們有關的法律的第一個目的，就是要讓每個人都可以閱覽國安局的檔案，好明白國家安全局對自己本身命運的影響，不是嗎？」這一次是安東尼將檔案室門口一塊牌子上的條文照念一遍。

「是的，當然是。」工作人員承認說，可是心裡不明白這名來客到底想說什麼。

「竇瑪斯．梅耶是我的女婿。」安東尼面不改色地撒大謊。「他現在住在美國，而且我也很高興要跟您宣布，我馬上就要當祖父了。有一件事很重要，相信您也會承認，有一天他必須能夠和自己的孩子們談談自己的過去。有誰不希望能這麼做呢？您也有孩子，您叫……」

「我叫漢斯．戴提茲！」執事員答道。「我有兩個很可愛的小女孩，她們叫艾瑪和安娜，一個五歲，一個七歲。」

「真好！」安東尼一邊驚嘆，一邊雙手合握，「您一定很幸福。」

「我幸福得人都變傻了！」

「可憐的賓瑪斯，少年時代所遭遇的不幸對他來說仍然太痛苦，因此他無法親自來這趟。我是以他的名義從很遠的地方來的，希望讓他有機會能重新接納自己的過去，誰知道呢，也許有一天，他會有勇氣帶著自己的女兒來這裡，因為，由您身上想到我，我知道我們會有一個小女孩，他帶著他女兒回到祖先的土地上，讓女兒能夠重新找到自己的根。親愛的漢斯，」安東尼莊嚴鄭重地繼續說，「這是一個未來的祖父跟一位有兩個漂亮小女孩的爸爸在說話。請您幫個忙，幫您的同胞賓瑪斯．梅耶的女兒的忙。希望您能夠慷慨助人，讓她獲得我們希望她能享有的幸福。」

漢斯．戴提茲聽了感動莫名，不知所措。來客淚汪汪的雙眼使他完全瓦解。他拿一條手帕給安東尼。

「您說他的名字叫賓瑪斯．梅耶是嗎？」

安東尼答道：

「就是這名字！」

「請您在閱覽室坐一會兒，我去看看是否有他的檔案。」

一刻鐘之後，戴提茲把一個鐵製文件箱放在安東尼前面的桌子上。

「我想我找到有關您女婿的資料。」他滿面春風地說。「我們運氣好，這份資料沒有損毀。重新恢復被撕毀的檔案，這工作可不是馬上就可以完成，我們仍然在等待需要的經費。」

安東尼非常熱情地向他道謝，然後裝出很尷尬的眼神看著他，讓他明白他現在需要點隱私來研究女婿的過去。戴提茲立刻離開，安東尼開始閱讀從一九八〇年開始建立的一名年輕人的厚重檔案。這名年輕人被監視了整整九年。好幾十頁的紙登記著他的行為表現、交往人物、性向能力、文學嗜好、私人和公共場合談話內容的詳細記錄、思想觀點、對國家的忠實度。還有他的抱負、理想、第一次戀愛、第一次的經驗以及第一次的失望，所有可能塑造竇瑪斯未來個性的點點滴滴都沒有遺漏。安東尼的德文閱讀能力並不很好，因此不得不請戴提茲幫他解釋檔案最後一張，而且在一九八九年十月九日做過最後一次修訂的綜合報告。

竇瑪斯·梅耶，父母雙亡，是名思想不純正的學生。他從小就交往的最要好朋友也是他的鄰居逃到西方去。此人叫約根·克納普，他越過圍牆，也許是躲在一部車子的後座底下，之後再也沒有回到德意志民主共和國。沒有證據能證明竇瑪斯·梅耶出手協助，他對國安局線民說出他朋友計畫時的坦白態度，很可以確定他的清白。充實檔案內容的工作人員因此發現了逃亡計畫，不幸是發現太晚，無法逮住約根·克納普。但是竇瑪斯和背叛國家的人關係親密，而且他未能提早揭發朋友的逃亡計畫，因此不能被認為是民主共和國的優秀分子。單看檔案上提到的記錄，可以知道他未被追究，但是很明顯的，他永遠無法擔任政府機構的任何重要職務。報告還建議要加強監視他，確保他以後和舊時朋友或者是和西方世界的任何人都沒有往來。在修訂或是終結檔案之前，有必要對他觀察到他三十歲為止。

戴提茲讀完報告後，心中吃驚不已。他無法掩飾心情的激動，將提供資料的線民名字唸了兩遍，確定自己沒有弄錯。

「誰能想到會有這種事呢！」安東尼一邊說，一邊看著報告最下面簽署人的名字。「真讓人難過！」

戴提茲也感到同樣難過，完全同意他的看法。

安東尼謝謝辦事員給他的可貴協助。檔案管理員注意到一個細節，猶豫了一會兒，然後對他說他剛剛發現到的一件事。

「有件事和您此行的目的有關，我覺得有必要告訴您，您的女婿一定也跟您一樣發現這項令人難過的事。檔案封面內頁裡的一道眉批證明，他本人看過這份檔案。」

安東尼向戴提茲表示他非常感激，他會盡己所能提供資金，協助檔案的修復工作。他現在比以往更能體會出，瞭解自己的過去是多麼能夠讓人瞭解到自己的未來。

安東尼離開檔案中心後，覺得需要透個氣，好讓情緒穩定下來。他走到停車場旁邊的一座小花園，在長板凳上坐一會兒。

他重新思考戴提茲對他揭露的事，接著他抬眼看天，大聲叫了起來：

「我怎麼沒有早一點想到這件事呢！」

他站起身，往轎車走過去。他一進入車內，就拿起行動電話撥舊金山的一個電話號碼。

「我把你吵醒了嗎？」

「怎麼沒有，現在是早上三點鐘！」

「很抱歉，因為我想我得到了一個很重要的消息。」

畢蓋茲打開床頭燈，拉開床頭櫃的抽屜，找出一枝筆，然後說：

「請講！」

「我現在有百分之百的理由認為我們要找的人改名換姓，想永遠不再使用以前的姓氏，或者說，他希望盡可能不要想起這姓氏。」

「為什麼呢？」

「說來話長……」

「你知不知道他的新姓名？」

「一點都不知道！」

「很好，你三更半夜打電話來真的很對，這可以讓我的調查工作大有進展！」畢蓋茲語帶諷刺回答，然後掛掉電話。

他把燈關掉，雙臂交叉擱在脖子後面，卻再也沒有辦法入睡。半個鐘頭後，他太太下令叫他去工作，雖然此時此刻天還沒亮，但是她受不了他在床上翻來覆去，她可是打算再睡回籠覺。

畢蓋茲穿上睡袍，一邊走到廚房去，一邊發脾氣。他先替自己準備一份三明治。他在兩片麵包上塗上一層厚厚的奶油，反正娜塔莉亞不會在這裡為膽固醇教訓他。他帶著早餐來到書房裡，坐在書桌前。有些行政機構是永遠不會關門的，他拿起電話筒，打電話給一個在海關工作的朋友。

「如果一個合法改姓的人進入我們的國境，我們的資料會不會登記他原來的姓氏？」

對方答道：

「是哪個國籍的人？」

「德國人，在德意志民主共和國出生。」

「在這種情況下，想要在我們的領事館申請到簽證是很有可能，一定會在某個地方留下痕跡。」

畢蓋茲問他：

「你手邊有筆嗎？」

「老兄，我就坐在我的鍵盤前面。」他的朋友李克．布拉姆回答他。後者是甘迺迪機場移民局的官員。

賓士轎車在開往飯店方向，安東尼看著窗外的景色。一家藥房門楣上有一個跑馬燈，不斷輪流顯示日期、時間，以及外面的溫度。現在柏林時間馬上就要十二點了，氣溫是攝氏二十一度……

安東尼喃喃地說：

「只剩下兩天時間了。」

朱莉亞把行李放在腳旁，一個人在大廳裡來回踱步。

「我向您保證，華斯小姐，我一點都不知道令尊上哪兒。今天一早，他要我們幫他叫一部轎車，但是沒有給我們任何說明，他出去後就沒再回來過。我有試著跟他的司機聯絡，可是他的行動電話關機了。」

飯店櫃檯員看著朱莉亞的行李。

「華斯先生沒有說要改變你們的旅程，他也沒跟我說你們今天要離開。您確定他是這麼決定的嗎？」

「是我的決定！我跟他約好今天早上在這裡見面，飛機下午三點鐘起飛，而且如果想趕上巴黎飛往紐約的班機，這可能是最後一班了。」

「你們也可以在阿姆斯特丹轉機，這樣可以節省時間，我很樂意替您們處理這問題。」

「那就請現在處理。」朱莉亞一邊回答，一邊搜口袋。

絕望的朱莉亞將頭靠在服務台上。櫃檯員驚訝地看著她。

「小姐，有問題嗎？」

「機票在我父親身上！」

「我想他很快就會回來，不用擔心，如果您在今晚之前一定要回到紐約，時間還來得及的。」

一部黑色轎車剛剛停在飯店前面，安東尼從車上下來，穿過旋轉門。

「你上哪裡去了？」朱莉亞一邊問，一邊往他走過去。「我可擔心死了。」

「這可是第一次看到妳關心我在做什麼，或者說擔心我可能發生了什麼事，今天真是好日子！」

「我擔心的是，我們會趕不上班機！」

「什麼班機啊？」

「我們昨天晚上說好今天要回去的，你還記得吧？」

櫃檯員打斷了他們的談話，交給安東尼一封剛剛發給他的傳真。安東尼把信打開，一邊看朱莉亞，一邊讀傳真內容。

他興奮地答道：

「當然記得，不過那是昨晚的事。」

他看了一眼朱莉亞的行李，於是請行李侍者將她的行李送回房間去。

「來，我帶妳去吃午飯，我們要好好談一談。」

她擔心地問道：

「談什麼？」

「談談我！好了，別這副臉色，妳放心吧，我剛剛是開玩笑……」

兩人坐在露天座的位置上。

鬧鐘把史坦利從惡夢中驚醒。他一睜開眼睛就覺得頭痛得不得了，這是昨晚酒喝太多的後遺症。他起床後，跌跌撞撞地走到浴室去。

他看到鏡子中自己難看的臉色，於是發誓在月底之前絕對不再碰一滴酒，整個說來不算苛刻，因為今天已經是二十九號了。除了耳朵裡面的錘骨好像在太陽穴下面不斷跳動外，今天一開始就是個好天氣。吃早餐時，他想打電話給朱莉亞，跟她說要去辦公室去找她，然後兩人到河邊去繞一圈。他皺了皺眉頭，逐漸想起他最要好的女友不在紐約，而且昨天晚上她沒有跟他聯絡，說明她的近況。但是他怎麼想也想不起來，在昨晚酒喝得太多的晚飯中他到底說了些什麼。那只是在稍晚他喝了一大口茶後，他才在心裡自問，在昨晚和亞當單獨相處的時間中，他會不會不小心把「柏林」這個詞給說出來。沖過澡後，他在考慮是否有必要通知朱莉亞，告訴她那塊在他心中不斷擴張的疑雲。他也許有必要給她打個電話……或許沒必要！

「會撒謊的人永遠會撒謊！」安東尼一邊大聲說話，一邊把菜單遞給朱莉亞。

「這些話你是對我說的嗎？」

「親愛的，不要以為這世界唯妳獨尊！我是指妳的朋友克納普！」

朱莉亞把菜單放在桌上，把走過來的服務生打發走。

「你在說什麼？」

「我在柏林一家餐館和妳一起吃飯，我能說什麼呢？」

「你發現了什麼事？」

「竇瑪斯．梅耶，別名竇瑪斯．伍勒曼，是《每日鏡報》的報導記者。我可以不冒任何風險打賭，他每天都跟那個和我們瞎扯的小混蛋一起工作。」

「克納普為什麼要撒謊？」

「這個妳自己去問他吧。我猜他有他的理由。」

「你是怎麼知道這些消息的？」

「我有超能力！這是變成機器人的好處之一。」

朱莉亞看著父親，神情顯得很洩氣。

「為什麼不能呢？」安東尼繼續說。「妳創造出會跟小孩子說話的天才動物，難道我沒有權利在我女兒眼中擁有一些特殊優點嗎？」

安東尼將手往朱莉亞的手伸過去，接著他改變主意，拿起一隻杯子放在嘴邊，準備喝水。

朱莉亞喊道：

「那是水。」

安東尼嚇了一跳。

朱莉亞引起了周圍客人的注意，覺得很不好意思。她低聲說：

「我想這對你的電子線路不是很理想。」

安東尼眨眨雙眼。

「我想妳剛剛救了我的命……」他一邊說，一邊把杯子放下。「不過，這是講法問題！」

朱莉亞問道：

「你是怎麼知道這些事的？」

安東尼看了女兒許久，決定不把今天早上去看舊東德國家安全局檔案的事告訴她。畢竟，他獲得結果才是最重要的。

「我們可以改變姓氏發表文章，但是要通過海關檢查，那完全是另外一碼事！我們在蒙特婁看到那張令妳出神的畫像，表示他去過那裡，因此我在想，他很有可能也順道經過美國。」

「你真的是有超能力！」

「是因為我有一個在警察局工作的老朋友。」

朱莉亞喃喃地說：

「謝謝你。」

「妳現在想怎麼做？」

「我也在想。我只是很高興賓瑪斯能實現他的夢想。」

「妳知道他什麼事？」

「他一直想當記者。」

「妳以為這是他唯一的夢想嗎？妳真的以為有一天當他回顧自己的一生時，所看到的就是一本照片相簿嗎？事業，真令人頭痛！妳知道有多少人在孤獨的時候才明白，他們以為一生追求的成功已經離他們很近，事實上卻相距遙遠，更不要說他們自己了。」

朱莉亞注視著父親，心中猜到在他的笑容中一定隱藏著哀傷。

「我要問妳一個問題，朱莉亞，妳打算怎麼做？」

「最聰明的決定肯定是回柏林。」

「好個口誤啊！妳剛剛說柏林，其實妳是住在紐約。」

「那只是巧合而已。」

「真好玩，要是在昨天，妳會說這是個徵兆。」

「就像你剛剛說的，那是在昨天。」

「朱莉亞，妳要徹底明白，我們不能在充滿悔恨的回憶中過日子。幸福需要有心裡踏實做為基礎，哪怕是那麼一點點。妳必須自己做抉擇。我以後不能替妳決定事情，再說，長久以來就已經不是如此了，但是妳要小心孤獨，這是很危險的伴侶。」

「你呢，你體驗過孤獨嗎？」

「我經常和孤獨在一起，假如妳想知道有多久，那我告訴妳，有很久很久了，不過我只要一想到妳，就可以驅走孤獨。應該說，我現在對某些事情有所覺悟，當然是稍微有點晚。不過我沒什麼好抱怨。大部分像我這樣的蠢蛋都不會有什麼天上掉下來的好事，哪怕這好事只是前後幾天而已。哦，對了，這是很中肯的字眼：我一直很想念妳，朱莉亞，現在我怎麼樣也沒辦法挽回失去的光陰。我像白痴一樣讓時間流逝，因為我必須工作，因為我認為我有義務，我有一個角色要扮演，然而我生命中唯一的真正舞台是妳。好了，我的廢話說夠了，妳也好，我也好，我們都不像是嘮叨的人。我很願意陪妳去揍一頓克納普的屁股，讓他把實話說出來，不過我很累，再說，我跟妳說過了，那是屬於妳自己的生活。」

安東尼歪著身，伸手把放在旁邊一張桌子上的報紙拿過來。他打開報紙，開始閱讀新聞。

朱莉亞心裡難過地說：

「你不是說過你看不懂德文嗎？」

安東尼翻過一頁報紙，嘴裡說：

「妳還在這裡呀？」

朱莉亞把餐巾疊好放回桌上，把椅子往後推，然後站起身。

她一邊走，一邊說：

「我一看到他就打電話給你。」

安東尼一邊看著餐館窗外，一邊說：

「哦，報上說傍晚的時候會出太陽。」

朱莉亞已經走到人行道上了，她招手叫了一部計程車。安東尼把報紙疊好，嘆了一口氣。

計程車停在羅馬—富米奇諾機場大廈前。賨瑪斯結了帳後繞到車子另一邊，替瑪莉娜開車門。報到完通過安全檢查後，賨瑪斯將行李背在肩上，看看手錶。飛機一個鐘頭之後起飛。瑪莉娜在商店前閒逛。他握住她的手，把她拉到一間酒吧。

他向櫃檯叫了兩杯咖啡，開口問瑪莉娜：

「妳今晚想做什麼？」

「參觀你的房子，打從我心裡在問你家是什麼樣子的時候，我就一直想看看。」

「只有一個很大的房間，靠窗有一張書桌，對面貼牆的地方擺了一張床。」

瑪莉娜說道：

「這對我很足夠了，不需要其他的東西。」

☘

朱莉亞推開《每日鏡報》的大門，往招待處走去。她要求和克納普見面。接待小姐拿起電話。

「請您告訴他一聲，我在這大廳等他一直等到他來為止，就算是整個下午都待在這裡我也要等。」

玻璃電梯慢慢往一樓降落，克納普身子靠在玻璃上，眼睛一直盯著訪客。朱莉亞走過來又走過去，在張貼當日新聞版面的櫥窗前踱來踱去。

電梯門打開，克納普穿過大廳。

「朱莉亞，有什麼事我能替妳服務嗎？」

「那你可以先跟我說你為什麼要撒謊！」

「請跟我來，我們到比較安靜的地方去。」

克納普帶著她往樓梯方向走過去。他請她先坐在咖啡機旁邊的小會客室裡，然後從口袋掏些零錢出來。

他一邊向飲料自動販賣機走過去，一邊問她：

「要咖啡還是要茶？」

「什麼都不要！」

「朱莉亞，妳到柏林來是有什麼事？」

「你的觀察力有這麼不敏銳嗎？」

「我們將近二十年沒見面了，我怎麼能猜到妳到這裡來是為了什麼？」

「賨瑪斯！」

「過了這麼多年了，妳也應該知道，妳說這話無論如何都很令人吃驚。」

「他在哪裡？」

「我跟妳說過了，他在義大利。」

「我知道，跟他太太和孩子們住一起，他也放棄當記者。但是這個故事的全部或者部分是假的。他雖然改了姓氏，但是他仍然是記者。」

「妳既然都知道了，為什麼還要在這裡浪費妳的時間呢？」

「假如你想玩一問一答的遊戲，那你就先回答我的問題。為什麼你要跟我隱瞞事實？」

「妳要我們彼此之間互相問些真正的問題是嗎？我倒有幾個問題問妳。妳到底有沒有想過賨瑪斯是否希望和妳再度相見？妳憑什麼突然這樣子再度出現？難道就因為妳認為時機到了？還是妳腦筋突然有這個念頭？妳憑空從另外一個時代跑出來，可是現在沒有鐵幕要劃除，沒有革命要進行，沒有令人激情讚嘆的事，也沒有瘋狂之舉！現在剩下的是一些理智，成人的理智，在生命中盡可能往前走，創造自己的事業。朱莉亞，妳滾開這裡吧，離開柏林，回妳家去。妳已經把人整得夠慘了。」

朱莉亞雙唇顫抖，對他說道：

「我不許你對我說這種話。」

「我沒權利這麼說嗎？那我們繼續玩一問一答的遊戲吧。當竇瑪斯被地雷炸傷的時候妳人在哪裡？當他跛著腳從喀布爾回來時，妳有在飛機的樓梯底下接他嗎？妳有沒有每天陪他做復健治療？當他絕望無比時妳有在他身邊安慰他嗎？別問為什麼，我知道答案，他因為妳不在身邊而痛苦不已！妳所帶給他的痛苦，妳讓他沉溺在孤獨的處境中，妳到底有沒有想到這些？妳知道這種情況前後延續有多久嗎？妳能想像出這個內心傷痕累累的白痴，居然還有寬大的胸懷替妳辯護嗎？而我卻想盡一切辦法讓他能夠恨妳。」

儘管朱莉亞淚如雨下，但沒有一件事能讓克納普閉上嘴巴。

「妳知道過了多少年之後，他才接受現實，忘掉過去，不再成天想著妳嗎？我們晚上一起散步在柏林每一個角落，他都跟我提到你們兩人之間的過去，因為一座咖啡館的門面，公園的一張長板凳，酒吧的一張桌子，一條運河的堤岸，都會勾起他對過去的回憶。妳知道有多少相識都是付諸流水嗎？妳知道有多少愛他的女人因為妳的香水味，或是妳那些令他發笑的蠢話而灰心？

「我對妳的一切不能不瞭如指掌。妳皮膚的肌理，妳早晨讓他覺得很可愛的情緒，可是我卻不懂為什麼，妳早餐吃什麼，妳綁頭髮和描眼線的方式，妳喜歡穿的衣服款式，妳在床的哪一邊睡覺。妳每週三鋼琴課學的曲子我不得不聽一千遍，因為靈魂破裂的他，一個禮拜又一個禮拜、一年又一年地繼續在彈這些曲子。我還不能不看那些妳用水彩筆或是鉛筆畫的畫，看那些他每個名字都很熟的無聊動物。不知道有多少次我看到他停在櫥窗前面，因為妳會喜歡那件衣服，因為妳會喜歡那幅畫，因為妳會喜歡那束花。我好幾次都在自問，妳到底在他身上做了些什麼，會讓他想念妳到這種地步？

「當他終於開始好轉的時候，我總是害怕在路上碰到一個身材很像妳的人，碰到一個會讓他重蹈覆轍的陰魂。走向另一個自由的道路很長。妳問我為什麼要撒謊？我希望妳現在已經明白答案是什麼了。」

朱莉亞情緒激動不已，結結巴巴地說：

「我從來都不願意他受到傷害，從來都沒有願意過。」

克納普抓一張面紙遞給她。

「妳為什麼在哭呢？朱莉亞？妳現在的生活情況如何？妳結婚了嗎？也許又離婚了吧？幾個孩子？工作剛剛調到柏林來？」

「你沒必要那麼殘忍！」

「妳可沒資格說我殘忍。」

「你什麼都不知道……」

「可是我可以猜到妳的心思！二十年過後，妳改變主意，是不是這樣？現在太晚了。他從喀布爾回來後就給妳寫封信，不要不承認，那時我在他旁邊幫他想一些字彙。他在期待妳來的那幾個月間，每個月的最後一天他神情沮喪地從機場回來時，我都在他身邊。妳做了選擇，他尊重妳的選擇，而且從來就沒有怪過妳，這就是妳想知道的是不是？那妳可以安心離開了。」

「克納普，我從來就沒做過選擇，竇瑪斯的那封信，我是前天才收到的。」

飛機在阿爾卑斯山脈上空飛翔而過。瑪莉娜的頭擱在竇瑪斯的肩膀上，人已經睡著了。竇瑪斯把小圓窗的窗板闔上，然後閉上眼睛，希望能睡點覺。再一個鐘頭，他們就會抵達柏林。

朱莉亞把自己的遭遇一五一十說出來，克納普從頭到尾都沒有打斷過她一句話。她也是花了很長的時間，才把以為逝去的人埋藏在內心深處。話說完後，她站起身，向克納普做最後的道歉，請他原諒她在不是有意而且從來就不知道的情況下，對竇瑪斯造成的傷害。他向竇瑪斯的朋友說再見，並且要他發誓，絕對不要對竇瑪斯提起她到柏林的事。克納普看著她走在通往樓梯的長廊上。當她正要踏上第一道階梯時，他喊她的名字。朱莉亞轉頭看克納普。

「我不能遵守這個誓言，我不願意失去我最要好的朋友。竇瑪斯現在在飛機上，他的班機在三刻鐘後會抵達柏林，他從羅馬飛過來。」

19

三十五分鐘，這是到飛機場需要的時間。朱莉亞上計程車後對司機聲明，如果他能準時抵達機場，她會付加倍車資給他。車子開到第二個十字路口時，紅燈正好轉綠燈，她卻突然打開車門，跑到司機旁邊的位置坐下。

司機嚷道：

「乘客必須坐在後面。」

「也許吧，可是照後鏡是在前面。」她一邊說，一邊將遮陽板放下來。「快點，快點！」

她在鏡子中看到的自己著實難看。眼皮浮腫，雙眼和鼻尖都還紅紅的，二十年來的等待，結果是和一隻白化病的兔子擁抱，那自己還不如走回頭路好。正當她開始化妝時，車子突然急轉彎，使她無法進行。朱莉亞發起脾氣，司機說她必須做個決定，要嘛十五分鐘趕到機場，要嘛他把車子停在路旁，好讓她在臉上塗塗抹抹！

「趕快開！」她大聲地說，然後又拿起畫睫毛的筆。

路上車子十分擁擠。雖然前面有禁止超車的實線，她仍然拜託司機超車。這種違規萬一被抓到的話，司機執照會被吊銷的。朱莉亞對他說，萬一他們被抓到的話，她可以假裝自己就要分娩了。司機提醒她，她的肚子不夠大，這種謊言無法取信於人。朱莉亞把肚子鼓得大大地，把手放在腰後，開始呻吟起來。「好了，好了。」司機一邊說，一邊踩油門。

「我胖了一點，是不是？」朱莉亞看著自己的腰，擔心地問。

六點二十二分，車子還沒完全停好，她就跳到人行道上。航空站很長很長。

朱莉亞向人打聽國際班機抵達的地方在哪裡。正好一名空中少爺從旁邊經過，告訴她是在最西邊。她拚命跑到那裡，跑得氣喘如牛，抬頭看告示牌。可是上面沒有一架班機是從羅馬飛過來。朱莉亞脫下鞋子，開始往反方向全速奔跑。前面有一大群人眼睛都緊緊盯著旅客出境的自動門。朱莉亞從旁邊擠進去，一直擠到欄杆前面。第一批人潮終於出現，自動門隨著離開行李領取處的旅客不斷打開，然後又關上。觀光客、度假客、生意人，工商業的男男女女，每個人都穿著因應場合的衣服。許多隻手舉得高高的，在空中使勁搖晃，有些人互相擁抱、親吻，也有些人只是互相打個招呼。這裡有人講法語，那邊有人說西班牙語，稍遠的地方聽到有人用英語交談。到第四批人潮出現時，終於聽到義大利語。兩名背很駝的學生手牽手走出來，他們看起來活像烏龜；一名手裡拿著日課經書的教士很像一隻啄木鳥；一名副駕駛員和一名空中小姐互相交換地址，他們兩人前世一定是長頸鹿；一名長得像貓頭鷹的會議代表伸長脖子在找他的同行夥伴；一名像蟬一般的小女孩衝向母親的懷抱；一名跟熊一般粗大的丈夫和妻子相逢，接著，在百來張臉孔當中出現了賓瑪斯的眼神，那眼神就跟二十年前一樣，完全沒變。

眼皮周圍有一些皺紋，下巴的小渦比以前更明顯，留了一些薄薄的鬍子，可是那雙跟細沙般溫柔的眼睛，那雙在柏林圍牆頂讓她心神蕩漾，在動物園區公園的圓月下讓她神魂顛倒的眼神仍然跟以前一樣。朱莉亞屏住氣，踮高腳尖，身子靠在欄杆上，把手臂舉得高高的。賓瑪斯轉頭和摟著他的腰的年輕女子說話。他們兩人正好從朱莉亞前面經過，而她的腳跟也剛好落回地上。這對男女走出航空大廈，然後消失了。

賨瑪斯一邊關上計程車的車門，一邊問道：

「要不要先到我家去？」

「要看你的窩也不差前後幾個鐘頭。我們倒是應該先去報社。現在已經很晚了，克納普說不定會離開辦公室，能見他一面，對我的事業來說也很重要，這就是我陪你到柏林來的理由，不是嗎？」

賨瑪斯對司機說道：

「波茲坦街。」

在他們後面十部車子遠的地方，一名女子搭上另外一部計程車，往她的飯店方向開去。

飯店櫃檯員對朱莉亞說，她父親在酒吧等她。她看到父親坐在靠窗的一張桌子前面。

他一邊站起來招呼她，一邊說：

「看起來事情結果不是很好。」

朱莉亞跌坐在沙發椅上。

「就說什麼事都沒發生過吧。克納普並不是完全在撒謊。」

「妳看到竇瑪斯了？」

「在機場看到，他從羅馬飛來……和他太太一起來。」

「你們有說到話嗎？」

「他沒看到我。」

安東尼把服務生叫過來。

「妳要不要喝點東西？」

「我很想回家。」

「他們有沒有戴結婚戒指呢？」

「她摟著他的腰，我總不能向他們要結婚證書來看。」

「我想才幾天前，妳也是一樣有人摟著妳的腰。我不是在現場親自看到，因為那是在我喪禮的時候，話說回來，我多多少少還是有點在場……很抱歉，說這些話我覺得很好笑。」

「我一點都不懂這有什麼好笑的。我們原本要在那天結婚。這場荒謬的旅行明天就結束了，這樣顯然比較好。克納普說得對，我憑什麼再度闖入他的生活？」

「擁有第二次機會的權利，不是嗎？」

「是對他而言，對你而言，還是對我而言？這是很自私的做法，而且注定會失敗。」

「妳打算要怎麼樣？」

「整理行李，然後睡覺。」

「我是說回紐約之後。」

「好好思考一下自己的處境，想辦法重新補救被我搞砸的事情，忘掉一切，回歸我原來的生活，這一次沒有其他的選擇了。」

「當然還有，妳可以選擇堅持到底，問個水落石出。」

「你要來給我上愛情課是不是？」

安東尼專注地看著女兒，然後把自己的座椅拉到她旁邊。

「妳記不記得妳小時候每天晚上，也就是在累得睡著之前妳都在做什麼？」

「我拿著手電筒在棉被底下看書。」

「妳為什麼不把房間的燈打開呢？」

「讓你以為我已經睡著了，我好偷偷地看書……」

「妳從來沒問過妳那把手電筒是不是有魔法？」

「從來沒有，為什麼呢？我應該問嗎？」

「在妳童年時代，手電筒有沒有熄滅過一次？」

朱莉亞感到很困惑，答道：

「沒有。」

「可是妳從來就沒有換過電池……我的朱莉亞，妳對愛情懂些什麼，妳從來只愛反射出妳美麗形象的人。妳正臉看著我，跟我談談妳的婚禮，妳的未來計畫，妳發誓看看，除了這趟出乎意料的旅行之外，沒有一件事能影響妳對亞當的愛情。只是因為有個女子摟著竇瑪斯的腰，妳就無法替自己的生活定個走向，那妳怎麼能說妳對竇瑪斯的所有情感和他的生活意義都瞭解得很清楚呢？妳要我們開誠布公地談談，那我想問妳一個問題，而且希望妳誠實回答我。妳最長的愛情前後維持多久？我不是在講竇瑪斯，也不是指妳心中幻想的愛情，而是指實際體驗過的。兩年、三年、四年、五年，大概吧？沒關係，有人說愛情可以維持七年。好，妳要誠實回答我的問題。妳能不能前後整整七年完全把自己奉獻給一個人，把所有一切都給他，毫無保留，毫無恐懼，毫無疑心，同時心裡知道，這個妳最愛的人會把你們共同生活的一切忘得一乾二淨？妳能接受他會把妳的關懷和妳的愛撫完全遺忘，同時能接受他在害怕空虛的天性下，有一天會用責備和悔恨來彌補這個遺忘。在知道這些是不可避免的情況下，當妳心愛的人口渴，或是做了一個惡夢時，妳還能有力氣在半夜中起床嗎？妳願意每天早晨替他準備早餐，關心他的白天活動，讓他得到消遣，當他無聊的時候說故事給他聽，唱歌給他聽，他必須出去呼吸新鮮空氣時帶他到外面走走，哪怕天氣非常寒冷。接著，晚上到了，妳能忘記自己的疲勞，坐在他床邊安慰他不要害怕，跟他描述他將來會離妳很遠的未來生活嗎？如果妳對每個問題的回答是『是』的話，那原諒我低估了妳，妳是真正懂得什麼是愛。」

「你說的是不是媽媽？」

「不是的，親愛的，我說的是妳。我剛剛跟妳形容的愛，是一個父親，或是母親對孩子的愛。有多少個白天和夜晚，我們在你們旁邊守候，預防那些會傷害你們的危險，看著你們，幫助你們長大，替你們擦乾眼淚，逗你們歡笑；冬天的時候去過多少個公園，夏天的時候去過多少個沙灘，走過多少的路，重複過多少的話，在你們身上花了多少的時間。可是，可是……妳第一個童年生活的印象是幾歲的時候？

「妳想想，要擁有多深的愛才能學會把你們當做生活的中心，心裡卻清楚知道你們將來會把幼年生活忘得一乾二淨，也知道你們未來的生活會因為我們沒有做好而受苦，還有，我們也知道無可避免的那一天會來到，就是你們離開我們，為自己擁有自由而感到驕傲的那一天。

「妳責備我經常不在妳身邊。可是妳知不知道孩子離開父母親的那一天我們心裡有多痛苦嗎？妳有沒有想像過那種分離的滋味？讓我來告訴妳，我們就像傻瓜一樣站在家門口，看著你們離開，心裡告訴自己，要為小孩子這有必要的飛奔感到高興，要欣然接受那種必須把你們推出家門、把我們骨肉奪走的個性。當門再度關上的時候，我們要開始重新學習：重新擺設空出來的房間，不要再等待腳步聲，要忘掉那些以前你們晚回家時的樓梯腳步聲，因為這腳步聲讓我們心安，之後我們才能放心地睡覺。忘掉這些腳步聲後，我們必須設法讓自己入眠，可是徒勞無益，因為你們再也不會回家了。妳明白嗎，我的朱莉亞，可是沒有一個做父親的，沒有一個做母親的，會為這些事情而覺得自己了不起，這才是愛，我們沒有其他選擇，因為我們深愛著你們。妳總是在埋怨我把妳和竇瑪斯分開，這是我最後一次請妳原諒我沒有把那封信交給妳。」

安東尼舉起手臂向服務生招手，要他送點水過來。他的額頭出現許多汗珠，他從口袋裡掏出手帕。

「我請妳原諒。」他又重複地說，然而手臂一直舉在空中。「我請妳原諒，我請妳原諒，我請妳原諒。」

朱莉亞擔心地問道：

「有問題嗎？」

「我請妳原諒。」安東尼連續重複了三遍。

「爸爸？」

「我請妳原諒，我請妳原諒……」

他站起來，身子搖搖晃晃，又跌坐在椅子上。

朱莉亞叫服務生過來幫忙。安東尼打手勢表示沒有必要。

變得很呆滯的安東尼問：

「我們現在在哪裡？」

「在柏林，在飯店的酒吧裡。」

「我們現在到底在哪裡？今天星期幾？我在這裡做什麼？」

「不要這樣了！」驚慌的朱莉亞哀求道，「今天是禮拜五，我們兩人一起出門旅行的。四天前我們從紐約出發要尋找竇瑪斯，你還記得嗎？這都是因為我在蒙特婁碼頭看到的那張畫像。你很累，如此而已，你必須節省電池，我知道這很荒謬，可是你是這麼跟我解釋的。你要我們談談所有的事，可是我們只在談我一個人的事。你一定要恢復神智，我們還有兩天的時間，這兩天完全屬於我們，可以讓我們說出我們從沒談過的事。我要從我已經忘掉的事情中重新再學習，我要再聽聽你以前跟我講的故事。那個飛機汽油耗光不得不緊急降落，因而迷失在亞馬遜河岸的駕駛員的故事，還有那隻替他指路的水獺的故事。我還記得牠的皮毛顏色，是藍色，只有你才能形容出來的藍色，就好像你的字就是水彩筆一樣。」

朱莉亞扶著父親的手臂送他回房間。

「你臉色不好，睡覺去吧，明天就會恢復力氣的。」

安東尼不肯躺在床上，說坐在窗子旁邊的沙發椅就可以了。

「妳看，」他一邊說，一邊坐下來，「真有趣，我們都找出所有正當的理由來禁止相愛，只是為了怕受苦，怕有一天會被拋棄。可是我們是多麼熱愛生命啊，但我們心裡很清楚，有一天生命會離開我們。」

「別說這個……」

「朱莉亞，不要老在設想未來。沒有搞砸的事要去彌補，許多的事需要去體驗，而這永遠跟預期的不一樣。我可以告訴妳的是，所有的事都以驚人的速度飛逝。妳留在這房間和我在一起做什麼呢？去吧，去踏上妳舊時回憶的腳步吧。妳說要好好思考妳的處境，那麼就去吧。二十年前妳在這裡，趁還來得及的時候，去找回那些光陰。今晚賨瑪斯跟妳在同一個城市裡，妳有沒有看到他都不重要。你們呼吸一樣的空氣。妳知道他在這裡，以後他再也不會跟現在一樣跟妳這麼接近。出去吧，在每個燈光照亮的窗下停下來，抬起頭看，如果妳看到一個窗簾後面的影子很像是他的話，尋思一下妳心中的感受，如果妳認為真的是他的話，在街上大喊他的名字，他會聽到妳的聲音，下來也好，不下來也好，然後對妳說他愛妳，或者叫妳永遠滾開，但是如此一來，妳心裡會很踏實。」

他請朱莉亞離開，讓他一個人安靜。她走到他身邊時，安東尼笑了起來。

他神情狡黠，對朱莉亞說：

「很抱歉剛剛在酒吧讓妳嚇了一跳。」

「你總不會假裝身體不適吧……」

「妳媽媽開始神經失常的時候，妳以為我心中沒有失落感嗎？失去她的不是只有妳一個人。整整有四年的時間我在她旁邊，而她卻完全不知道我是誰。妳現在就出去吧！今晚是在柏林的最後一個晚上！」

朱莉亞回到房間後，躺在床上。電視節目無聊至極，擺在矮几上的雜誌統統都是德文。她站起身，決定出去享受一下溫柔的夜晚，待在房間有什麼用呢？還不如在城市裡逛一逛，好好利用在柏林的最後一段時光。她在行李袋裡找一件毛衣，在袋子最裡面，手碰到那封藏在幼時房間書架上一本歷史書裡面的信。她看著信上的的字跡，然後把信放在口袋中。

離開飯店之前，她先到頂樓，在父親正在休息的房間門上輕輕敲。

安東尼一打開門就問她：

「妳忘了什麼東西嗎？」

朱莉亞沒有回答。

「我不曉得妳要上哪裡去，不過這樣一定是比較好的，別忘了，明天早上八點鐘我在大廳等妳。我已經預訂了一部車子，我們不能錯過這班飛機，妳一定要把我帶回紐約。」

朱莉亞站在門口問他：

「你想我們是不是有一天能夠不再被愛情折磨呢？」

「永遠不能！除非妳運氣好。」

「那麼，現在輪到我要請你原諒，我應該早一點與你分享這個。這是我的，我一直想把它留給我自己，不過這跟你也有關係。」

「這是什麼？」

「媽媽寫給我的最後一封信。」

她把信遞給父親後便離開。

安東尼看著女兒走遠。當他雙眼落在女兒交給他的信時，一眼就認出他太太的筆跡。他深深吸了一口氣，肩膀感到異常沉重，走到沙發椅前坐下來開始讀信。

朱莉亞：

當妳走進我的房間時，光線從妳半開的門中透進來，妳的身影脫顯而出。我聽到妳的腳步聲往我的方向走過來。我認識妳臉孔的每個線條，有時候我會找妳的名字，我認出妳身上那股熟悉的氣味，因為它令我很舒服。只有妳身上那股稀有的香氣能讓我擺脫長久以來縈繞心中的焦慮。妳應該就是經常在夜幕初上時分前來看我的那個小女孩，既然妳走到我床邊來，那應該是夜晚來臨了。妳的話語很溫柔，要比中午那個男人的話語還要平靜。他好像希望我好，所以當他說他愛我時，我是相信的。他呢，他的動作很溫柔，有時候他會起身，走到另一道把窗外樹木照得發亮的光線那裡。他有時候會把頭擱在窗上傷心地哭泣，可是我不懂為什麼。他用一個我也不認識的名字叫我，可是每一次我都把那名字當成是我的，目的是想讓他高興。我必須對妳坦白一件事，每次他用他給我的名字叫我，而我對著他微笑時，我感覺到他變得比較輕鬆。我對他微笑也是為了謝謝他供我衣食。

妳坐在我旁邊，坐在我的床沿上。我眼睛一直看著妳撫摸我臉頰的小指頭。妳不斷在叫我，從妳的眼神中，我知道妳也要我給妳一個名字。可是在妳的雙眼中，我看不到悲傷，也就是為了這個原因我很喜歡妳的造訪。當妳的手腕從我鼻子前面晃過去時，我會閉上雙眼。妳的皮膚聞起來有我童年的味道，還是妳童年的味道？我現在明白了，妳是我的女兒，我的愛，可是只有些許時間了。有很多的話要對妳說，可是時間卻是那麼少。我希望妳經常歡笑，我心愛的，我也希望妳跑去對躲在窗子前哭泣的妳父親說，不要再哭泣了，對他說我有時候能認出他，告訴他我知道他是誰，告訴他我記得我們曾經非常相愛過，因為每天當他來看我時，我又再度愛上他。

晚安，我心愛的，我要睡了，我在等妳。

妳的母親

20

克納普在招待處前面等著。賓瑪斯離開機場時打電話通知他，說他們即將抵達。他先跟瑪莉娜打個招呼，把朋友緊緊摟在懷裡，然後把兩人帶到他的辦公室去。

「妳來真是太好了。」他對瑪莉娜說，「妳正好可以替我解決一個難題。貴國總理今晚到柏林來訪問，原先要採訪這項新聞和報導歡迎晚會的女記者生病了。明天的報紙我們保留了三欄的版面。妳必須趕快換衣服，然後立刻出發。明天早上兩點鐘之前我需要妳的稿子，然後送給校訂處。三點鐘之前所有稿子都必須付印。你們今晚要是有什麼計畫的話，很抱歉干擾了，不過這事情很急，而且報社工作至上！」

瑪莉娜站起身，向克納普說再見，在賓瑪斯臉上親了一下，在他耳邊輕聲說：「Arrivderci（再見），我的傻蛋。」然後就離開了。

賓瑪斯跟克納普道個歉後，立刻跑出去在走廊上追上她。

「妳總不能對他唯命是從啊！我們今晚兩人吃飯的事呢？」

「那你呢？你沒有對他唯命是從嗎？告訴我你去摩加迪沙的飛機是幾點鐘起飛？賓瑪斯，你跟我說過一百遍了，事業至上，不是嗎？明天你就不在這裡了，而且誰知道你會去多久。好好照顧自己。我們要是運氣好的話，總會在某個城市再度相見。」

「那妳拿著我家的鑰匙吧，妳到我家來寫新聞稿。」

「我在旅館寫會好些。我想在你家我會很難集中精神，我很難抗拒參觀府上的誘惑。」

「妳知道我家只有一個房間而已，妳很快就可以看完的。」

「你真的是我最喜歡的傻蛋，我剛剛的意思是指跳到你身上去，笨蛋一個。下一次吧，竇瑪斯，我要是改變心意的話，會很樂意來按你的門鈴把你吵醒。再見！」

瑪莉娜用手跟他拜拜，然後轉身離開。

竇瑪斯回到克納普的辦公室，把門砰地一聲關上。

克納普問他：

「你好嗎？」

「你真可惡！我和瑪莉娜到柏林來過一晚，我出發前的最後一晚，而你卻想盡辦法把我們分開。你以為我相信你底下沒有其他人了嗎？到底是怎麼回事？他媽的。你喜歡她，你嫉妒是不是？還是你現在事業心重得除了你的報紙之外其他任何事都不重要了？還是你想要今晚我們兩人一起過？」

克納普回到辦公桌前坐下來，問他道：

「你說完了嗎？」

竇瑪斯很生氣地又說：

「你真會整人！」

「我想今晚我們不會一起過。坐下來，有件事我一定要跟你說，我要說的事很特別，我希望你最好坐著。」

動物園區公園沉浸在夜色中。老舊的路燈將黃色光暈灑在石板路上。朱莉亞一直走到運河邊。湖上許多小船一艘接一艘地綁在一起。她沿路一直走到動物園附近。她穿過林子，一點也不擔心會迷路，就好像每一條小路，每棵樹她都很熟悉。勝利紀念碑聳立在眼前。她穿過圓環，信步往布蘭登堡門的方向走去。突然之間，她認出了身處之地，於是停下腳步。差不多二十年前，在這條小路的轉彎處有一道圍牆。她第一次見到竇瑪斯的時候就是在這個地方。現在，這裡有一張長板凳擺在椴樹下，讓遊客暫坐。

「我就知道會在這裡找到妳。」身後有個聲音說。「妳走路的姿勢還是跟以前一樣。」

心情難過的朱莉亞嚇了一跳。

「竇瑪斯？」

他帶著遲疑的嗓音說：

「在這種情況下，我不知道要怎樣才好，握手，還是擁抱？」

她說：

「我也不知道。」

「當克納普告訴我妳在柏林，卻無法告訴我能在哪裡找到妳時，一開始我是想打電話給城裡所有的青年旅館，可是現在的青年旅館實在很多。所以我想妳很有可能會回到這裡。」

她帶著淡淡的笑容說：

「你的聲音還是跟以前一樣，只是稍微低沉了一點。」

他向她靠近一步。

「妳要是喜歡的話，我可以爬到這棵樹上去，然後從這根樹枝上跳下來，這跟我第一次跳到妳身上時的高度差不多。」

他又往前走一步，然後將她摟在懷裡。

「時間過得真快，同時也過得很慢。」他一邊說，一邊將她摟得更緊。

「你哭啦？」朱莉亞問他，同時撫摸他的臉頰。

「沒有，只是一粒沙子跑進眼睛裡，妳呢？」

「也是沙子，真傻，其實根本沒有風。」

竇瑪斯對她說：

「那妳閉上眼睛。」

他重新恢復以往慣用的動作，用指尖輕輕撫摸朱莉亞的嘴唇，然後親吻她的每個眼簾。

「這是跟我問好的最美方式。」

她將臉擱在竇瑪斯的頸窩上。

「你的體味還是一樣，我永遠不會忘記。」

「跟我來。」他說，「天氣很冷，妳在發抖。」

竇瑪斯握著朱莉亞的手，帶著她往布蘭登堡門走去。

「妳剛剛去過飛機場嗎？」

「是的，你怎麼知道的？」

「妳為什麼不跟我招手？」

「我不怎麼願意跟你的太太打招呼。」

「她叫瑪莉娜。」

「這名字很好聽。」

「她是個朋友，我和她維持一種短箴式的男女關係。」

「你意思是說短暫式？」

「大概是這樣吧，妳國家的語言我還不能應用得十全十美。」

「你說得相當好。」

他們離開公園，然後穿過廣場。竇瑪斯把她帶到一家咖啡館的露天座。兩人坐在一張桌子前，默不作聲地互相看著對方許久，雙方都找不出話說。

竇瑪斯終於開口說：

「想不到妳完全沒變。」

「有的，我跟你保證，二十年的時間我有變。你要是在我早晨醒來的時候看到我，你就明白時間過去了許多。

「我不需要這麼做，過去的每一年我都是數著日子過。」

服務生打開竇瑪斯叫的一瓶白酒。

「竇瑪斯，說到你那封信，你要知道……」

「克納普跟我提過你們見面的事。妳父親做事總是鍥而不捨！」

他舉起酒杯，和朱莉亞的杯子輕輕碰了一下。在他們眼前有一對男女停在那裡，為列柱的美讚嘆不已。

「妳幸福嗎？」

朱莉亞不作聲。

竇瑪斯又問她：

「妳現在的生活情況怎樣？」

「我現在在柏林，跟你在一起，跟二十年前一樣徬惶。」

「妳為什麼到柏林來？」

「我沒有你的地址可以回你的信。你的信花了二十年的時間才到我手中，我再也不信任郵局了。」

「妳結婚了嗎？有孩子了嗎？」

朱莉亞答道：

「還沒有。」

「還沒有孩子，還是還沒有結婚？」

「兩個都還沒有。」

「有沒有什麼計畫？」

「你下巴上有傷痕，你以前沒有的。」

「以前我只是從圍牆上跳下來，那時還沒跳到地雷上。」

朱莉亞一邊笑，一邊說道：

「你比以前發福了些。」

「謝謝！」

「那是恭維你，我跟你說實在話，你這樣好看。」

「妳撒謊技術不好，我是老了，這不可否認。妳肚子餓嗎？」

朱莉亞低下眼睛，答道：

「不餓。」

「我也不餓。要不要我們去走一走？」

「我覺得我說的每個字都很蠢。」

竇瑪斯帶著傷感的神情說：

「才不呢，因為妳都還沒告訴我妳的生活情況。」

「跟你說，我找到以前我們常去的那家咖啡酒吧。」

「我呢，我從來沒再回去過。」

「老闆居然還認得我。」

「妳現在明白妳一點都沒變了吧。」

「我們以前住的老房子被拆掉重蓋一棟新樓。以前那條街只有對面的小花園還留下來。」

「也許這樣比較好。除了我們在一起的那幾個月之外，那裡並沒有給我留下好印象。我現在住在西柏林。對很多人來說，這已經不再具有任何意義了，但是對我而言，我從窗口還可以看到疆界的存在。」

朱莉亞接著說：

「克納普跟我提到你。」

「他跟妳說些什麼？」

朱莉亞答道：

「說你在義大利開一家餐館，有一群孩子在幫你烤披薩。」

「真白痴……他是從哪裡找出這種話的？」

「在回想到我對你造成的傷害時。」

「我想我也一樣對妳造成傷害，因為妳認為我死了……」

賓瑪斯眯著眼睛看朱莉亞。

「我剛剛說的話有點自大，是不是？」

「是的，有那麼一點，不過那是事實。」

賓瑪斯握住朱莉亞的手。

「我們每個人都走自己的路，這是命運的決定。妳父親在這方面起了很大的作用，不過不能不相信是命運不願意我們結合在一起。」

「或者說命運想保護我們……也許到最後我們會無法互相忍受。我們會離婚，你會是這世界上最讓我討厭的男人，而且我們也不會一起度過今天這一晚。」

「會的，因為要討論我們孩子的教育問題！再說，有很多分開的夫妻都保持朋友的關係。妳有沒有男人呢？希望妳這次不要掏空問題！」

「逃避！」

「妳說什麼？」

「你剛要說的是逃避問題，掏空倒是宰魚的時候才需要。」

「妳讓我想到一個好主意。跟我來！」

隔壁是一家海鮮餐館。賓瑪斯硬搶了一張桌子坐下，排隊等候的遊客憤怒地看著他。

「你現在做這種事啦？」朱莉亞一邊問一邊坐下，「這不是很文明，我們會被老闆趕走！」

「做我們這一行的一切都要想辦法！再說，老闆是個朋友，所以要利用機會。」

餐館老闆正好過來向賓瑪斯打招呼。他低聲說道：

「下次你進來的時候想辦法不要那麼誇張，你會讓我跟客人們鬧僵。」

賓瑪斯向他介紹朱莉亞，然後問他：

「你有什麼菜可以推薦給兩個肚子完全不餓的人？」

「我先給你們上一盤蝦子，吃了胃口自然就開了。」

老闆說完便離開。在進入廚房之前，他轉回身翹起大拇指，並且向賓瑪斯眨個眼，表示他覺得朱莉亞長得很迷人。

「我後來變成繪圖師。」

「我知道，我很喜歡妳畫的藍水獺……」

「你看過了？」

「要是說妳畫的每部卡通影片我都看過的話，那我是在騙妳，不過我的工作能讓我知道一切，藍水獺創造者的名字就傳到我耳中。我在馬德里的時候，有一個下午我還有點時間。我看到一個電影廣告，於是進入電影院裡。坦白說我不是完全明白對話內容，我的西班牙語不是很好，不過故事大綱我想我是懂的。我可不可以問妳一個問題？」

「儘管問吧。」

「妳創造熊這個角色會不會是從我身上得到的靈感？」

「史坦利對我說，刺蝟的角色比較像你。」

「史坦利是誰？」

「我的好朋友。」

「他怎麼能知道我會像一隻刺蝟呢？」

「因為他這人直覺很強，觀察力很敏銳，或許是因為我經常在他面前提到你的關係。」

「聽起來這人有很多優點。他跟妳是什麼樣的朋友關係？」

「他是鰥夫，我和他一起度過許多時刻。」

「我真替他感到難過。」

「才不，我們在一起的時刻非常美好！」

「我是替他太太過世的事難過，她去世很久了嗎？」

「是他的男友……」

「那我更替他難過。」

「你真是笨！」

「我知道，是很笨，妳跟我說他以前喜歡的是一個男人之後，我現在覺得他比較討人喜歡。是誰給妳創造鼬鼠的靈感呢？」

「我樓下的鄰居，他開一家鞋店。跟我談談那天下午你去看我的卡通影片的經過吧，那一天你過得怎麼樣？」

「當電影結束後，我心情很哀傷。」

「竇瑪斯，我真想念你。」

「我也是，要比妳能想像的還深。哦，我們最好是換個話題吧。這餐館裡面可沒有沙子可以自責。」

「指責！你剛剛是要說這個。」

「沒關係的。像西班牙那天一樣哀傷的日子，我經驗到的就有好幾百個，不管是在這裡還是在別的地方，有些日子我心情還會很哀傷。妳看看，我們真的要談談其他的事，要不然的話，老講我的傷感事讓妳心煩，我會很自責。」

「那在羅馬呢？」

「朱莉亞，妳一直都沒告訴我妳的生活狀況。」

「二十年了，你知道說來話長。」

「有人在等妳嗎？」

「沒有，今晚沒有。」

「那明天呢？」

「有的，我在紐約有人。」

「是認真的嗎？」

「我本來要結婚……是在上禮拜六的時候。」

「本來要？」

「我們不得不取消婚禮。」

「是因為他的關係還是妳的關係？」

「是我父親……」

「這真是他的怪癖。他把妳未來丈夫的頷骨也打碎了是嗎？」

「不是，這一次更令人吃驚。」

「我真遺憾。」

「不要這麼說，你沒有必要感到遺憾的，這不能怪你。」

「妳弄錯了，我是希望他把妳未婚夫的臉給打碎……這一次我是真的為我剛剛說的話感到遺憾。」

朱莉亞忍不住笑了一聲，接著又笑第二聲，然後格格地笑個不停。

「什麼事那麼好笑？」

「你要是能看到你自己臉上的表情，」朱莉亞一邊說一邊笑，「真像一個滿嘴都是草莓果醬的小孩在果醬櫥子前被抓到一樣。我現在更明白為什麼你會給我創造那些角色的靈感了。沒有一個人能跟你一樣做出這些滑稽的表情。我真想念你！」

「朱莉亞，不要重複這句話。」

「為什麼呢？」

「因為上禮拜六妳本來要結婚的。」

餐館老闆雙手捧著一個大托盤，走到他們桌子前。

「我找到最適合你們的菜了。」他高興地說。「兩條清淡的鯧魚，配一些燒烤蔬菜，再加上新鮮香草調配的醬汁，正好可以打開你們的胃。要不要我替你們準備啊？」

「對不起，」竇瑪斯對他的朋友說，「我們不留下來吃飯了，請把帳單拿給我。」

「這是什麼話？我不曉得你們兩人之間剛剛發生了什麼事，但是你們不可以沒嚐嚐我的廚藝就離開我的餐館。你們兩人好好地吵一架，把你們心裡的話都說出來，我趁這時間去準備兩道佳餚，然後你們給我面子，一邊吃我做的魚，一邊和好如初，竇瑪斯，這是命令！」

老闆說完便離開，在餐具桌上調配鯧魚，雙眼卻一直盯著竇瑪斯和朱莉亞。

朱莉亞說：

「我想你沒有選擇的餘地，你必須再忍耐我一下子，否則的話，你的朋友可要發脾氣了。」

「我也是這麼覺得。」竇瑪斯臉帶笑容地說，「對不起，朱莉亞，我剛剛不應該……」

「不要老說對不起了，這不適合你的個性。我們吃點東西，然後你陪我回去，我想和你一起散步。這點我有權利要求吧？」

「當然囉。」竇瑪斯回答她。「這一次妳父親是怎麼阻撓你們的婚禮？」

「忘了這件事吧，跟我談談你自己吧。」

竇瑪斯開始講述這二十年來的生活，說得非常簡略，朱莉亞也是一樣。晚餐吃完後，老闆一定要他們嚐嚐他做的巧克力奶酥。這是他特地為他們兩人做的，他送上奶酥時附帶兩根湯匙，可是朱莉亞和竇瑪斯只共用一根。

兩人離開餐館時，夜色幾乎發白，他們穿過公園走回去。湖上有幾艘小船綁在橋墩上，湖水上有圓月的倒影。

朱莉亞對竇瑪斯講一個中國傳說。竇瑪斯對她講他的旅遊經過，但對他的戰爭經歷隻字不提。她對他談紐約，她的工作，她最要好的朋友，但從來不提她的未來計畫。

兩人離開公園，往市中心走去。在繞過一個廣場後，朱莉亞停下腳步。

她說：

「你還記得這裡嗎？」

「記得，就是在這裡，我在人群中找到克納普。真是令人難忘的夜晚！妳那兩個法國朋友後來怎麼樣了？」

「我們好久沒聯絡了。馬蒂斯開書店，安段是工程師。一個住巴黎，一個住倫敦，我想是這樣。」

「他們結婚了嗎？」

「……又離婚了，這是最後得到的消息。」

「妳看，」竇瑪斯指著一家燈光熄滅的咖啡館玻璃窗說，「這是我們每次去看克納普的時候去的咖啡館。」

「我跟你說，我最後找到你們兩人經常爭吵的數目了。」

「什麼數目？」

「和東德國家安全局合作，向他們提供情報的東德居民的數目。那是兩年前，我在一家圖書館看一份有關鐵幕倒塌的雜誌時發現到的。」

「兩年前妳還對這種新聞感興趣？」

「只有百分之二的居民而已，你看，你可以為你的同胞驕傲。」

「我的祖母屬於這百分之二的人，朱莉亞，我去過檔案中心查詢我的資料。因為克納普逃亡的關係，我猜到一定會有一份我的檔案。我的親祖母向他們提供消息，我讀過那些對我的日常生活、活動，以及朋友都記載得很詳細的報告。想不到是因為這樣而聯想到童年往事，真奇怪。」

「你要是知道我最後幾天的遭遇就好了！她這麼做也許是為了保護你，希望你不要被追究。」

「我以前都不知道這件事。」

「就是為了這個原因所以你改姓是不是？」

「是的，跟我的過去一刀兩斷，重新過新生活。」

「那我是不是屬於被你抹除的過去？」

「朱莉亞，妳的飯店到了。」

她抬起頭看，布蘭登堡大飯店的門面被招牌燈照得發亮。賨瑪斯把她摟在懷裡，傷感地微笑。

「這裡沒有樹木，在這種場合下一般人是怎麼說再見的？」

「你覺得我們會有好的發展嗎？」

「誰知道呢？」

「我不知道怎麼說再見，賨瑪斯，我甚至都不知道我是不是想跟你說再見。」

賨瑪斯喃喃地說：

「和妳再度相見心裡真是感到很溫暖，這是上天給我的一份驚喜禮物。」

朱莉亞把頭擱在他的肩膀上，說道：

「是的，很溫暖。」

「妳沒有回答一個令我很掛念的問題，妳幸不幸福？」

「現在不再幸福了。」

「妳呢？妳覺得我們之間能有好的發展嗎？」

「可能會有的。」

「這麼說，妳變了。」

「為什麼呢？」

「要是在以前，以妳愛諷刺的個性，妳一定會說我們的關係會搞得一塌糊塗，妳永遠無法忍受我會衰老，我會發胖，我一天到晚在外面閒蕩……」

「不過後來我學會了撒謊。」

「這又讓我重新找到以前的妳了，就是我一直深愛著妳的樣子……」

「我知道有一個非常可靠的辦法，可以讓我們明白我們有機會……還是沒有。」

「哪個辦法？」

朱莉亞把嘴唇貼在竇瑪斯的唇上。兩人一直親吻下去，好像兩個相愛的少年男女在熱吻，忘掉周圍世界的存在。她握住他的手，把他帶到飯店大廳。飯店的櫃檯人員坐在椅子上打瞌睡。朱莉亞帶竇瑪斯搭電梯。她壓下按鈕後，兩人繼續親吻一直吻到六樓。

就跟記憶中最親密的事一樣，床上兩人結合在一起的肌膚將他們的汗水融合在一起。朱莉亞閉住雙眼。那隻在輕輕撫摸的手慢慢滑到肚子上，她的雙手抱住他的脖子。嘴唇輕輕吻著肩膀、脖子、胸部，奔放的雙唇吻遍全身。她的手指緊緊抓住竇瑪斯的頭髮。舌頭往下吻，愉悅感就像浪潮一樣不斷湧上來，往日舒暢無比的快感再度湧現。兩雙腿相交纏，兩副身軀相結合，沒有任何事能將他們分開。許多動作還是完全沒變，儘管有點笨拙，但仍是那麼溫柔。

一分鐘如同一小時那麼長久，清晨時，兩副身軀懶懶地躺在溫暖的床上。

遠處傳來教堂的八聲鐘響。竇瑪斯起身走到窗邊。朱莉亞坐在床上，看著他半明半亮的身軀。竇瑪斯走到她身邊對她說：

「妳真是美。」

朱莉亞沒有回答。

他用溫柔的嗓音問道：

「現在呢？」

「我肚子餓！」

「妳的行李放在椅子上，行李已經準備好了是嗎？」

朱莉亞遲疑地回答：

「我今天早上……要離開。」

「我整整花了十年的時間才將妳忘掉，我還以為我已經做到了。我以為以前我在戰場上體會到什麼是恐懼，我完全錯了，那恐懼和我現在在妳旁邊，在這房間裡，一想到還要再度失去妳的心裡感受無法相比。」

「竇瑪斯……」

「妳要跟我說什麼呢？朱莉亞，說這是一個錯誤嗎？也許是吧。當克納普告訴我妳在柏林的時候，那時我在想，時間應該可以抹除掉導致妳我分開的問題，因為妳是西方世界的年輕女子，而我是東歐世界的男孩。我希望年紀大了至少能得到這點好處。可是我們的生活還是有很大的不同是不是？」

「我是繪畫師，你是記者，我們兩人都實現了我們的夢想……」

「並沒有實現最重要的，至少對我來說是如此。妳還沒有告訴我妳父親將妳婚禮取消的原因。他會不會突然衝到這個房間，再把我揍一頓？」

「我那時候只有十八歲，除了跟他走之外沒有其他的選擇，我甚至都還沒有成年。說到我父親，他已經過世了。葬禮就在我預定要結婚的那一天舉行，現在你知道為什麼……」

「我替他難過，妳要是為此痛苦的話，我也替你難過。」

「竇瑪斯，難過是沒有用的。」

「妳為什麼到柏林來呢？」

「你知道得很清楚，因為克納普都告訴過你了。你的信前天才轉到我手中，我不可能更快……」

「所以在沒有確定之前妳就無法結婚了，是不是這樣？」

「你說話沒有必要這麼壞。」

竇瑪斯坐在床尾上。

「我馴服了孤獨，那需要有無法想像的耐心。我走遍世界各地的城市，尋找妳呼吸的空氣。有人說，相愛男女的思維總有一天會會合，所以我晚上睡覺的時候常常在問自己，當我在想妳的時候，妳會不會也在想我。我去過紐約，在街道漫步時很希望能看到妳，可是心裡又很害怕真的會發生。有好幾百次當我看到一個人以為是妳時，當一個女人的身影讓我想起妳時，我的心臟好像要停止跳動一樣。我於是發誓再也不要這樣苦戀下去了。這是瘋狂之舉，不可能將自己完全忘懷。時間過去了，我們的時間也過去了，妳不覺得嗎？妳坐飛機之前有沒有想過這問題？」

「不要說了，竇瑪斯，不要破壞一切。你要我跟你說什麼呢？我日日夜夜在觀察天空，心中確信你在天上看著我……是的，我在搭飛機之前確實沒想過這個問題。」

「那妳有什麼建議呢？我們繼續做朋友？我到紐約的時候打電話給妳？我們一邊喝東西，一邊回憶美好的過去，因為無法結合而令我們更懷念的美好過去是嗎？妳會把妳孩子的照片拿給我看，而這孩子不是我們兩人的。我會跟妳說孩子們很像妳，可是心中避免在小孩子的臉孔上找到他們父親的影子。當我在浴室裡的時候，妳拿起電話打給妳未來的丈夫，而我讓水一直流，免得聽到妳在對他說你好親愛的，是不是？他到底知不知道妳在柏林？」

朱莉亞大聲吼道：

「不要說了！」

竇瑪斯又走到窗邊，繼續問道：

「妳回去的時候要對他說些什麼？」

「我不知道。」

「妳看，還是我對，妳一點都沒變。」

「有的，竇瑪斯，我當然有變，只不過是命運的一個徵兆把我帶到這裡來，使我徹底明白我的情感完全沒變……」

窗底下，安東尼在街上走來走去，不時地在看手錶。他抬頭看他女兒的窗子已經有三次了。就是從六樓看下去，也可以看到他臉上不耐煩的表情。

竇瑪斯一邊放下白色窗紗，一邊問道：

「妳再告訴我一遍妳父親是什麼時候過世的？」

「我跟你說過，我是上禮拜六替他出殯。」

「那妳就什麼都不要再說了。妳說的對，不要破壞昨晚美好的回憶。我們不能愛一個人，同時又欺騙他，妳不能，我們也不能。」

「我沒騙你……」

竇瑪斯低聲說：

「把放在椅子上的行李拿起來，然後回妳家去。」

他套上長褲，穿上襯衫、外套，匆匆忙忙綁好鞋帶。他走近朱莉亞身邊，伸出手，將她摟在懷裡。

「我今晚要搭飛機去摩加迪沙，我已經知道我在那邊會不斷地想妳。妳不要擔心，不要有任何悔恨，我渴望能擁有此刻已經渴望了很多次，到底有多少次我連數都無法去數，這個時刻美妙無比，我心愛的。能夠再一次這樣叫妳，就再僅僅一次，這是我已經不敢再去想的美夢。妳一直是，而且也永遠是我生命中最美麗的女子，妳給了我生命中最美好的回憶，這已經很多了。我只要求妳一件事，答應我，妳一定要過得很快樂。」

竇瑪斯溫柔地吻了朱莉亞，然後頭也不回地離開。

走出旅館時，他往一直等在車旁的安東尼走過去。

「令嬡很快就會下來。」話說完後，他向他說再見。

他在街上逐漸走遠。

21

從柏林回到紐約的飛機上，朱莉亞和父親兩人都沒有交換過一句話，只是偶爾會聽到安東尼重複一句相同的話「我想我又做了一件蠢事」，而這句話他女兒卻完全不明白何意。下午三、四點鐘時，他們抵達紐約，曼哈頓籠罩在雨中。

安東尼一回到賀哈秀街的房子時，便不高興地說：

「聽我說，朱莉亞，妳開口講幾句話好不好！」

朱莉亞一邊把行李放下，一邊回答：

「不好！」

「妳昨晚有沒有看到他？」

「沒有！」

「跟我說發生了什麼事，我也許可以給妳一些建議。」

「你？那太陽會打西邊出來了。」

「不要那麼固執，妳不再是五歲的小女孩了，我也只剩下二十四小時的時間。」

「我沒有再看到賓瑪斯，我現在要去洗個澡。我話說完了！」

安東尼站在門口，擋住她的路。

「然後妳打算今後二十年都待在浴室裡嗎？」

「你讓開！」

「妳不回答我的問題，我就不讓開。」

「你想知道我現在要做什麼是嗎？我要想辦法把一個禮拜以來被你搞得四分五裂的生活重新再組合起來。我可能沒辦法把一切都恢復原狀，因為總會缺少幾塊碎片。不要一副好像你不明白為什麼的樣子，你在飛機上不就是一直在責備你自己嗎？」

「那不是為了我們的這趟旅行……」

「那是為了什麼？」

安東尼不回答。

「我料得沒錯！」朱莉亞說。「現在呢，我要穿上一雙吊帶絲襪，一件低胸胸罩，我最性感的胸罩，然後打電話給賓瑪斯，去他那裡跟他好好地幹一下。我要是還有辦法對他撒謊的話，就跟我和你在一起之後學會撒謊一樣，也許他還會同意談談結婚的事。」

「妳剛剛說賓瑪斯！」

「什麼？」

「妳是要跟亞當結婚的，妳剛剛又犯了一個口誤。」

「你讓開門，要不然我就殺了你！」

「那妳就白浪費時間了，因為我已經死了。妳要是以為妳講那些性生活的事就可以讓我吃驚的話，那妳就大錯特錯，我親愛的！」

「我一到亞當那裡，」朱莉亞一邊打量他父親，一邊繼續說下去，「我把他靠在牆上，把他的衣服脫了……」

安東尼吼道：

「夠了！」接著他恢復鎮靜，又說道：「妳也沒必要說出所有的細節。」

「你現在讓我去洗個澡好不好？」

安東尼無可奈何地抬眼看天，然後把門讓開。他把耳朵貼在門上，聽到朱莉亞在打電話。不用了，他如果在開會的話，那就千萬不要打攪他，只是通知他一聲，她剛回到紐約。如果他今晚有空，可以在八點鐘的時候來接她，她會在自家樓下等他。萬一有事情，她手機都開著。

安東尼踮著腳尖走回客廳，坐在沙發上。他拿起遙控器想打開電視，接著發現到他拿的不是電視機的。他看著白色的遙控器，不禁笑了起來，然後把它擱在自己旁邊。

一刻鐘後，朱莉亞再度出現，身上穿著一件風衣。

「妳去什麼地方？」

「去工作。」

「禮拜六？這種天氣？」

「辦公室週末總是有人在工作，我有很多電子信件和郵件都沒有處理。」

她正要出去時，安東尼把她叫住。

「朱莉亞？」

「又有什麼事？」

「在妳做出一件蠢事之前，我要妳明白竇瑪斯還是一直愛著妳。」

「你怎麼會知道？」

「我們今天早上碰過面，他離開旅館的時候還很有禮貌地向我打招呼呢！我想是他在妳房間裡看到我在街上。」

朱莉亞狠狠地瞪著父親。

「你走開，我回來的時候不要看到你在這裡！」

「那我去哪裡？到樓上髒兮兮的雜物間去？」

「不是，回你家去！」朱莉亞話一說完，便砰地一聲將門關上。

安東尼把掛在門邊鉤子上的雨傘拿下來，走到面對街上的陽台。他身子靠在欄杆上，看著朱莉亞往十字路口走過去。等他看不到她身影時，他進入女兒的房間內。電話擺在床頭桌上。他拿起電話筒，按下自動回撥的按鍵。

他向對方自稱是朱莉亞・華斯小姐的助理。他當然知道華斯小姐剛剛打過電話，也知道亞當沒空，但是有件事很重要，一定要告訴他，朱莉亞跟他的約會要提前，六點鐘在家裡等他，而不是在外面門口，因為外面下著雨。也就是說再過四十五分鐘，因此考慮種種因素，最好是能在開會當中打擾他一下。亞當沒有必要再打回來，她的行動電話沒電，而且她剛剛出去買點東西。安東尼前後兩次要對方擔保，一定會把消息傳給當事者，然後一邊掛下電話一邊笑，表情看起來非常自得。

他把電話筒放回機座上後，走出房間，舒舒服服地躺在沙發椅上，兩眼一直看著放在沙發上的遙控器。

朱莉亞把椅子轉個圈，打開電腦。螢幕上的收件匣滿得不得了，她往辦公桌上瞥了一眼，信箱裡的信件多得裝不下，而電話上的留言紅燈不停地在閃爍。

她從風衣口袋中掏出手機，撥電話給她最要好的朋友請求支援。

她問道：

「你店裡有很多人嗎？」

「今天這個糟透頂的天氣連隻青蛙都沒有，下午完全泡湯。」

「我知道，我全身濕透了。」

史坦利叫了起來：

「妳回來啦！」

「剛一個鐘頭前才到。」

「妳應該早點打電話給我！」

「你要不要關起店來，然後到『茴香酒』去跟你的老朋友見個面？」

「替我叫一壺茶，不要卡布奇諾，哦，妳想叫什麼都可以，我馬上就到。」

十分鐘之後，史坦利和坐在老酒館最裡面等他的朱莉亞會合。

朱莉亞一邊親他的臉頰，一邊說：

「你看起來活像一隻掉進池塘裡的西班牙長毛垂耳狗。」

「而妳就是一隻跟牠一起掉進去的英國長毛垂耳狗。妳替我們點了什麼了？」史坦利一邊問她，一邊坐下。

「給狗吃的丸子！」

「我這禮拜有兩、三條誰跟誰睡覺的八卦新聞，不過妳先說，我想知道一切。讓我猜一猜，妳一定找到竇瑪斯了，因為最後這兩天都沒有妳的消息，看妳的神情，好像一切不如妳所預料。」

「我沒預料什麼事……」

「撒謊！」

「你要是想聽一個十足的傻瓜談談她的遭遇，那就好好利用現在的機會！」

朱莉亞把她旅遊的前後經過幾乎全都說出來：拜訪記者工會、克納普第一次說的謊言、竇瑪斯擁有雙重身分的原因、開幕展、飯店櫃檯員在最後一刻替她請部轎車把她送到會場。當她說到她腳穿帆布鞋配上一件長禮服時，史坦利聽得憤怒不已，將茶杯推開，另外點了一杯乾白酒。外面的雨越下越大。朱莉亞敘述他在舊東柏林的遊歷、一條老房子都被拆除的街道、存留下來的一家酒吧的老裝潢、她和竇瑪斯最要好的朋友的談話、她趕時間衝到飛機場、瑪莉娜，最後，史坦利已經急得快受不了了，她總算說到她和竇瑪斯在動物園區公園重逢的事。朱莉亞繼續說下去，這一次她描述全世界魚做得最好吃的一家餐館的露天座，雖然她只吃了一點，之後在湖邊散步，昨夜她和竇瑪斯相愛的飯店房間，最後說到沒有吃成的早餐。這時，服務生第三次過來問他們是否需要什麼，史坦利拿著叉子威脅他，看他敢不敢再過來打擾。

「我實在應該陪妳去的，」史坦利說，「我要是能事先想到有這種奇遇的話，我絕對不會讓妳一個人去那裡。」

朱莉亞手裡拿著一根湯匙不斷在茶杯裡攪動。他很留神地看著她，最後他打斷她的動作。

「朱莉亞，妳不加糖的……妳有點失落感是不是？」

「你可以把『有點』給去掉。」

「不管怎麼說，妳可以放心，依我看，他不會再回到瑪莉娜身邊，我的經驗這麼告訴我。」

「什麼經驗？」朱莉亞笑著問他，然後又說：「再怎麼說，現在這個時候竇瑪斯已經在飛往摩加迪沙的飛機上了。」

史坦利看著打在玻璃窗上的雨水，答道：

「而我們在紐約，在大雨下！」

有幾個行人躲在露天座的遮陽篷下。一名老先生將太太緊緊摟在身邊，好像要把她保護得更好一些。

「我要想辦法讓生活重新步入正軌，要盡我所能去做，」朱莉亞繼續說，「我想這是目前我唯一該做的事。」

「妳說的沒錯，我的確是在跟一個十足的傻瓜一起喝酒。妳有這麼難得的機會，妳的生活第一次好不容易被搞得像亂七八糟的雜物間，而妳卻想要整理一下？我親愛的，妳真是個十足的蠢蛋。哦，不要這樣，趕快把眼淚擦乾，外面的水已經夠多了。現在不是哭的時候，我還有很多問題要問妳哪。」

朱莉亞用手背抹去眼瞼上的眼淚，然後再度對著朋友展開笑顏。

史坦利繼續說：

「妳打算怎麼跟亞當解釋？我早就想過，萬一妳不回來，我就必須供應他三餐了。他邀請我明天到他父母親的鄉下小屋去。我先跟妳講清楚，免得又鬧出笑話，我跟他說我有胃炎不能去。」

「我會跟他揭露一些最不讓他痛苦的真相。」

「在愛情上，最令人痛苦的是懦弱。妳想試試看，是否能跟他有第二次機會是不是？」

「這麼說也許會讓人嘔心，不過我實在沒有勇氣又是自己單獨一人。」

「那麼他會受到打擊，就算不是現在，遲早也會受到打擊！」

「我會想辦法保護他。」

「我可不可以問妳一些比較私人的問題？」

「你知道我什麼事都不隱瞞你的……」

「妳跟竇瑪斯在一起的那天晚上，結果如何？」

「柔和，溫暖，神奇，但清晨的時候卻很哀傷。」

「我親愛的，我是在說有關性方面的事。」

「柔和，溫暖，神奇……」

「那妳還一直跟我說妳不知道妳在哪裡？」

「我現在在紐約，亞當也是，而竇瑪斯今後在很遠的地方。」

「我親愛的，重要的並不是要知道另外一個人在哪個城市，或是在世界的哪個角落，而是要知道，在把我們和他維繫在一起的愛情中，他有多少分量。錯誤是不能算數的，朱莉亞，只有我們親身體驗的生活才算數。」

傾盆大雨之下，亞當走出計程車。水溝已經漲滿。他跳到人行道上，然後用力地按對講機。安東尼站起身，離開座椅。

「好了，好了，等一下嘛！」他一邊發著脾氣，一邊按下打開一樓大門的開關。

他聽到樓梯的腳步聲，於是帶著大大的笑容開門迎接訪客。

「華斯先生？」訪客大聲驚叫，頓時心生恐懼，往後退了一步。

「亞當，是什麼風把你吹來的？」

亞當站在樓梯走廊上，說不出話來。

「我的朋友，你的舌頭沒啦？」

亞當結結巴巴地說：

「可是你不是已經死了嗎？」

「啊，說話不要這麼難聽。我知道我們兩人對彼此都沒有什麼好感，可是把我說成死人，這也太過分了！」

亞當口齒不清地說：

「可是出殯那一天我有去墓園參加你的葬禮呀。」

「夠了，你真的很粗魯，我的老弟！好了，我們總不能整個晚上都這麼站著，還是請進吧，你臉色很蒼白。」

亞當往客廳走進去。安東尼向他打手勢，要他把濕漉漉的風衣脫下來。

「對不起，我要解釋清楚，」他一邊說，一邊把風衣掛在衣架上，「你會明白我為什麼會那麼吃驚，我的婚禮就是因為你的葬禮而取消的……」

「那好像也是我女兒的婚禮，不是嗎？」

「她總不會編造這些事來……」

「來離開你？別把自己看成那麼重要。我們家的人創意都很強，不過你要是認為她會做出這樣的荒唐事，那就是對她認識不深。這一定有其他原因，倘若你能耐心兩秒鐘不說話的話，我也許可以給你提供出一、兩個解釋。」

「朱莉亞在哪裡？」

「唉，差不多有二十年了，我女兒都沒有習慣告訴我她的生活情況。老實告訴你，我以為她跟你在一起呢。我們回到紐約有三個多鐘頭了。」

「她是跟你一起旅行？」

「當然囉，她沒跟你說嗎？」

「我想她有點難說出口，因為你的遺體從歐洲送回來時，我有去接機，而且我和她一直都坐在開往墓園的靈車上。」

「越說越離奇！還有沒有其他的？你在墓園時也親自按下焚化爐的開關吧！」

「沒有，不過我有在你的靈柩上撒上一把土！」

「謝謝你的關懷。」

亞當臉色發綠，對安東尼坦白說道：

「我覺得身體不太舒服。」

「那麼坐下來，不要像傻瓜一樣老是站著。」

他向亞當指指沙發。

「對，就坐在那裡，你還認得可以讓屁股坐下來的地方吧？還是說你見到了我，嚇得連神經細胞都沒了？」

亞當照他的話做。他一屁股坐在沙發的墊子上，運氣不好，正好就坐在遙控器的按鈕上。

安東尼立刻不出聲，雙眼緊閉，整個人直挺挺地倒在嚇得發呆的亞當前面。

「妳沒有帶一張他的相片給我看嗎？」史坦利問她。「我很想看看他到底長什麼模樣。我在東拉西扯，不過我很討厭妳這樣安安靜靜地不說話。」

「為什麼？」

「因為我沒辦法去數妳腦筋裡到底有幾個念頭。」

兩人的交談被朱莉亞皮包裡葛洛莉亞．蓋娜〈我要活下去〉的歌聲打斷。

她拿出手機，給史坦利看螢幕上面亞當的來電顯示。史坦利聳聳肩膀，朱莉亞於是接聽電話。她聽到未婚夫驚嚇的聲音。

「我們之間有很多話要說，特別是關於妳，不過這可以等以後再說，妳父親剛剛暈倒了。」

「要是在另一種情況下，我會覺得這很有趣，不過以目前的情形來說，這實在是很沒格調。」

「我現在在妳家裡，朱莉亞……」

朱莉亞聽了驚嚇不已，連忙說：

「你在我家做什麼？我們的約會是一個鐘頭之後。」

「妳的助理打電話跟我說約會提前。」

「我的助理？我哪個助理啊？」

「這又有什麼不同？我現在告訴妳，妳父親躺在客廳中神智不清。趕快過來跟我會合，我叫救護車！」

史坦利聽到他的朋友大聲喊時，整個人都嚇了一跳。

「千萬不可以！我馬上就來！」

「朱莉亞，妳瘋了嗎？我怎麼搖他，他都沒有反應，我立刻打電話給一一九！」

朱莉亞一邊站起身，一邊答道：

「你不可以打電話給任何人，懂嗎？我五分鐘之後就到。」

「妳在哪裡？」

「就在我家對面，在『茴香酒』。我穿過馬路就上樓，你等我的時候什麼都不要做，什麼都不要碰，特別是不要碰到他！」

對前後經過不明所以的史坦利低聲對朋友說他負責結帳。當她跑出去時，他大聲說事情一結束後要立刻打電話給他！

她四步併一步地爬上樓，一進入家裡就看到父親僵直的身子躺在客廳當中。

她橫衝直撞地進門後，說道：

「遙控器在哪裡？」

神情狼狽的亞當問：「什麼？」

她一邊用雙眼掃射房間四周，一邊答道：

「上面有按鈕，只有一個按鈕的小盒子，也就是遙控器，你還知道什麼是遙控器吧？」

「妳父親都失去知覺了妳還想看電視？我打電話給救護隊，叫他們派兩部救護車來。」

朱莉亞把抽屜一個一個打開，同時問他：

「你有沒有碰到什麼東西，事情是怎麼發生的？」

「我沒做什麼特別的事，只有跟上個禮拜我們下葬的妳父親聊聊天而已，但仔細想想，這也算是相當特別。」

「這以後再說，亞當，你待會兒再表現你的幽默感，目前有緊急的事要處理。」

「我一點都沒有在說笑的意思。妳能不能跟我解釋這到底是怎麼回事？要不然最起碼可以跟我說是我在作夢，然後我會獨自一人對現在碰到的惡夢一笑置之……」

「我剛開始也是這麼對自己說！東西到底在哪裡？」

「妳到底在說什麼？」

「爸爸的遙控器。」

亞當一邊往廚房的電話機走過去，一邊鐵定地說：

「這下我要打電話了！」

朱莉亞把雙臂張開，擋住他的路。

「別再往前走一步，告訴我事情到底是怎麼發生的。」

亞當氣得大吼：

「我剛剛已經跟妳說過了，妳父親替我開門，妳可以想像當我看到他的時候有多吃驚，他讓我進入妳家，跟我說一定會解釋他在這裡的原因。接著他要我坐下，我一坐上這張沙發，他就突然倒在地上。」

「沙發！你讓開。」朱莉亞一邊叫，一邊把亞當推開。

她瘋狂地把坐墊一個一個拿起來，最後終於找到要找的東西，當下鬆了一口氣。

亞當再度站起身，嘴裡咕咕囔囔地說：

「我說的沒錯，妳完全瘋了。」

朱莉亞拿著白色的遙控器，不斷地哀求：

「拜託，一定要打得開。」

「朱莉亞！」亞當大聲吼道。「跟我解釋妳到底在玩什麼把戲，他媽的！」

「你閉嘴！」朱莉亞的眼淚差點落下來，「我不想說一些沒用的話，兩分鐘之後你就會明白。但願你能明白，但願這能管用……」

她抬頭看窗外，向上天祈求，閉住雙眼，然後壓下白色遙控器的按鈕。

安東尼一邊睜開雙眼，一邊說道：

「你看，我親愛的亞當，有些事情並不一定是我們以為的樣子……」當他看到朱莉亞站在客廳當中時，立刻閉口不語。

他咳嗽幾聲，然後站起來，而亞當全身虛弱無力，跌坐在沙發椅上。

「天啊，」安東尼又繼續說，「現在是幾點了？已經八點鐘啦？我不知道時間過得這麼快。」他一邊說，一邊拍拍袖子上的灰塵。

朱莉亞狠狠瞪他一眼。

他很尷尬地說：「我離開一下子，也許會好一些。你們一定有很多話要說。我親愛的亞當，你必須仔細聽朱莉亞跟你說的話，你要很專心，千萬不要打斷她的話。剛開始的時候，可能會很難接受，不過，只要稍微集中精神去聽，你就會明白，你的一切疑惑將會水落石出。好了，我去找我的外套，然後我就出去……」

安東尼抓起亞當掛在衣架上的風衣，踩著腳尖穿過客廳，拿起遺忘在窗子旁邊的雨傘，然後開門出去。

朱莉亞首先指著客廳中的大木箱，然後設法解釋這件不可思議的事。話說完後，她也跌坐在沙發椅上，亞當卻來來回回地踱步。

「如果你是我的話，你會怎麼做？」

「我不知道，我甚至不知道我的位置在哪裡。整整一個禮拜妳都在對我撒謊，現在卻要我相信這個童話。」

「亞當，如果你的父親在他死後第二天來敲你的門，如果命運讓你有機會能再跟他多相處幾天，給你們六天的時間讓你們說出心裡從未說出來的話，重新探訪童年的祕密，你不會抓住這個機會，你不會答應去一趟這哪怕是很荒謬的旅行嗎？」

「我一直以為妳很恨妳父親。」

「我以前也是這麼以為，可是你看，現在我倒很希望能再跟他多相處一會兒。目前我只是跟他談我自己的事，可是我也好想多瞭解其他更多關於他的事，關於他生活上的事。這是第一次我能夠以成人的眼光，幾乎拋棄了我所有的自私心態的眼光去看他。我承認我父親有很多缺點，我也有很多缺點，但這不表示我不愛他。回紐約時，我對自己說，如果我能知道我的孩子們有一天也會用一樣的容忍態度來對待我時，那我也許不會那麼害怕身為親長，我可能會比較有資格當母親。」

「妳真是天真得可愛極了。從妳一生下來開始，妳父親就把妳的生命安排好了，妳難得幾次跟我提到他的時候，妳不都是這麼說嗎？就算這個荒謬的故事是真的吧！那他可是完成一項不可能的賭注，居然能在死後讓自己的計畫繼續執行。朱莉亞，妳跟他沒有分享過任何事情，他只是一部機器！他告訴妳的一切事情都是事先錄好的。妳怎麼會讓自己掉進這個陷阱呢？這不是你們兩人之間的對話，這只是獨白。妳構想出許多幻想人物，妳能允許小孩子們和他們交談嗎？當然不能，妳只不過是預想小孩子的欲望，想像出一些讓他們快樂、讓他們安心的句子罷了。妳父親以他的方式使用相同戰略。他又再一次操縱妳。你們兩人相處在一起的這禮拜，只不過是個模仿父女相逢的滑稽戲罷了，他的出現只是個幻像，讓以前的一切又繼續延長幾天。而妳呢，因為以前缺少他的愛，妳就上他的當，甚至讓他破壞我們的婚禮，這不是他第一次成功的試驗。」

「你說話別那麼荒謬，亞當，我父親並不是為了要將我們分開才決定過世的。」

「朱莉亞，這個禮拜你們兩人都去哪裡？」

「知道這個又能怎麼樣？」

「妳要是不能告訴我，別擔心，史坦利已經替妳說了。不要責備他，他那時醉得一塌糊塗。是有一次妳跟我說他無法抗拒美酒的誘惑，所以我就選了一瓶最好的美酒。我甚至都可以特地請人從法國寄來，就是為了找回妳，為了瞭解妳為何離我而去，為了確定我是否該繼續愛妳。朱莉亞，為了能和妳結婚，我可以等一百年。但現在，我只覺得非常非常空虛。」

「亞當，你聽我解釋。」

「妳現在能解釋了？當妳到我辦公室來對我說妳要出門旅行的時候，第二天我們兩人在蒙特婁錯過的時候，接著第二天以及後來的幾天，我每次打電話給妳妳都沒接，也沒回我的留言，這些妳要怎麼解釋？妳選擇到柏林去，想要找回縈繞妳腦海中的那名男子，而這些妳都沒對我提過一個字。我在妳心中到底算什麼？是妳兩個生活階段的過渡橋樑嗎？妳一方面想要緊緊抓住安全可靠的人，而另一方面妳卻盼望著心中一直深愛的人再度歸來，是嗎？」

朱莉亞哀求地說：

「你不要把事情想成這樣子。」

「如果現在他來敲妳的門，妳會怎麼做？」

朱莉亞默默不語。

亞當往樓梯走廊走過去。

「既然妳自己都不知道答案，那我又怎能夠知道呢？」

「對妳父親說，或者是他的複製人，那件風衣我送給他。」

亞當走了。朱莉亞數著他踏在樓梯的腳步聲，最後聽到樓房大門在他身後關上的聲音。

安東尼輕輕敲門，然後進入客廳。朱莉亞身子靠在窗上，雙眼茫然地看著街道。

她喃喃地說：

「你為什麼要這麼做？」

安東尼答道：

「我什麼都沒做，那只是一個意外。」

「亞當一個鐘頭前意外地到我家來，你意外地替他開門，他意外地坐在遙控器上面，然後你也很意外地躺在客廳當中。」

「我承認這一連串的徵兆相當多……也許我們兩人必須設法瞭解這些事情的含意……」

「別再諷刺我了，我一點都沒心情說笑，我再問最後一次，你為什麼要這麼做？」

「好幫助妳對他承認事實，好幫助妳面對妳自己。妳敢跟我說妳不覺得比較輕鬆嗎？就表面上看來，妳也許會覺得比較孤獨，但是至少妳內心會很平靜。」

「我不單是在講你今晚搞出來的事……」

安東尼深深地吸了一口氣。

「妳媽媽的病使得她在死前都不再知道我是誰，可是我確定在她內心深處，並沒有忘記我們以往是如何地相愛。而我呢，我是永遠不會忘記的。我們以前不是一對理想夫妻，也不是模範父母，而且還差得遠。我們有過猶豫以及爭吵的時候，但是從來，妳要明白，我們從來沒有懷疑過我們的選擇，以及我們對妳的愛。擄獲她的心，能愛她，跟她有個孩子，這是我一生中最重要，也是最美的選擇，儘管我需要花很多時間才找到一些適當的字眼來對妳說。」

「就是以這了不起的愛情名義，你就把我的生活破壞得一塌糊塗嗎？」

「妳記不記得我們在出遊期間我跟妳提過的那張小字條？妳知道的，就是我們經常保留在身邊某個地方，在皮夾裡，在口袋中，在腦海裡的字條。就我而言，那是我在香榭麗舍大道一家餐館無法付帳的那晚，妳媽給我留下來的字條——妳現在應該比較明白我為什麼希望能在巴黎過我的終年了吧——可是就妳而言，是不是妳一直放在皮包裡的那張馬克，或者是妳收藏在房間裡的竇瑪斯的信？」

「那些信你都看過了？」

「我永遠不會做這種事。不過，當我要把他寄給妳的最後一封信收好時，我看到那些信。收到妳的結婚邀請卡後，我到妳房間去。這房間讓我想起妳，想起以前一直都沒忘記，也永遠不會忘記的一些事，在這種氛圍下，我不斷地問自己，若是有一天妳得知有竇瑪斯這封信時，妳會怎麼做？我是否應該毀了這封信，還是把信交給妳？在妳婚禮的那一天交給妳是否是最適當的做法？我不再有很多時間去考慮。不過妳知道的，就跟妳說的一樣，當我們對生命稍微留意的時候，我們會發現到一些令人驚喜的徵兆。在蒙特婁時，我找到回答我問題的部分答案，但只是一部分而已。接下來的事完全取決於妳。我原本可以把竇瑪斯的信寄給妳，可是妳在斷絕關係這方面做得那麼好，因此我在收到妳的結婚邀請卡之前，我連妳的地址都沒有，而且妳會不會把我的信打開來看呢？再說，我那時候還不知道我的大限即將來臨！」

「你對所有的事老早有了答案，是不是？」

「不是的，朱莉亞，妳一直是獨自一人做選擇，而且這比妳所想像的還來得久遠。妳可以把我關掉，妳還記得吧？妳只要在按鈕上壓一下就可以了。妳有不去柏林的自由。當妳決定要去飛機場等竇瑪斯的時候，我讓妳一個人去，當妳重新回到你們第一次見面的地點時，我也沒有跟妳在一起，更不要說妳把他帶回飯店的時候了。朱莉亞，我們可以斥責我們的童年生活，可以不停控訴父母親造成我們痛苦的所有缺點，我們可以把生活的苦難，我們的脆弱和懦弱全都歸咎在他們身上，但終歸究底，我們要對自己本身的生活負責任，我們成為自己決定想變成的人。再說，妳要學著用另外一種角度看待妳的不幸，總有些家庭比妳的更壞。」

「比方說是什麼樣的家庭？」

「比方說，竇瑪斯的祖母背叛他！」

「你怎麼會知道的？」

「我跟妳說過，沒有一個父母親能替代自己的孩子去生活，但並不因為如此我們就不會操心，你們有不幸的時候，我們不會跟著痛苦。有時候這反而會給我們一股衝勁去行動，設法指引你們的前途，也許會因為笨拙，或是愛得太過而弄錯，但總比什麼都不做來得好。」

「假如你的目的是要指引我的前途，那你失敗了，我現在處在極端的黑暗中。」

「在黑暗中，但是妳不再眼瞎！」

「亞當說得很對，這個禮拜我們兩人之間從來都不是在對話……」

「是的，他也許說得對，朱莉亞，我已經不再是妳真正的父親了，我只不過是妳父親身上的某些東西而已。但話說回來，我這個機器人對妳的每個問題不都是能找到解決辦法嗎？在這幾天當中，有哪一次我不能回答妳的問題？我擺明比妳所預料的更瞭解妳，也許有一天這會讓妳醒悟到，我其實比妳想像中的還要愛妳，若妳現在知道這點，我就可以真正死去了。」

朱莉亞看著父親良久，然後走到他身邊坐下。兩人靜靜地坐著，好長一段時間都默默不語。

安東尼問道：

「妳剛剛批評我的事，妳真的是這麼認為嗎？」

「對亞當說的？你居然還在門外偷聽？」

他一邊笑，一邊說：

「說得明確些，是透過天花板聽到的！我剛剛到妳的閣樓去。雨下得這麼大，我總不能在外面等，說不定會短路的。」

她問道：「為什麼我不能早點瞭解你呢？」

「父母親和孩子們經常要花很多年的時間才能互相瞭解。」

「我真希望我們能夠再多相處幾天。」

「我的朱莉亞，我想我們已經擁有這幾天的時間了。」

「明天會是怎麼樣的情況呢？」

「別擔心，妳運氣好，父親過世是件很難過的事，可是至少對妳來說，這件事已經過去了。」

「我再也沒有心情這麼說笑。」

「明天是新的一天，明天再說吧。」

夜逐漸深了，安東尼的手慢慢往朱莉亞的手伸過去，終於將它握在自己的手中。兩人的手指互相緊緊握住不放。過了一段時間後，朱莉亞睡著了，頭擱在父親的肩膀上。

晨曦尚未降臨。安東尼謹慎萬分地起身，避免把女兒驚醒。他慢慢把女兒身子放在床上，然後在她身上蓋一件被單。朱莉亞嘴裡咕咕噥噥地說夢話，然後翻了個身。

安東尼確定她睡得很熟後，走到廚房的桌子前，拿了一張紙和一枝筆，開始寫起信來。信寫完後，他把信放在桌上最醒目的地方。接著，他打開行李箱，從裡面拿出一疊用紅絲帶綁著的百來封信，然後走到女兒房間去。他小心翼翼地把信放在櫃子抽屜裡，避免折到發黃的賓瑪斯的相片。之後，他一邊微笑，一邊關上抽屜。

回到客廳後，他走到沙發前，把白色遙控器拿起來放在外套前胸的口袋裡，然後彎身在朱莉亞額頭上親吻了一下：

「睡吧，我心愛的孩子，我很愛妳。」

22

朱莉亞睜開雙眼後，慢慢地伸懶腰。客廳裡空無一人，而木箱的門已經關閉了。

「爸爸？」

但是沒有任何應答聲打破四周的寧靜。廚房桌上已經擺好了早餐的刀叉杯盤。在麥片盒和牛奶盒之間有一罐蜂蜜，前面擱著一封信。朱莉亞坐在椅子上，認出了信上的筆跡。

吾女：

當妳看到這封信時，我的力氣已經耗光了。我希望妳不會怪我，我是想避免跟妳說些沒意義的告別。替自己的父親下葬一次，已經很夠了。看完這封信後，妳可以到外面去逛幾個鐘頭。他們會來找我，我希望妳不要在這裡。不要打開箱子，我在裡面睡覺，因為妳的關係，我睡得很祥和。我的朱莉亞，謝謝妳贈予我這幾天的日子。我尋找這個機會已經非常非常地久，我渴望認識妳這個出色的女子已經渴望了很久。這是最後這幾天當中我學到身為父親的最神奇的一件事。

當發現自己孩子長大成人的時候，必須重新安排日子，學習把孩子的位置讓給他。我也請妳原諒妳童年時期因我不常在家而感受到的缺憾。我已經盡我所能。的確，我在妳身邊的時間不夠多，不是妳渴望的那麼多。我原先很希望能做妳的朋友，妳的夥伴，妳的知己，而我只做妳的父親，不過我永遠都是妳的父親。今後不管我去哪裡，我會永遠把這無限的愛，把我愛妳的種種回憶帶在身邊。妳還記得那個中國傳說，在講水中月亮倒影的美麗傳說嗎？我犯了錯誤，因為我沒去相信那個故事，而現在也一樣，一切都是耐心問題。我許的願到最終還是實現，因為我一直希望在我生命中重新出現的女子，就是妳。

我又看到妳小時候的樣子，當妳跑到我身邊，投進我懷抱裡時，這說起來很傻，但那是我生命中最美的一件事。沒有一件事要比妳的歡笑，要比晚上我回家時妳給我的溫暖還要來得幸福。我知道有天妳不再哀傷的時候，妳會想起童年往事。我也知道妳永遠不會忘記我坐在妳床邊時，妳對我說的許多夢想。其實，即使我不在妳身邊，我也並不是像妳所想像的遙遠，儘管我很笨拙，不靈巧，但我是愛妳的。現在我只有一件事要求妳，那就是答應我，要很幸福。

妳爸爸

朱莉亞看完後再把信折好。她走到客廳當中的木箱前，用手輕輕撫摸木頭，低聲地對父親說她愛他。她帶著沉重的心情遵守父親最後的意願。她走下樓梯，特地將鑰匙交給鄰居。她對吉姆先生說今天早上會有一輛卡車把她家的大箱子載走，請他好心地替他們開門。她沒有給吉姆先生說話的時間，就立刻離開了鞋店，沿著馬路徒步，往古董店的方向走去。

23

一刻鐘過後，朱莉亞的房子又是悄然無聲。這時響起很細微的喀嚓聲，接著是一陣格格聲，木箱的門打開了。安東尼從裡面走出來，拍拍肩膀，走到鏡子前面調整一下蝴蝶結。他把架子上有他照片的那幅相框重新擺正，然後看了房子周圍一眼。

他離開房子，下樓到街上去。樓房前面停著一部車子在等他。

他一邊上車坐在後座，一邊說：

「華拉斯，你早。」

他的私人祕書答道：

「先生，很高興又再看到你。」

「通知貨運公司了嗎？」

「卡車就在我們後面。」

安東尼答道：

「很好。」

「先生，是不是要送你到醫院去？」

「不用，為這種事我已經浪費相當多的時間了。我們到機場去，先到家裡一趟，我必須換個行李箱。你也準備一下行李。你跟我一起走，我現在已經失去獨自旅遊的興致了。」

「先生，我可以知道我們要去哪裡嗎？」

「路上再解釋。記得要拿你的護照。」

車子駛到格林威治街時改變方向。在下一個十字路口時，車窗打開，一隻白色遙控器被扔在水溝裡。

24

在紐約人的記憶中，從來沒有一個十月那麼溫暖過。今年炎熱的夏天是紐約天氣最好的一個夏天。三個月來的每個週末，史坦利都和朱莉亞一起吃午餐。今天「茴香酒」替他們留的位置還在等他們來。這個禮拜天是個特殊日子，因為吉姆先生的鞋店今天開始打折，而且是第一次朱莉亞敲他的門時不是來告訴他有什麼漏水問題，而是要來買鞋子，所以他同意比營業時間提早兩個鐘頭開門讓她進來。

「那麼，你覺得我看起來如何？」

「轉個身，讓我看看。」

「史坦利，你看我的腳已經有大半個鐘頭了，老站在這台子上，我可受不了啦。」

「我親愛的，妳就聽我的意見好不好啊？再轉個身讓我看看正面。我料得沒錯，這鞋跟的高度根本就不適合妳。」

「史坦利！」

「愛買打折貨的毛病真令我氣憤。」

她低聲地說：

「你看看這裡的價格吧！對不起啦，憑我電腦繪圖師的薪水，我沒有其他的選擇。」

「啊，別又來了！」

累得不得了的吉姆先生問道：

「怎麼樣，妳要不要啊？我想我把店裡所有的鞋子都拿出來了，光你們兩個人就可以把我的店搞得天翻地覆。」

「不對，」史坦利答道，「我們還沒有試試架子上那雙很漂亮的鞋子呢，沒錯，最上面那個架子。」

「跟小姐一樣尺寸的，我已經沒有了。」

史坦利問他：「那倉庫裡面呢？」

「我必須到下面去找找。」吉姆先生一邊嘆氣，一邊往地下室走去。

「他運氣好，是優雅的化身，因為像他這樣的個性……」

朱莉亞笑著說：「你認為他是優雅的化身？」

「這麼久以來，我們最起碼應該請他到妳家吃一次飯。」

「你開玩笑啊？」

「據我所知，不是我整天說他賣的鞋子是全紐約最漂亮的。」

「就是為了這個原因所以你想要……」

「我不能一輩子都是鰥夫，妳有什麼反對意見嗎？」

「當然沒有，可是吉姆先生……？」

史坦利一邊看櫥窗，一邊說：「別提吉姆先生了！」

「已經不提啦？」

「千萬不要轉身，站在櫥窗前面一直看著我們的那名男子實在令人難以抗拒。」

「哪個男子？」朱莉亞問他，身子連動都不敢動一下。

「十分鐘來臉一直貼在櫥窗上看著妳，就好像看到聖母瑪莉亞一樣的那名男子……據我所知，聖母瑪莉亞不會穿三百美金的高跟鞋，更不會穿打折的鞋子！我跟妳說過不要轉身，我是第一個看到他的！」

朱莉亞抬頭看外面，雙唇禁不住顫抖起來。

「哦，不對，」她用微弱的嗓音說，「這個人啊，在你之前我老早就看過他了……」

她把鞋子丟在台上，轉開商店大門的門把，然後衝到街上去。

吉姆先生回到店裡時，只看到史坦利一人坐在台上，手裡拿著一雙高跟鞋。

他吃驚地問道：「華斯小姐走啦？」

「是的，」史坦利答道，「不過你別擔心，她會再回來的，也許不是今天，不過她一定會再回來的。」

吉姆先生手中拿的盒子掉在地上。史坦利把它撿起來交給他。

「你看起來很氣餒，別這樣，我幫你把東西收拾收拾，然後呢，我帶你去一家店喝個咖啡，你喜歡茶的話，喝杯茶也可以。」

賓瑪斯用指尖輕輕撫摸朱莉亞的嘴唇，然後在她的雙眼上吻了一下。

「我想盡辦法說服自己，認為沒有妳也可以生活下去，可是妳看，我就是做不到。」

「那非洲呢？你的報導工作呢？克納普會說什麼？」

「如果我欺騙自己，那走遍全世界去採訪其他人的真相又有何意義？遊歷一個個國家，而我心愛的人卻不在那裡，這對我又有何意義？」

「那你就不要再問自己其他問題了，這是跟我說好的最美方式。」朱莉亞一邊說，一邊踮起腳尖。

兩人互相擁抱親吻，他們的吻一直持續下去，就像兩個相愛男女把周遭一切都忘記時的親吻一樣。

朱莉亞依偎在賓瑪斯的懷裡問道：

「你是怎麼找到我的？」

他答道：

「我在妳家樓下找了妳二十年了，這件事並不難。」

「十八年，說真的，這已經夠長了！」

朱莉亞又再度吻他。

「可是妳呢，朱莉亞，妳為什麼會突然決定到柏林來？」

「我跟你說過，那是命運的一個徵兆……我在一名街頭女畫家的展示作品中看到一張被你遺忘的畫像。」

「我從來沒有請人替我畫過像。」

「一定有的，那張畫畫的是你的臉孔，你的眼睛，你的嘴巴，甚至連你下巴的小渦都有。」

「那張這麼像的畫是在哪裡看到的？」

「在蒙特婁的舊碼頭上。」

「我從來都沒去過蒙特婁……」

朱莉亞仰頭望天，一道雲彩正從紐約上空緩緩流動，她臉上露出笑容，看著雲彩形成的模樣。

「我會很想念他的。」

「誰啊？」

「我父親。跟我來，我們去走一走，我要向你介紹一下我的城市。」

「妳赤著腳呢！」

朱莉亞答道：「這一點都不重要了。」

（全書完）

國家圖書館出版品預行編目資料

那些我們沒談過的事／馬克・李維（Marc Levy）著；陳春琴譯. ——初版. ——
臺北市：商周出版：家庭傳媒城邦分公司發行, 2009.05
面；　公分. ——（獨・小說；14）
參考書目：面
譯自：Toutes ces choses qu'on ne s'est pas dites
ISBN 978-986-6472-43-5（平裝）

876.57　　　　98003976

獨・小說 14

那些我們沒談過的事（改版）

Toutes ces choses qu'on ne s'est pas dites

作　　者／馬克・李維（Marc Levy）
譯　　者／陳春琴
企畫選書／曹繼章
責任編輯／曹繼章、余筱嵐

版　　權／黃淑敏、林心紅
行銷業務／莊英傑、張媖茜、黃崇華、李麗渟
副總編輯／黃靖卉
總 經 理／彭之琬
事業群總經理／黃淑貞
發 行 人／何飛鵬
法律顧問／元禾法律事務所 王子文律師
出　　版／商周出版
台北市104民生東路二段141號9樓
電話：(02) 25007008　傳真：(02)25007759
E-mail：bwp.service@cite.com.tw
發　　行／英屬蓋曼群島商家庭傳媒股份有限公司 城邦分公司
台北市中山區民生東路二段 141 號2 樓
書虫客服服務專線：02-25007718；25007719
服務時間：週一至週五上午 09:30-12:00；下午13:30-17:00
24 小時傳眞專線：02-25001990；25001991
劃撥帳號：19863813；戶名：書虫股份有限公司
讀者服務信箱：service@readingclub.com.tw
城邦讀書花園：www.cite.com.tw
香港發行所／香港灣仔駱克道 193 號東超商業中心 1F E-mail : hkcite@biznetvigator.com
電話：(852) 25086231 傳眞：(852) 25789337
馬新發行所／城邦（馬新）出版集團【Cite (M) Sdn Bhd】
41, Jalan Radin Anum, Bandar Baru Sri Petaling,
57000 Kuala Lumpur, Malaysia.
電話：(603) 90578822 傳眞：(603) 90576622
Email: cite@cite.com.my

封面設計／蔡南昇
排　　版／極翔企業有限公司
印　　刷／韋懋實業有限公司
經 銷 商／聯合發行股份有限公司
地址：新北市 231 新店區寶橋路235 巷6 弄6 號2 樓
電話：(02)2917-8022 傳眞：(02)2911-0053

■2009年5月26日初版
■2019年7月30日二版一刷
定價340元

Printed in Taiwan

 ISBN 978-986-6472-43-5

商周出版

廣 告 回 函
北區郵政管理登記證
北臺字第000791號
郵資已付，免貼郵票

104　台北市民生東路二段141號2樓

英屬蓋曼群島商家庭傳媒股份有限公司城邦分公司　收

請沿虛線對摺，謝謝！

商周出版

書號：BUC014X　書名：那些我們沒談過的事（改版）　編碼：

請於此處用膠水黏貼

商周出版

讀者回函卡

感謝您購買我們出版的書籍！請費心填寫此回函卡，我們將不定期寄上城邦集團最新的出版訊息。

不定期好禮相贈！
立即加入：商周出版
Facebook 粉絲團

姓名：________________________ 性別：☐男 ☐女

生日：西元__________年__________月__________日

地址：____

聯絡電話：____________________ 傳真：____________________

E-mail ：

學歷：☐ 1. 小學 ☐ 2. 國中 ☐ 3. 高中 ☐ 4. 大學 ☐ 5. 研究所以上

職業：☐ 1. 學生 ☐ 2. 軍公教 ☐ 3. 服務 ☐ 4. 金融 ☐ 5. 製造 ☐ 6. 資訊
☐ 7. 傳播 ☐ 8. 自由業 ☐ 9. 農漁牧 ☐ 10. 家管 ☐ 11. 退休
☐ 12. 其他________________________

您從何種方式得知本書消息？

☐ 1. 書店 ☐ 2. 網路 ☐ 3. 報紙 ☐ 4. 雜誌 ☐ 5. 廣播 ☐ 6. 電視
☐ 7. 親友推薦 ☐ 8. 其他________________________

您通常以何種方式購書？

☐ 1. 書店 ☐ 2. 網路 ☐ 3. 傳真訂購 ☐ 4. 郵局劃撥 ☐ 5. 其他______

您喜歡閱讀那些類別的書籍？

☐ 1. 財經商業 ☐ 2. 自然科學 ☐ 3. 歷史 ☐ 4. 法律 ☐ 5. 文學
☐ 6. 休閒旅遊 ☐ 7. 小說 ☐ 8. 人物傳記 ☐ 9. 生活、勵志 ☐ 10. 其他

對我們的建議：____

____

____

請於此處用膠水黏貼